재치

배움

지혜

해리 포터 시리즈

읽는 순서:
해리 포터와 마법사의 돌
해리 포터와 비밀의 방
해리 포터와 아즈카반의 죄수
해리 포터와 불의 잔
해리 포터와 불사조 기사단
해리 포터와 혼혈 왕자
해리 포터와 죽음의 성물

라틴어로도 읽을 수 있는 책:
해리 포터와 마법사의 돌
해리 포터와 비밀의 방

웨일스어, 고대 그리스어, 아일랜드어로도 읽을 수 있는 책:
해리 포터와 마법사의 돌

함께 읽을 책
신비한 동물 사전
퀴디치의 역사
(코믹 릴리프와 루모스를 돕고자 출간되었음)
음유시인 비들 이야기
(루모스를 돕고자 출간되었음)

이 세 권은 또한 다음의 시리즈로 출간되었습니다:
호그와트 라이브러리
(코믹 릴리프와 루모스를 돕고자 출간되었음)

일러스트 에디션
짐 케이 일러스트
해리 포터와 마법사의 돌
해리 포터와 비밀의 방
해리 포터와 아즈카반의 죄수
해리 포터와 불의 잔

올리비아 L. 길 일러스트
신비한 동물 사전

크리스 리델 일러스트
음유시인 비들 이야기

불사조 기사단

2

J.K. 롤링 지음 | **강동혁** 옮김

문학수첩

HARRY POTTER & THE ORDER OF THE PHOENIX

나의 세상을

마법처럼 만들어 주는

닐, 제시카, 데이비드에게.

CONTENTS

10장

루나 러브굿

해리는 밤잠을 설쳤다. 부모님은 한 마디 말도 없이 그의 꿈속을 드나들었다. 위즐리 부인은 죽은 크리처의 시체를 놓고 흐느꼈고, 머리에 왕관을 쓴 론과 헤르미온느가 그 모습을 지켜보고 있었다. 그러다가 해리는 어느새 다시 잠긴 문에 가로막히고 마는 복도를 걷고 있었다. 흉터가 따끔거리는 것을 느끼며 번쩍 눈을 뜨니 론이 벌써 옷을 갖춰 입고 그에게 말을 걸고 있었다.

"……서두르는 게 좋을 거야. 엄마가 기차를 놓칠 거라면서 펄펄 뛰고 있어……."

집 안이 아주 시끌벅적했다. 최대한 빠르게 옷을 갈아입으며 들어 보니, 프레드와 조지가 짐을 들어서 옮기는 수

고를 덜겠다며 짐 가방에 마법을 걸어 아래층으로 날려 보냈고 그것들이 지니를 들이받아 두 층 아래 복도로 굴러떨어지게 만든 것이었다. 블랙 부인과 위즐리 부인 둘 다 목청껏 소리를 지르고 있었다.

"지니가 크게 다칠 뻔했잖아, 이 녀석들아."

"더러운 잡종들, 우리 조상님들의 집을 더럽히다니."

해리가 운동화를 신고 있는데 헤르미온느가 허둥지둥 방에 뛰어들어 왔다. 버둥거리는 크룩생스를 양팔로 안고 있는 그녀의 어깨 위에서 헤드위그가 흔들리고 있었다.

"엄마 아빠가 방금 헤드위그를 돌려보내셨어." 올빼미는 날개를 퍼덕거리며 날아가 고분고분 자신의 새장 꼭대기에 걸터앉았다. "아직 준비 안 됐어?"

"거의 다 됐어. 지니는 괜찮아?" 해리가 안경을 쓰며 물었다.

"위즐리 아줌마가 응급처치를 하셨어." 헤르미온느가 말했다. "근데 이제는 매드아이가 스터지스 포드모어가 도착하기 전에는 못 간다고 불평하고 있어. 포드모어가 없으면 호위대 수가 하나 부족해서 안 된대."

"호위대라니?" 해리가 물었다. "킹스크로스에 가는 건데 호위대가 필요해?"

"*네가* 킹스크로스에 가니까 필요한 거지." 헤르미온느가 해리의 말을 정정해 주었다.

"왜?" 해리가 짜증을 냈다. "볼드모트는 시선 끄는 일을 하지 않으려고 한다며. 그자가 쓰레기통 뒤에서 짠 하고 나타나서 날 덮치기라도 한대?"

"나도 몰라. 그냥 매드아이가 한 말이야." 헤르미온느가 다른 데 정신이 팔려서 손목시계를 보며 말했다. "아무튼 곧 떠나지 않으면 확실히 기차를 놓치게 될 거야……."

"너희 제발 좀 내려오면 안 되겠니!" 위즐리 부인이 소리치자 헤르미온느는 불에 덴 것처럼 화들짝 놀라더니 서둘러 방을 나갔다. 해리는 헤드위그를 붙잡아 다짜고짜 새장에 집어넣은 다음 헤르미온느를 따라 짐 가방을 끌고 계단을 내려갔다.

블랙 부인의 초상화가 노발대발 소리 지르고 있었지만 아무도 굳이 커튼을 닫으려고 하지 않았다. 복도에서 나는 온갖 소음 때문에 어쨌든 다시 깰 테니까.

"해리, 너는 나랑 통스랑 같이 갈 거야." 위즐리 부인이 **"머드블러드! 쓰레기! 하찮은 피조물!"** 같은, 반복되는 날카로운 외침을 누르고 말했다. "짐 가방이랑 올빼미는 두고 가렴. 짐은 앨러스터가 처리할 테니까……. 아, 제발,

시리우스. 덤블도어 교수님이 *안 된다고* 했잖아요!"

복도를 어지럽히는 온갖 짐 가방을 타 넘다시피 하며 위즐리 부인에게로 향하는 해리 곁에 곰 같은 검은 개가 다가와 있었다.

"아, 정말……." 위즐리 부인이 절망적으로 말했다. "그럼, 뒷일은 당신 책임이에요!"

그녀는 현관문을 열고 9월의 약한 햇빛 속으로 나갔다. 해리와 개가 그녀의 뒤를 따랐다. 문이 탁 닫히자 블랙 부인의 날카로운 비명이 뚝 끊겼다.

"통스는 어디 있어요?" 해리는 돌계단을 내려가면서 주위를 둘러보며 물었다. 12번지는 그들이 인도에 발을 딛는 순간 사라졌다.

"저기서 기다리고 있다." 위즐리 부인이 해리 옆에서 느릿느릿 걷는 검은 개에게서 시선을 돌리며 딱딱하게 말했다.

웬 나이 든 여자가 모퉁이에서 그들을 반겼다. 아주 곱슬곱슬한 회색 머리에 돼지고기 파이처럼 생긴 보라색 모자를 쓴 사람이었다.

"안녕하십니까, 해리 양반." 그녀가 눈을 찡긋하며 말했다. "좀 더 서두르는 게 좋겠죠, 몰리?" 그녀가 손목시계를 확인하며 덧붙였다.

"그러게 말이야." 위즐리 부인이 큰 걸음으로 성큼성큼 걸으며 신음했다. "하지만 매드아이가 스터지스를 기다리고 싶어 했어. 아서가 전처럼 정부 자동차를 빌려 오기만 했어도……. 요즘은 퍼지가 빈 잉크병도 빌려주지 않으려고 해. 머글들은 참을성도 좋아, 대체 *어떻게* 마법 없이 여행을 다니는지……."

하지만 커다란 검은 개는 비둘기들을 물려고 하거나 자기 꼬리를 빙글빙글 쫓는 등 즐겁게 짖으면서 주위를 뛰어다녔다. 해리는 웃음을 참을 수가 없었다. 시리우스는 아주 오랜 시간 집 안에만 갇혀 있었던 것이다. 위즐리 부인은 거의 피튜니아 이모만큼이나 입술을 꾹 다물었다.

걸어서 킹스크로스역에 도착하는 데는 20분이 걸렸다. 그동안 시리우스가 해리를 즐겁게 해 주려고 고양이 두어 마리를 겁준 것 말고는 아무 일도 일어나지 않았다. 일단 역에 들어선 그들은 들킬 위험이 사라질 때까지 9번과 10번 승강장 사이의 벽 앞에 태연히 서 있다가, 한 명씩 차례로 기대 벽을 뚫고 9와 4분의 3번 승강장으로 쓱 들어갔다. 그곳에서는 호그와트 급행열차가 떠나는 학생들과 그 가족으로 가득 찬 승강장 위로 거무스름한 연기를 토해 내고 있었다. 해리는 익숙한 냄새를 들이마셨다. 날아오를 것 같은 기분이었다……. 이젠 정말로 돌아간다…….

“다른 사람들도 시간 맞춰 도착해야 할 텐데.” 위즐리 부인이 걱정스럽게 말했다. 그녀는 뒤이어 도착한 사람들이 들어올, 승강장으로 연결되는 철제 아치 너머를 뚫어지게 바라보았다.

“개가 멋있다, 해리!” 레게 머리를 한 키 큰 소년이 소리쳤다.

“고마워, 리.” 해리가 씩 웃으며 말했다. 시리우스는 격하게 꼬리를 흔들었다.

“아, 다행이다.” 위즐리 부인이 안심한 목소리로 말했다. “앨러스터가 짐 가방을 가지고 왔구나.”

서로 다르게 생긴 두 눈 위로 짐꾼 모자를 푹 눌러쓴 무디가 짐 가방이 실린 수레를 밀고 절뚝거리면서 아치를 지났다.

“이상 무.” 그가 위즐리 부인과 통스에게 중얼거렸다. “미행은 없었던 것 같군.”

곧 위즐리 씨가 론과 헤르미온느를 데리고 승강장에 나타났고, 뒤이어 프레드, 조지, 지니가 루핀과 함께 들어왔다. 그때쯤에는 무디의 수레에서 짐을 거의 내린 뒤였다.

“문제없었나?” 무디가 거친 목소리로 물었다.

"없었습니다." 루핀이 말했다.

"그래도 덤블도어한테는 스터지스에 대해 보고할 생각이야." 무디가 말했다. "모습을 드러내지 않은 게 이번 주에만 벌써 두 번째야. 먼덩거스만큼 못미더워지는군."

"그럼, 몸조심하거라." 루핀이 아이들 모두와 악수하며 말했다. 그는 마지막으로 해리에게 손을 뻗더니 어깨를 한 번 탁 쳤다. "너도 마찬가지야, 해리. 조심해라."

"그래, 머리는 숙이고 눈은 크게 뜨고 있어야 한다." 무디도 해리와 악수하며 말했다. "그리고 너희 모두 잊지 마라. 편지를 쓸 때는 조심해야 한다. 적어도 될지 잘 모르겠으면 아예 적지 마."

"모두들 만나서 너무 좋았어." 통스가 헤르미온느와 지니를 끌어안으며 말했다. "아마 곧 보게 될 거야."

기차가 곧 떠난다는 것을 알리는 경적이 울렸다. 그때까지도 승강장에 있던 학생들이 황급히 열차에 오르기 시작했다.

"빨리, 빨리." 위즐리 부인이 어딘가 정신이 팔려서 아이들을 닥치는 대로 껴안고 해리는 두 번 끌어안으면서 말했다. "편지 쓰렴. 얌전히 지내고…… 뭐라도 잊은 게 있으면 보내 주마. 기차 타야지, 이제. 서둘러야 해."

한순간, 커다란 검은 개가 뒷다리로 일어서더니 앞발을 해리의 어깨에 올려놓았다. 위즐리 부인이 해리를 열차 문 쪽으로 밀치며 식식거렸다. "세상에, 좀 더 개처럼 굴어요, 시리우스!"

"나중에 봐요!" 열차가 움직이기 시작하자 해리가 열린 창밖으로 소리쳤다. 론, 헤르미온느, 지니도 옆에서 손을 흔들었다. 통스, 루핀, 무디와 위즐리 부부의 모습이 빠르게 작아지는 가운데 검은 개는 꼬리를 흔들며 창문을 따라 펄쩍펄쩍 뛰고 있었다. 열차의 속도 때문에 흐릿하게 보이는 승강장 위의 사람들이 열차를 쫓는 개를 보며 웃었다. 이윽고 열차가 모퉁이를 돌자 시리우스의 모습은 사라졌다.

"같이 오면 안 되는데." 헤르미온느가 걱정스러운 목소리로 말했다.

"뭐, 너무 걱정 마." 론이 말했다. "몇 달 동안 햇빛도 못 봤잖아, 불쌍하게."

"자." 프레드가 손을 짝 마주치며 말했다. "하루 종일 수다나 떨고 있을 수는 없지, 리랑 사업 얘기를 해야 하니까. 나중에 보자." 그는 조지와 함께 객차 통로를 걸어가다가 오른쪽으로 사라졌다.

기차는 더욱 속도를 올렸다. 창밖의 집들이 휙휙 지나가고 그들이 서 있는 자리가 흔들렸다.

"그럼 가서 객실을 찾아볼까?" 해리가 물었다.

론과 헤르미온느가 서로 눈빛을 주고받았다.

"어……." 론이 머뭇거렸다.

"우리는, 음…… 론이랑 나는 반장 객실로 가야 해." 헤르미온느가 어색하게 말했다.

론은 해리 쪽을 보지 않았다. 갑자기 왼손 손톱에 엄청난 관심이 생긴 듯했다.

"아." 해리가 말했다. "그러네. 괜찮아."

"계속 거기 있어야 하는 건 아닐 거야." 헤르미온느가 재빨리 말했다. "편지에는 남학생, 여학생 회장한테 지시 사항을 전달받은 다음 가끔씩 통로를 순찰하라고 적혀 있었어."

"괜찮다니까." 해리가 다시 말했다. "음, 그, 그럼 나중에 보자."

"거 참, 진짜." 론이 불편한 듯 해리에게 불안한 눈길을 던지며 말했다. "저 먼 데까지 가라니 귀찮아 죽겠네. 그러느니 차라리…… 하지만 어쩔 수 없으니까…… 내 말은, 난 좋아서 그러는 게 아니라고. 난 퍼시가 아니야." 그는 반항적으로 말을 마쳤다.

"알아." 해리는 그렇게 말하고 씩 웃었지만, 헤르미온느와 론이 크룩생스, 새장에 든 피그위전을 들고 짐 가방을 끌면서 열차 끝에 있는 기관실 쪽으로 가자 이상한 상실감이 몰려오는 것을 느꼈다. 그는 지금까지 단 한 번도 론 없이 호그와트 급행열차를 타 본 적이 없었다.

"가자." 지니가 말했다. "빨리 움직이면 저 두 사람 자리도 맡아 줄 수 있을 거야."

"그래." 해리가 헤드위그의 새장을 한 손에 들고 다른 손으로는 짐 가방 손잡이를 잡으며 말했다. 그들은 힘겹게 통로를 나아갔다. 지나갈 때마다 문 유리창 너머로 객실을 들여다봤지만 이미 가득 차 있었다. 수많은 사람이 큰 관심을 보이며 쳐다보는 모습과 또 그중 몇 명이 옆 사람 옆구리를 쿡 찌르며 해리를 가리키는 모습이 어쩔 수 없이 눈에 띄었다. 다섯 군데 객실을 지나는 동안 이런 일을 연달아 겪고 나서야 《예언자일보》가 여름방학 내내 독자들에게 그를 잘난 척하길 좋아하는 거짓말쟁이라고 떠벌렸다는 사실이 떠올랐다. 지금 그를 바라보며 수군거리는 사람들이 그런 이야기를 믿는 것인지도 모른다는 암울한 기분이 들었다.

맨 마지막 객실에서 그들은 해리의 그리핀도르 동급생인 5학년 네빌 롱보텀을 만났다. 짐 가방을 끌고 가는 동시에 몸부림치는 두꺼비 트레버를 계속 붙잡고 있느라 그의 동그란 얼굴이 땀으로 번들거렸다.

"안녕, 해리." 그가 헐떡거렸다. "안녕, 지니……. 전부 꽉 찼네……. 자리를 못 찾겠어……."

"그게 무슨 소리야?" 지니가 네빌을 비집고 지나가 그의 등 뒤에 있는 객실을 들여다보더니 말했다. "여기 자리 있는데? 루니(Looney, '괴짜', '별종'이라는 뜻—옮긴이) 러브굿밖에 없……."

네빌은 아무도 방해하고 싶지 않다느니 어쩌느니 하면서 웅얼거렸다.

"바보 같은 소리 하지 마." 지니가 웃으며 말했다. "괜찮은 애야."

그녀는 문을 열고 짐 가방을 객실 안에 넣었다. 해리와 네빌이 뒤따랐다.

"안녕, 루나." 지니가 말했다. "우리 여기 앉아도 돼?"

창가에 앉아 있던 여학생이 눈을 들었다. 그녀는 아무렇게나 뻗친 짙은 금발을 허리까지 기르고, 아주 엷은 색깔 눈썹에 계속 놀라 있는 것처럼 보이는 툭 튀어나온 눈을 갖고 있었다. 해리는 네빌이 왜 이 객실을 그냥 지나치려 했는지 단번에 알아차렸다. 그 여학생은 확실히 정신 나간 듯한 분위기를 풍겼다. 왼쪽 귀 뒤에 마법 지팡이를 꽂아 놓았기 때문일지도, 버터맥주 코르크 여러 개를 엮어 만든 목걸이를 하고 있기 때문일지도, 아니면 잡지를 거꾸로 읽고 있기 때문일지도 몰랐다. 네빌을 훑어보던 그녀의 눈이 해리에게 머물렀다. 그녀가 고개를 끄덕였다.

"고마워." 지니가 미소 지으며 말했다.

해리와 네빌은 짐 가방 세 개와 헤드위그의 새장을 선반에 올려놓고 앉았다. 루나는 거꾸로 들고 있는 《이러쿵저러쿵》이라는 잡지 너머로 그들을 지켜보았다. 해리를 뚫어지게 바라보는 그 모습이, 보통 사람처럼 눈을 자주 깜빡거릴 필요가 없는 것 같았다. 해리는 그녀의 맞은편에 자리를 잡은 것을 후회했다.

"여름방학은 잘 보냈어, 루나?" 지니가 물었다.

"응." 루나가 해리에게서 눈을 떼지 않은 채 꿈꾸듯이 말했다. "응, 아주 즐거웠어. *너는* 해리 포터네." 그녀가 덧붙였다.

"나도 알아." 해리가 말했다.

네빌이 킥킥 웃었다. 루나는 옅은 색깔 눈을 그에게로 돌렸다.

"그런데 너는 누군지 모르겠어."

"난 아무도 아냐." 네빌이 서둘러 말했다.

"아니, 그렇지 않아." 지니가 날카롭게 반박했다. "이쪽은 네빌 롱보텀이야. 여기는 루나 러브굿. 루나는 나랑 같은 학년이지만 래번클로야."

"*헤아릴 수 없는 재치는 인간의 가장 위대한 보물이다.*" 루나가 노래하는 듯한 목소리로 말했다.

그녀는 뒤집힌 잡지를 얼굴이 가려질 정도로 높이 들더니 조용해졌다. 해리와 네빌은 눈썹을 치켜든 채 서로를 바라보았다. 지니는 킥킥 터져 나오는 웃음을 억눌렀다.

기차는 계속 덜커덩덜커덩 나아가면서 빠른 속도로 그들을 탁 트인 시골로 데려갔다. 날씨는 이상하리만큼 종잡을 수 없었다. 한순간 햇빛이 객실을 가득 채우나 싶으면 다음 순간에는 기차가 잿빛 구름 아래를 지나가고 있었다.

"나 생일 선물로 뭐 받았는지 알아?" 네빌이 입을 열었다.

"또 리멤브럴 받았어?" 해리는 네빌의 할머니가 구제 불능인 그의 기억력에 도움을 주려고 보낸 구슬 모양 도구를 떠올리며 물었다.

"아니." 네빌이 말했다. "그래도 하나 있으면 좋겠다. 저번 건 오래전에 잃어버렸거든. 아무튼 그건 아냐. 이거 봐."

네빌은 트레버를 움켜쥐지 않은 손을 책가방에 넣고 잠시 뒤적거린 끝에 작은 회색 선인장 화분 같은 것을 꺼냈다. 단지 그 선인장은 가시가 아닌 종기 같은 것으로 뒤덮여 있었다.

"'밈뷸러스 밈블토니아'야." 그가 자랑스럽게 말했다.

해리는 그것을 뚫어지게 바라보았다. 조금씩 진동하는 그 식물은 무슨 병에 걸린 내장처럼 불길한 모습을 하고 있었다.

"이거 정말 희귀한 거야." 네빌이 활짝 웃으며 말했다. "아마 호그와트 온실에도 없을걸. 스프라우트 교수님한테 보여 드릴 일이 너무 기대돼. 우리 앨지 작은할아버지가 아시리아에서 구해다 주신 거야. 내가 이걸 키울 수 있는지 한번 보시겠다고."

해리는 네빌이 가장 좋아하는 과목이 약초학이라는 사실은 알았지만, 이 덜 자란 작은 식물을 갖고 그가 뭘 하려는지는 아무리 고민해도 알 수가 없었다.

"이게, 어…… 뭔가를 해?" 해리가 물었다.

"엄청 많은 걸 해!" 네빌이 자랑스럽게 소리쳤다. "아주 놀라운 자기 보호 능력도 갖고 있고. 여기, 트레버 좀 잡고 있어 줘……."

그는 두꺼비를 해리의 무릎에 올려놓더니 책가방에서 깃펜을 꺼냈다. 뒤집힌 잡지 너머로 루나 러브굿의 툭 튀어나온 눈이 다시 나타나 네빌을 지켜보았다. 그는 혀를 살짝 내밀고 밈뷸러스 밈블토니아를 눈높이까지 들어 올리더니 깃펜 끝으로 날카롭게 쿡 찔렀다.

식물을 뒤덮은 종기마다 고약한 냄새가 나는 걸쭉한 진녹색 액체가 뿜어져 나와 천장과 창문에 맞고 루나 러브굿의 잡지에 튀었다. 아슬아슬하게 팔을 들어 얼굴을 가린 지니는 끈적거리는 녹색 모자를 쓴 모습이 되었을 뿐이지만, 트레버가 탈출하지 못하도록 잡고 있느라 두 손이 모두 바빴던 해리는 얼굴에 온통 그 액체를 맞고 말았다. 그것은 썩은 거름 냄새를 풍겼다.

얼굴과 상반신에 액체를 흠뻑 뒤집어쓴 네빌이 눈에 묻은 그 끔찍한 액체를 털어 내려고 머리를 흔들었다.

“미, 미안.” 그가 헐떡였다. “처음 해 보는 거라…… 이렇게 심할 줄은 몰랐어……. 그래도 걱정 마. 악취 수액에는 독이 없어.” 해리가 입안 가득했던 액체를 뱉어 내자 네빌이 안절부절못하면서 덧붙였다.

바로 그 순간 객실 문이 스르르 열렸다.

“아…… 안녕, 해리.” 초조한 목소리가 말했다. “음……

이따가 올까?"

해리는 트레버를 들지 않은 손으로 안경을 닦았다. 길고 윤기 나는 검은 머리카락을 가진 아주 예쁜 소녀가 그에게 미소 지으며 문 앞에 서 있었다. 래번클로 퀴디치 팀 수색꾼 초 챙이었다.

"아…… 안녕." 해리가 멍하니 말했다.

"음……." 초가 입을 열었다. "그게…… 그냥 인사나 할까 해서……. 그럼 안녕."

그녀는 얼굴을 약간 붉힌 채 문을 닫고 가 버렸다. 해리는 의자에 몸을 푹 파묻고 신음했다. 초가 네빌이나 괴짜 러브굿과 함께 앉아 두꺼비를 손에 쥔 채 악취 수액을 뚝뚝 흘리는 모습이 아니라, 해리가 던진 농담에 웃음을 터뜨리는 멋진 사람들과 함께 있는 모습을 보았더라면 정말 좋았을 것이다.

"신경 쓰지 마." 지니가 기운을 북돋우려는 듯 말했다. "봐, 이런 건 금방 치울 수 있어." 그녀가 마법 지팡이를 꺼냈다. "*스코지파이!*"

악취 수액이 사라졌다.

"미안." 네빌이 기어들어 가는 목소리로 다시 말했다.

론과 헤르미온느는 거의 한 시간 동안 나타나지 않더니

간식 수레가 왔다 가고 나서야 모습을 드러냈다. 해리, 지니, 네빌이 호박 파이를 다 먹고 개구리 초콜릿 카드를 맞바꾸느라 정신없을 때 객실 문이 미끄러지듯 열리고 두 사람이 크룩생스와 새장 안에서 높은 소리로 부엉부엉 울어대는 피그위전을 데리고 들어왔다.

"배고파 죽겠다." 론은 피그위전을 헤드위그 옆에 두고 해리한테서 개구리 초콜릿을 받아 든 다음 그의 옆자리에 털썩 주저앉았다. 그는 포장지를 뜯고 개구리의 머리를 깨물더니 아주 진 빠지는 아침을 보낸 것처럼 눈을 감고 뒤로 기댔다.

"음, 기숙사마다 5학년 반장이 두 명씩 있어." 헤르미온느가 몹시 언짢은 표정으로 자리에 앉으며 말했다. "남학생, 여학생 한 명씩."

"근데 슬리데린 반장이 누군 줄 알아?" 론이 여전히 눈을 감은 채 물었다.

"말포이." 가장 두려운 일이 현실이 될 거라 확신하며 해리가 곧바로 대답했다.

"뻔하지." 론이 개구리의 나머지 부분을 입에 밀어 넣고 또 하나를 집어 들며 씁쓸하게 말했다.

"그 *못돼 처먹은* 팬지 파킨슨도." 헤르미온느가 악의를 담아 말했다. "뇌진탕 걸린 트롤보다 멍청한 애가 어떻게 반장이 됐는지……."

"후플푸프는 누구야?" 해리가 물었다.

"어니 맥밀런이랑 해너 애벗." 론이 잠긴 목소리로 말했다.

"래번클로는 앤서니 골드스틴이랑 파드마 파틸이야." 헤르미온느가 말했다.

"너는 파드마 파틸이랑 크리스마스 무도회에 같이 갔었어." 멍한 목소리가 들려왔다.

모두가 루나 러브굿에게로 고개를 돌렸다. 그녀는 눈 한 번 깜빡이지 않고 《이러쿵저러쿵》 너머로 론을 바라보고 있었다. 론은 입안 가득하던 개구리를 삼켰다.

"그래, 나도 알아." 그가 조금 놀란 표정으로 말했다.

"파틸은 별로 좋아하지 않았어." 루나가 알려 주었다. "그 애는 네가 자기를 잘 대해 주지 않았다고 생각해. 네가 춤을 추지 않으려고 했으니까. 나라면 별로 신경 쓰지 않았을 거야." 그녀가 생각 끝에 덧붙였다. "나는 춤추는 걸 그렇게 좋아하지 않거든."

그녀는 다시 《이러쿵저러쿵》 뒤로 얼굴을 감췄다. 론은 한동안 입을 쩍 벌린 채 그 표지를 바라보다가 눈을 돌려 무슨 설명이라도 해 보라는 듯 지니를 바라봤다. 지니는 웃음이 나오려는 것을 참으려고 주먹으로 입을 막고 있었다. 론은 얼빠진 얼굴로 고개를 흔들더니 손목시계를 확인했다.

"우린 가끔 통로를 순찰해야 돼." 그가 해리와 네빌에게 말했다. "그리고 애들이 못된 짓을 하고 있으면 벌을 줄 수 있어. 크래브하고 고일한데 뭔가 벌을 주고 싶어서 좀이 쑤신다."

"지위를 남용해선 안 돼, 론!" 헤르미온느가 날카롭게 소리쳤다.

"아, 그러게. 말포이는 지위를 절대 남용하지 않을 텐데 말이야." 론이 비꼬듯 말했다.

"그러니까 말포이랑 같은 수준으로 떨어지겠다는 거야?"

"아니, 그 자식이 내 친구들을 건드리기 전에 반드시 그 자식 친구들을 먼저 건드려 주겠다는 것뿐이야."

"정말이지, 론……."

"고일한테 깜지를 시키면 죽으려고 할 거야. 글 쓰는 걸 무지 싫어하니까." 론이 즐거운 듯 말했다. 그는 뭔가에 집중하는 고통스러운 표정으로 얼굴을 잔뜩 구기고 허공에

글을 쓰는 시늉을 하면서 고일처럼 낮게 깐 목소리로 툴툴거렸다. "*저는…… 개코원숭이…… 엉덩이처럼…… 생기지…… 않겠습니다.*"

모두가 웃었지만 루나 러브굿만큼 심하게 웃은 사람은 아무도 없었다. 그녀가 즐거워하며 소리를 지르다시피 하자 헤드위그는 잠에서 깨어 화난 듯 날개를 퍼덕였고 크룩생스는 쉭쉭 소리를 내면서 짐 선반으로 뛰어올랐다. 루나는 손에서 놓아 버린 잡지가 다리를 타고 내려가 바닥에 떨어질 만큼 자지러지게 웃었다.

"그거 *웃기다!*"

루나는 숨을 고르면서 툭 튀어나온 눈으로 론을 바라보았다. 눈에는 눈물이 잔뜩 고인 채였다. 론은 완전히 어안이 벙벙해져서 다른 사람들을 둘러보았다. 다들 론의 표정과, 배를 잡고 앞뒤로 몸을 흔들며 터무니없이 길게 웃어 대는 루나 러브굿을 보며 웃음을 터뜨렸다.

"너 나 놀리는 거냐?" 론이 그녀를 향해 얼굴을 찌푸렸다.

"개코원숭이…… 엉덩이!" 그녀가 숨넘어갈 듯 웃으며 옆구리를 움켜쥐었다.

다른 사람들은 모두 루나가 웃는 모습을 쳐다보고 있었

지만, 해리는 바닥에 떨어진 잡지에서 뭔가를 언뜻 보고 곧바로 달려들었다. 거꾸로 봤을 때는 표지에 무슨 그림이 실려 있는지 알아보기 어려웠지만, 이제 보니 코닐리어스 퍼지를 그린 상당히 조악한 만화였다. 해리가 그를 알아본 건 순전히 밝은 연두색 중산모자 때문이었다. 그림 속 퍼지는 한 손으로 돈 자루를 꽉 움켜쥐고 다른 손으로는 고블린의 목을 조르고 있었다. 만화에는 '그린고츠를 차지하려는 퍼지, 어디까지 갈 것인가?'라는 설명이 붙어 있었다.

그 밑으로 잡지 속 또 다른 기사 제목들이 나열되어 있었다.

퀴디치 리그의 부패:
토네이도스는 어떻게 우승팀이 되었나
고대 룬문자의 비밀이 밝혀지다
시리우스 블랙: 악당인가, 피해자인가?

"이것 좀 봐도 돼?" 해리가 기대감 어린 목소리로 루나에게 물었다.

그녀는 론에게서 눈을 떼지 않은 채 웃느라 숨도 못 쉬며 고개를 끄덕였다.

해리는 잡지를 펼치고 차례를 훑어보았다. 지금 이 순간까지 그는 킹슬리가 시리우스에게 전해 달라며 위즐리 씨에게 건넸던 잡지를 완전히 잊고 있었다. 그 잡지는 분명 《이러쿵저러쿵》 이번 호였을 것이다.

해리는 그 페이지를 찾은 뒤 두근거리는 마음으로 기사를 읽기 시작했다.

그 기사에도 역시 무척이나 어설픈 만화가 그려져 있었다. 사실 설명이 없었더라면 해리는 그것이 시리우스를 그린 것인 줄 몰랐을 것이다. 만화 속 시리우스는 마법 지팡이를 꺼내 들고 산더미처럼 쌓인 사람 뼈다귀 위에 서 있었다. 기사 제목은 이랬다.

시리우스 블랙 – 이름처럼 악당인가?

악명 높은 대량 학살자인가,

가요계에 돌풍을 일으킨 결백한 가수인가?

해리는 기사 첫머리의 문장을 여러 번 읽고 나서야 자신이 잘못 읽은 게 아니라는 걸 알았다. 시리우스가 가요계에 돌풍을 일으켰다니. 대체 언제?

지난 14년 동안 사람들은 시리우스 블랙이 열두 명의 무고한 머글과 한 명의 마법사를 학살한 범죄자라고 믿어 왔다. 2년 전 그가 벌인 대담한 아즈카반 탈출 사건은 마법 정부 사상 최대 규모의 수색 작전으로 이어졌다. 그가 다시 붙잡혀서 디멘터들에게 넘겨져야 마땅하다는 데 의심을 품은 사람은 아무도 없다.

하지만 정말 그럴까?

최근, 시리우스 블랙이 아즈카반에 갇히는 계기가 된 그 범죄를 아예 저지르지 않았을 수도 있다는 놀라운 증거가 새롭게 조명받고 있다. 사실 리틀 노턴 아칸시아가 18번지에 사는 도리스 퍼키스는 블랙이 살해 현장에 없었을지도 모른다고 전한다.

"사람들이 모르는 건, 시리우스 블랙이 가명이라는 사실이에요." 퍼키스 씨는 말한다. "사람들이 시리우스 블랙이라고 믿는 사람은 사실 스터비 보드먼이에요. 인기 그룹 홉고블린스의 리드 싱어죠. 그는 15년 전쯤 리틀 노턴 교회 홀에서 순무로 귀를 얻어맞고 공식 무대에서 은퇴했어요. 난 신문에서 사진을 보자마자 그 사람을 알아봤어요. 내 말은, 스터비가 그런 범죄를 저질렀을 리 없다는 거예요. 사건 당일에 그는 나와 함께 촛불을 켜 놓고 낭만적인 저녁 식사를 즐기고 있었거든요. 마법 정부 총리한테는 이미 편지를 썼어요. 총리가 시리우스라는 가명으로 알려진 스터비에게 당장에라도 완전한 사면을 내리기를 기다리고 있어요."

기사를 다 읽은 해리는 도저히 믿을 수가 없어서 그 페이지를 바라보았다. 아마 장난일 것이다. 어쩌면 이 잡지는 패러디 기사를 자주 싣는지도 몰랐다. 그는 몇 페이지를 넘기다가 퍼지에 관한 기사를 찾았다.

5년 전 마법 정부 총리로 선출되었을 때만 해도 코닐리어스 퍼지는 마법사 은행인 그린고츠의 운영을 좌지우지하려는 그 어떤 계획도 갖고 있지 않다고 부인했다. 그 뒤로도 그는 늘 우리 금화의 수호자들과 "평화롭게 협력하는" 것 말고는 바라는 게 없다고 주장해 왔다.

하지만 정말 그럴까?

총리의 측근은 최근 그의 가장 간절한 야망이 고블린들의 돈줄을 틀어쥐는 것이며, 필요하다면 그가 무력을 쓰는 일조차 망설이지 않을 거라고 폭로했다.

"이번이 처음도 아니에요." 정부 내 관계자는 말했다. "'고블린 파괴자' 코닐리어스 퍼지. 총리의 친구들이 그 사람을 부르는 말이죠. 주위에 아무도 없을 때마다 퍼지가 하는 말을 들어 보셨으면 좋겠네요. 아, 총리는 항상 자기가 해치운 고블린 얘기를 떠들고 다녀요. 물에 빠뜨려 죽이고, 건물에서 밀어 떨어뜨리고, 구워서 파이로 만들었다고……."

해리는 읽기를 관뒀다. 결점이 많은 사람인지는 몰라도, 퍼지가 고블린들을 구워서 파이로 만들라고 지시하는 모습을 상상하는 것은 아주 어려웠다. 해리는 잡지를 휙휙 넘기며 몇 페이지마다 멈춰서 읽었다. 터츠힐 토네이도스가 협박, 불법 빗자루 개조, 고문을 동원해 퀴디치 리그에서 우승을 차지해 왔다는 의혹을 제기한 기사, 클린스윕 6을 타고 달에 갔다 왔다고 주장하면서 그 사실을 증명하기 위해 달 개구리를 한 자루 가져왔다는 마법사와의 인터뷰, 고대 룬문자를 다룬 기사 같은 것이 실려 있었다. 그나마 고대 룬문자 기사 덕분에 루나가 왜 《이러쿵저러쿵》을 뒤집어 읽고 있었는지 알 수 있었다. 잡지에 따르면, 룬문자들을 뒤집어 보면 적의 귀를 금귤로 바꿔 놓는 주문이 드러난다는 것이다. 사실, 《이러쿵저러쿵》에 실린 다른 기사들과 비교하면 시리우스가 홉고블린스의 리드 싱어일지 모른다는 추측성 기사는 상당히 분별 있는 편이었다.

"뭐 재밌는 거 있어?" 해리가 잡지를 덮자 론이 물었다.

"당연히 없지." 해리가 대답할 새도 없이 헤르미온느가 가차 없이 말했다. "《이러쿵저러쿵》은 쓰레기야. 다 아는 사실일걸?"

"미안한데……." 루나가 말했다. 목소리에서 갑자기 특유의 꿈꾸는 듯한 분위기가 사라졌다. "우리 아버지가 이 잡지 편집장이야."

"난, 그게……." 헤르미온느가 당황한 표정으로 허둥거렸다. "그러니까…… 재미있는 것도 조금은…… 내 말은, 상당히……."

"그만 돌려줘." 루나가 차갑게 말했다. 그녀는 몸을 구부려 해리의 손에서 잡지를 낚아채듯 가져가더니 57페이지가 나올 때까지 페이지를 펄럭펄럭 넘겨서 잡지를 다시 결연하게 뒤집고 그 뒤로 얼굴을 감췄다. 바로 그때 객실 문이 세 번째로 열렸다.

해리는 눈을 돌렸다. 예상은 했지만, 그렇다고 드레이코 말포이가 자기 패거리인 크래브와 고일 사이에서 히죽거리는 모습을 보는 게 조금이나마 즐거워진 건 아니었다.

"뭐야?" 말포이가 입을 열기도 전에 그가 공격적으로 물었다.

"예의를 갖춰야지, 포터. 안 그러면 방과 후 징계를 줄 수밖에 없어." 매끄러운 금발과 갸름한 턱이 아버지와 똑같은 말포이가 질질 늘어지는 목소리로 말했다. "그게 말이지, 나는 너랑 달리 반장이 됐거든. 그게 무슨 뜻이냐면, 내가 너랑은 달리 벌을 줄 권한을 갖고 있다는 거지."

"그래." 해리가 말했다. "하지만 너는 나랑 달리 재수 없는 녀석이야. 그러니까 우린 내버려 두고 나가."

론과 헤르미온느, 지니, 네빌이 웃었다. 말포이의 입가가 비틀렸다.

"어디 말해 봐. 위즐리한테 밀리니까 기분이 어때, 포터?" 그가 물었다.

"닥쳐, 말포이." 헤르미온느가 날카롭게 말했다.

"내가 네 신경을 거슬렸나 보네." 말포이가 히죽 웃으며 말했다. "글쎄, 아무튼 행실 똑바로 해, 포터. 내가 널 *개처럼* 바짝 뒤쫓으면서 선을 넘는지 볼 테니까."

"나가!" 헤르미온느가 일어서며 소리쳤다.

말포이는 낄낄거리며 해리에게 마지막으로 심술궂은 눈길을 던지더니 객실을 나갔다. 크래브와 고일이 느릿느릿 뒤따랐다. 헤르미온느는 그들이 나간 객실 문을 쾅 닫고,

고개를 돌려 해리를 바라보았다. 해리는 그녀가 그와 마찬가지로 말포이의 말을 분명히 들었고 그 말에 똑같이 신경이 거슬렸다는 사실을 곧바로 알아차렸다.

"개구리 하나 더 던져 줘." 론이 말했다. 그는 아무것도 눈치채지 못한 게 분명했다.

네빌과 루나가 있는 데서는 자유롭게 말을 할 수가 없었다. 해리는 헤르미온느와 또 한 번 초조한 눈길을 주고받은 뒤 창밖을 내다보았다.

그는 시리우스가 그와 함께 역까지 온 것이 그저 조금 재미있는 일일 뿐이라고 생각했다. 하지만 갑자기 그것이 순전히 위험할 뿐만 아니라 무모한 일로 느껴졌다. 헤르미온느의 말이 맞았다……. 시리우스는 오지 말았어야 했다. 말포이 씨가 그 검은 개를 알아보고 아들 드레이코에게 말한 거라면? 그가 위즐리 부부와 루핀, 통스, 무디가 시리우스의 은신처를 알고 있다는 것까지 추측했다면? 아니면 드레이코 말포이가 '개처럼'이라는 말을 한 건 그냥 우연이었을까?

북쪽으로 멀리 갈수록 날씨는 변덕을 부렸다. 비가 미적지근하게 창문에 튀는가 하면 태양이 희미하게 나타났다가 구름들이 다시 한 번 그 위로 흘러갔다. 어둠이 내리고 객실 안 등불들이 켜지자 루나는 《이러쿵저러쿵》을 둘둘 말아 조심스럽게 가방에 넣고 이번엔 객실 안의 모두를 뚫어지게 바라보았다.

해리는 저 멀리 호그와트가 처음으로 눈에 들어오는 모습을 보려고 애쓰며 기차 창문에 이마를 대고 앉아 있었다. 하지만 그날 밤은 달빛 한 줄기 없이 깜깜했고 빗줄기가 흘러내린 창문은 뿌옜다.

"옷 갈아입어야겠다." 마침내 헤르미온느가 말했다. 그녀와 론은 반장 배지를 정성껏 가슴에 달았다. 론이 검은 창문에 비친 자신의 모습을 확인하는 것이 보였다.

오랜 끝에 기차가 속도를 늦추기 시작했다. 모두가 짐과 반려동물을 챙기고 내릴 준비를 하러 허둥지둥 나오느라 여기저기서 여느 때처럼 소란이 일었다. 론과 헤르미온느는 이 모든 상황을 감독하기 위해 다시 객실에서 나가 모습을 감췄고, 해리와 다른 아이들은 남아서 크룩생스와 피그위전을 돌봤다.

"괜찮으면, 그 부엉이 내가 들고 갈게." 네빌이 트레버를 조심조심 안주머니에 집어넣고 있을 때 루나가 피그위전 쪽으로 손을 뻗으며 해리에게 말했다.

"아, 어…… 고마워." 해리는 그녀에게 새장을 넘겨주고 헤드위그의 새장을 좀 더 안정적으로 들어 올렸다.

그들은 터덜터덜 객실을 나왔다. 통로에 있는 아이들 틈에 끼자 처음으로 얼굴을 찔러 오는 밤공기가 느껴졌다. 그들은 천천히 문으로 이동했다. 해리는 호수로 가는 길 양옆에 있는 소나무 냄새를 맡았다. 승강장에 내려선 그는 주위를 둘러보며 귀를 기울였다. "1학년은 이쪽…… 1학년들은……" 하는 익숙한 외침을 듣고 싶었다.

하지만 그 소리는 들리지 않았다. 대신 완전히 다른 활기찬 여자 목소리가 소리쳤다. "1학년들은 이쪽에 줄을 섭니다! 1학년들은 모두 이쪽으로 옵니다!"

등불이 흔들거리며 다가왔다. 그 불빛 덕분에 작년에 잠깐 해그리드 대신 마법 생명체 돌보기 수업을 맡았던 마법사, 그러블리플랭크 교수의 툭 튀어나온 턱과 단정하게 바짝 자른 머리카락이 보였다.

"해그리드는 어디 있는 걸까?" 그가 큰 소리로 말했다.

"모르겠어." 지니가 말했다. "근데 비키는 게 좋겠어. 우리가 문을 막고 있잖아."

"아, 그래……."

해리와 지니는 함께 승강장을 따라 이동하다가 역을 나서면서 헤어졌다. 해리는 인파에 떠밀리면서도 해그리드를 찾아 눈을 가늘게 뜨고 어둠 속을 바라보았다. 해그리드는 여기 있어야만 해. 해리는 그렇게 믿어 왔다. 해그리드를 다시 보는 것이야말로 그가 가장 기대해 온 일 중 하나였다. 하지만 그는 어디에도 보이지 않았다.

'떠났을 리는 없어.' 해리는 다른 아이들과 함께 바깥으로 나가는 좁은 문을 천천히 터벅터벅 지나며 혼잣말을 했다. '그냥 감기에 걸렸거나 그런 걸 거야…….'

그는 론과 헤르미온느를 찾아 주위를 둘러보았다. 두 사람은 그러블리플랭크 교수가 다시 나타난 것을 어떻게 생각하는지 알고 싶었다. 하지만 그들은 곁에 없었다. 해리는 힘없이 호그스미드역 바깥, 비에 씻긴 어두운 길로 떠밀려 갔다.

그곳에는 여느 때처럼 1학년을 제외한 학생들을 성으로 데려다주는 말 없는 마차가 100대 넘게 서 있었다. 언뜻 그 마차들을 본 해리는 론과 헤르미온느를 찾으려고 고개를 돌렸다가 다시 눈길을 마차로 향했다.

그것들은 더 이상 말 없는 마차가 아니었다. 마차 끌채 사이에 어떤 생물이 서 있었다. 꼭 이름을 붙여야 한다면 말이라고 불러야겠지만 어딘지 파충류 같은 구석도 있었다. 살이라곤 하나도 없이 검은 가죽만 뼈대에 달라붙어 있어 뼈가 다 드러나 보였고, 머리는 용처럼 생겼으며, 동공이 없는 하얀 눈은 뭔가를 응시하는 듯했다. 어깻죽지에는 거대 박쥐한테나 어울릴 법한 커다란 검은색 가죽 날개가 달려 있었다. 어둠 속에 가만히, 조용하게 서 있는 그 생명체들은 으스스하고 불길하게 보였다. 해리는 저절로 움직이는 마차들을 왜 이런 끔찍한 말이 끌고 있는지 이해할 수 없었다.

"피그는 어디 있어?" 해리 바로 뒤에서 론의 목소리가 말했다.

"그 루나라는 여자애가 데리고 있어." 해리가 재빨리 돌아서며 말했다. 론과 해그리드 일을 상의하고 싶은 마음이 굴뚝같았다. "있잖아, 너 혹시……."

"해그리드가 어디 있는지 아냐고? 나도 모르겠어." 론이 걱정스러운 듯 말했다. "아무 일 없어야 할 텐데……."

조금 떨어진 곳에서는 드레이코 말포이가 크래브, 고일, 팬지 파킨슨을 비롯한 패거리를 거느린 채 소심해 보이는 2학년들을 밀치고 있었다. 자기들끼리 마차를 타려는 것이었다. 잠시 뒤, 헤르미온느가 헐떡이며 사람들 사이에서 나타났다.

"저 뒤쪽에서 말포이가 1학년생들한테 엄청 못되게 굴었어. 무슨 일이 있어도 이 일은 보고할 거야. 배지를 단 지 겨우 3분밖에 안 됐는데, 그걸 어느 때보다 더 심하게 사람들을 괴롭히는 데 쓰다니……. 크룩생스는?"

"지니가 데리고 있어." 해리가 말했다. "저기 있네."

지니가 버둥거리는 크룩생스를 꽉 붙든 채 막 사람들 사이에서 나타났다.

"고마워." 헤르미온느가 지니를 고양이에게서 해방시켜 주며 말했다. "가자, 자리가 없어지기 전에 같이 마차를 타야지."

"난 아직 피그 못 돌려받았어!" 론이 말했지만 헤르미온느는 이미 가장 가까운 곳에 있는 빈 마차로 향하고 있었다. 해리는 론과 함께 그 자리에 남아 있었다.

"넌 저게 뭘 것 같아?" 다른 학생들이 우르르 그들 옆을 지나갈 때 해리가 끔찍한 말들 쪽을 고갯짓하며 론에게 물었다.

"뭐가?"

"저 말들 말이야."

루나가 피그위전의 새장을 품에 안고 나타났다. 조그만 부엉이는 평소처럼 신이 나서 짹짹거리고 있었다.

"여기." 그녀가 말했다. "귀여운 부엉이야. 그렇지?"

"어…… 그래…… 괜찮은 녀석이야." 론이 무뚝뚝하게 말했다. "뭐, 그럼 가자. 마차 타자고……. 뭐라 그랬어, 해리?"

"그러니까, 저 말 같은 것들은 뭐냐고." 해리가 말했다. 그와 론과 루나는 헤르미온느와 지니가 이미 앉아 있는 마차를 향해 갔다.

"말 같은 거라니?"

"마차를 끌고 있는 저 말 같은 것들 말이야!" 해리가 못 참고 목소리를 높였다. 가장 가까이 있는 말과는 겨우 1미터 정도밖에 떨어져 있지 않았다. 말은 텅 빈 하얀 눈으로 그들을 지켜보고 있었다. 그러나 론은 당혹스러운 눈길로 해리를 바라보았다.

"무슨 소리 하는 거야?"

"무슨 소리냐니…… 봐!"

해리는 론의 팔을 붙잡고 홱 돌려 그가 날개 달린 말과 마주 보고 서게 했다. 론은 잠깐 동안 그 말을 정면으로 바라보더니 다시 해리를 보았다.

"뭐가 보여야 하는데?"

"그야 저기, 마차 앞에! 마차에 매여 있잖아! 저기, 바로 앞에……."

하지만 론은 계속 당황한 표정이었고 해리의 머릿속에는 이상한 생각이 떠올랐다.

"너…… 너한텐 안 보여?"

"*뭐가* 안 보이냐는 거야?"

"뭐가 마차를 끌고 있는지 안 보이느냐고."

론은 이제 심각하게 불안해하는 표정이었다.

"너 괜찮냐, 해리?"

"난…… 괜찮아……."

해리는 완전히 당황했다. 말은 바로 코앞에 있었다. 뒤에 있는 역 창문에서 흘러나오는 희미한 빛에 비쳐 녀석의 몸이 반짝반짝 빛났고, 차가운 밤공기에 콧구멍에서는 김이 뿜어 나왔다. 그런데도 론은, 안 보이는 척하는 게 아니라면(만약 그렇다면 아주 형편없는 농담이었다) 그 말을 전혀 보지 못했다.

"그럼 탈까?" 론이 머뭇거리며 물었다. 해리가 걱정되는 눈치였다.

"그래." 해리가 말했다. "그래, 타자……."

"괜찮아." 론이 어두운 마차 안으로 사라지자 해리 옆에서 꿈꾸는 듯한 목소리가 말했다. "너는 미쳐 가고 있다거나 뭐 그런 게 아니야. 나한테도 보이거든."

"너한테도 보인다고?" 해리가 루나에게 고개를 돌리며 간절하게 말했다. 그녀의 커다란 은색 눈동자에 박쥐 날개를 한 말들이 비쳤다.

"아, 그럼." 루나가 말했다. "나는 여기 온 첫날부터 저것들을 봤어. 항상 저 말들이 마차를 끌었는걸. 걱정하지 마. 너도 나만큼 제정신이야."

그녀는 희미한 미소를 지으며 론을 뒤따라 곰팡내 나는 마차 안으로 들어갔다. 해리는 완전히 안심하지는 못한 채 그녀를 따라 들어갔다.

11장

기숙사 배정 모자의 새 노래

저게 만약 환영이라 해도, 해리는 자신이 루나와 같은 환영을 본다는 말을 다른 사람들에게 하고 싶지 않았다. 그래서 그는 마차 안에 앉아 문을 쾅 닫은 뒤부터 더는 말 얘기를 꺼내지 않았다. 하지만 창밖에서 움직이는 말들의 어두운 윤곽에서 눈을 뗄 수는 없었다.

"다들 그 그러블리플랭크라는 여자 봤지?" 지니가 물었다. "여기에 다시 나타나서 뭘 하는 걸까? 해그리드가 떠났을 리 없잖아?"

"떠난 거면 참 좋을 텐데." 루나가 말했다. "그렇게 좋은 교수님은 아니잖아?"

"아니, 좋은 교수님이야!" 해리, 론, 지니가 화를 내며 말했다.

해리가 헤르미온느를 쏘아보았다. 그녀는 재빨리 목을 가다듬고 말했다. "음…… 맞아……. 해그리드는 아주 좋은 교수님이야."

"뭐, 우리 래번클로에서는 해그리드를 약간 웃음거리로 생각해." 루나가 흔들리지 않고 말했다.

"그럼 너희 유머 감각이 쓰레기 같은 거야." 론이 쏘아붙였다. 밑에서 바퀴들이 삐걱거리며 움직이기 시작했다.

루나는 론의 무례함에도 당황하지 않은 듯했다. 오히려 그녀는 론이 조금 흥미로운 텔레비전 프로그램이라도 되는 양 잠시 그를 바라보았다.

마차들은 무리를 지어서 덜컹덜컹 길을 달려갔다. 날개 달린 멧돼지가 얹힌 높은 돌기둥이 양옆에 서 있는 교문을 지나 교정으로 들어갈 때, 해리는 몸을 앞으로 기울여 금지된 숲 근처 해그리드의 오두막에 불빛이 보이는지 확인해 보려고 했지만 교정은 그저 어둡기만 했다. 그러나 호그와트 성만은 더욱 가깝게 보였다. 어두운 하늘을 배경으로 칠흑같이 검은 첨탑들이 높이 솟아 있었고, 창문들은 머리 위 여기저기서 횃불처럼 밝게 빛났다.

마차들이 덜컹거리며 오크나무 현관으로 이어지는 돌계

단 근처에 멈춰 섰다. 해리가 맨 먼저 내렸다. 그는 숲 근처의 불 켜진 창문을 보려고 다시 고개를 돌렸지만 해그리드의 오두막에는 확실히 사람의 기척이 없었다. 해리는 대신 차가운 밤공기 속에 조용히 서 있는 그 이상하고 해골 같은 생명체들에게 마지못해 눈을 돌렸다. 사라져 있었으면 했는데, 그것들은 변함없이 텅 빈 하얀 눈을 번뜩이고 있었다.

해리는 전에도 론이 보지 못하는 것을 본 경험이 있었다. 하지만 그때 해리가 본 건 거울 속에 비친 모습이었다. 마차 대열을 끌 수 있을 만큼 강하고 매우 단단해 보이는 수많은 짐승들보다 훨씬 실체가 없는 것이었다. 루나의 말이 맞다면 그 짐승들은 항상 그곳에 있었으면서도 보이지 않았을 뿐이다. 그렇다면 왜 해리가 갑자기 그것들을 볼 수 있게 된 걸까? 론은 왜 못 보는 걸까?

"오는 거야 마는 거야?" 론이 옆에서 말했다.

"아…… 갈게." 해리가 재빨리 대답했다. 그들은 서둘러 돌계단을 올라 성으로 들어가는 아이들 틈에 끼었다.

현관홀은 횃불로 밝혀져 있었다. 돌 깔린 바닥을 걸어가는 학생들의 발소리가 울려 퍼졌다. 모두 개강 연회가 준비된 대연회장으로 이어지는 오른쪽의 큰 문으로 향하고 있었다.

별 하나 없는 새까만 천장 아래 기다란 기숙사 식탁 네 개가 대연회장을 가득 채우고 있었다. 천장은 높은 창문 너머로 언뜻 보이는 하늘과 똑같았다. 식탁 주위를 둥둥 떠다니는 촛불들이 대연회장 곳곳에 있는 은빛 유령들과, 서로 열띤 대화를 나누는 학생들의 얼굴을 밝히고 있었다. 학생들은 여름방학 동안의 소식을 주고받거나, 다른 기숙사 친구들에게 큰 소리로 인사하거나, 서로의 새로운 머리 스타일과 로브를 눈여겨보기도 했다. 해리가 지나가자 이번에도 사람들이 머리를 모으고 귓속말을 하는 모습이 보였다. 해리는 이를 악문 채 애써 그런 것을 눈치채지도 못했고 신경도 쓰지 않는다는 듯 굴었다.

루나는 그들과 헤어져 래번클로 식탁으로 향했다. 그들이 그리핀도르 식탁에 도착하자 지니는 몇몇 4학년 친구들의 인사를 받고 그곳으로 가서 앉았다. 해리와 론, 헤르미온느, 네빌은 식탁을 따라가다가 그리핀도르 기숙사 유령인 목이 달랑달랑한 닉과 파르바티 파틸, 라벤더 브라운 사이에 자리를 잡았다. 파르바티와 라벤더는 과장된 태도로 유난히 친한 척하며 해리에게 인사했다. 해리는 그들이 방금 전까지 그의 얘기를 하다가 멈춘 게 틀림없다고 생각했다. 하지만 그에게는 더 중요한 걱정거리들이 있었다. 그는 학생들의 머리 너머, 대연회장의 가장 안쪽 벽을 따라 놓여 있는 교직원 식탁을 바라보았다.

"없어."

론과 헤르미온느도 교직원 식탁을 훑어보았다. 사실 그럴 필요는 없었다. 해그리드의 덩치라면 어느 줄에 있든 곧바로 눈에 띄었을 테니까.

"떠났을 리는 없는데." 론이 살짝 불안한 목소리로 말했다.

"당연하지." 해리가 단호하게 말했다.

"혹시…… *다치거나* 그런 건 아니겠지?" 헤르미온느가 걱정스럽게 말했다.

"아닐 거야." 해리가 즉시 대꾸했다.

"그럼 어디 있는 거야?"

잠시 침묵이 흘렀다. 해리는 네빌이나 파르바티, 라벤더가 듣지 못하도록 아주 조용한 목소리로 말했다. "어쩌면 아직 돌아오지 않은 걸지도 몰라. 그렇잖아, 임무에서 말이야. 여름방학 동안 덤블도어 교수님을 위해 맡은 일이 있었으니까."

"그래…… 맞아, 그거겠네." 론이 안심한 듯 말했지만 헤르미온느는 입술을 깨물었다. 그녀는 해그리드가 없는 이유를 설명해 줄 결정적인 단서를 찾으려는 듯 교직원 식탁을 이리저리 살폈다.

"*저건* 누구지?" 그녀가 교직원 식탁 한가운데를 가리키며 날카롭게 물었다.

해리의 눈이 그녀의 시선을 좇았다. 처음 눈에 들어온 것은 은빛 별이 흩뿌려진 짙은 자주색 로브를 입고 같은 무늬의 모자를 쓴 덤블도어 교수가 긴 교직원 식탁 한가운데 놓인 등받이 높은 황금색 의자에 앉아 있는 모습이었다. 그는 옆자리에서 그에게 뭔가를 소곤거리는 여자에게 머리를 기울이고 있었다. 해리가 보기에 그 여자는 꼭 어느 집 결혼 안 한 이모 같았다. 그녀는 땅딸막한 몸에, 짧고 곱슬곱슬한 회갈색 머리카락에는 끔찍한 분홍색 머리띠를 하고 있었다. 로브 위에 걸친 털이 북슬북슬한 분홍색 카디건과 같은 색깔이었다. 이윽고 그녀가 고개를 살짝 돌려 잔에 든 것을 한 모금 마셨다. 해리는 창백한 두꺼비 같은 얼굴과 살이 처진 한 쌍의 툭 튀어나온 눈을 알아보고 깜짝 놀랐다.

"그 엄브리지라는 사람이잖아!"

"누구?" 헤르미온느가 물었다.

"저 여자가 내 징계 청문회에 있었어. 퍼지 밑에서 일하는 사람이야!"

"카디건 멋지네." 론이 피식 웃으며 말했다.

"퍼지 밑에서 일한다니?" 헤르미온느가 얼굴을 찌푸리며 되풀이했다. "근데 대체 여기서 뭘 하는 거야?"

"몰라……."

헤르미온느는 눈을 가늘게 뜨고 교직원 식탁을 훑어보았다.

"아니야." 그녀가 중얼거렸다. "아냐, 그럴 리 없어……."

해리는 헤르미온느가 무슨 말을 하는지 이해할 수 없었지만 묻지 않았다. 그의 관심은 방금 교직원 식탁에 나타난 그러블리플랭크 교수에게 쏠려 있었다. 그녀는 식탁 맨 끝으로 걸어가더니 해그리드가 앉았어야 할 자리에 앉았다. 그것은 1학년들이 호수를 건너 성에 도착했다는 뜻이었다. 아니나 다를까, 잠시 뒤 현관홀 문이 열렸다. 겁에 질린 표정의 1학년들이 맥고나걸 교수를 뒤따라 길게 줄지어 들어왔다. 맥고나걸 교수는 낡디낡은 마법사 모자가 얹힌 의자를 들고 있었다. 모자는 기운 자국으로 덕지덕지했고, 해진 챙 주위에는 크게 찢어졌다가 꿰맨 자국이 있었다.

대연회장 안 웅성거리는 말소리가 잦아들었다. 1학년들이 나머지 학생들을 마주 보고 교직원 식탁 앞에 줄지어 서자, 맥고나걸 교수는 그들 앞에 의자를 조심스럽게 내려놓고 뒤로 물러났다.

1학년들의 얼굴이 촛불 빛을 받아 허옇게 빛났다. 줄 한가운데에 있던 작은 소년은 떨고 있는 것처럼 보였다. 해리는 소속 기숙사를 결정하는 미지의 시험을 기다리며 그 자리에 섰을 때 얼마나 겁에 질려 있었는지 아주 잠깐 떠올렸다.

전교생이 숨을 죽인 채 기다렸다. 그때 모자 챙 주위의 찢어진 부분이 입처럼 활짝 벌어지더니 기숙사 배정 모자가 노래를 부르기 시작했다.

내가 아직 새것이던 옛날에,
호그와트가 문을 열지도 않았을 때,
이 고귀한 학교의 창립자들은
결코 갈라서지 않을 거라 생각했다네.
같은 목표 아래 뭉친 그들은
똑같은 소망을 품고 있었지.
세계 최고의 마법학교를 만들어

자신들이 배운 것을 전수하겠다는.
"우리 함께 학교를 세우고 가르치세!"
네 명의 좋은 친구들은 그렇게 생각했다네.
언젠가 갈라서게 될 거라고는
꿈도 꾸지 못했지.
하긴, 세상천지 어디에
슬리데린과 그리핀도르 같은 친구가 있었을까?
후플푸프와 래번클로의 우정이라면
혹시 또 모르겠지만.
그런데 어쩌다 일이 그토록 틀어졌을까?
어떻게 그런 우정이 깨어졌을까?
글쎄, 나는 그 자리에 있었으니 말할 수 있다네.
슬프고 안타까운 이야기를 모두 들려주지.
슬리데린이 말했지. "우리,
가장 순수한 혈통을 가진 사람들만 가르치자."
래번클로도 말했지. "우리,
가장 빈틈없는 지성을 갖춘 사람들을 가르치자."
그리핀도르도 말했어. "우리,
이름에 걸맞은 용기를 보여 주는 사람은 모두 가르치자."
후플푸프도 말했어. "난 아주 많은 사람들을 가르칠 거고,

그 모두를 똑같이 대해 줄 거야."

처음에 이런 의견 차이는

별다른 갈등을 일으키지 않았네.

네 명의 창립자 각각

원하는 사람들만 받아들일

기숙사를 갖고 있었으니까.

그러므로, 가령 슬리데린은

오직 순수한 혈통을 지닌

자기처럼 아주 영악한 사람들만을 받아들였지.

가장 예리한 지성을 갖춘 사람들이

래번클로의 가르침을 받았고

가장 용감하고 대담한 사람들은

대범한 그리핀도르에게 갔다네.

선한 후플푸프는 나머지 사람들을 받아들여

자기가 아는 모든 것을 가르쳤다네.

그렇게 기숙사들과 그 창립자들은

굳건하고 진실하게 우정을 지켜 나갔지.

그처럼 행복한 몇 년이 흘렀네.

호그와트도 조화롭게만 돌아갔다네.

하지만 그때 아무도 모르게 찾아온 불화가

우리의 결점과 걱정을 먹고 자랐지.

네 개의 기둥처럼

한때 우리 학교를 떠받치던 기숙사들은

이제 서로에게 맞서며 분열되었고

주도권을 차지하려고 다투었다네.

호그와트 마법학교는 잠시

결투와 싸움 때문에

친구와 친구의 다툼 때문에

때 이른 종말을 맞을 것 같았네.

그러다 마침내 아침이 밝았네.

슬리데린이 떠났지.

그제야 싸움은 멈추었지만

남은 사람은 모두 낙담하고 말았네.

그렇게 네 명의 창립자는 셋이 되었고

그 뒤로 기숙사들은 단 한 번도

오래전에 꾸었던 꿈에서처럼

단합하지 못했다네.

그리고 지금 기숙사 배정 모자가 여기 왔다네.

너희 모두가 알듯이

나는 너희를 기숙사에 배정할 거야.

그게 바로 내가 존재하는 이유니까.

하지만 올해에는 더 멀리 나아갈 테니

내 노래를 귀 기울여 들어 보렴.

비록 나는 너희를 나눠야 할 운명이지만

여전히 그게 잘못된 일이 아닐까 하는 걱정이 앞서네.

나는 내 임무를 다해야 하기에

해마다 너희를 넷으로 나누지만

그런데도 나는 이 기숙사 배정이

두려운 종말을 초래하지는 않을까 의문이 들어.

아, 위험을 알아채고 징조를 읽으려무나.

역사가 보여 주는 경고를.

호그와트는 바깥의 치명적인 적들 때문에

위험에 빠져 있으니

학교 안의 우리는 단합해야 한다네.

그렇지 않으면 안에서부터 무너질 거야.

말했어, 경고했어.

이제 배정을 시작하자.

모자는 다시 한 번 미동도 하지 않게 되었다. 박수가 터져 나왔지만, 해리가 기억하기에 웅성거리는 소리와 수군거림으로 갈채가 중간중간 끊긴 건 처음이었다. 대연회장에 모인 학생 모두가 옆에 있는 사람과 말을 주고받았다. 해리는 다른 사람들처럼 손뼉을 치면서 그들이 무슨 이야기를 주고받는지 정확히 알 수 있었다.

"올해는 새로운 장르를 개척했네?" 론이 눈썹을 치켜올리며 말했다.

"그러게." 해리가 대꾸했다.

기숙사 배정 모자는 보통 호그와트의 네 기숙사가 각각 추구하는 다양한 자질과 학생들을 배정하는 자신의 역할만 설명하곤 했다. 모자가 예전에 학생들에게 조언하려 들었던 적이 있었는지는 기억나지 않았다.

"전에도 모자가 경고한 적이 있을까?" 헤르미온느가 살짝 불안한 목소리로 말했다.

"물론 있었네." 목이 달랑달랑한 닉이 네빌을 통과해 그녀에게로 몸을 기울이며 박식한 척 말했다(네빌은 움찔했다, 유령이 몸을 뚫고 가는 건 아주 불쾌한 일이었으니까). "모자는 위험을 느끼면 학교에 마땅한 경고를 하는 것이 도리라고 생각하거든."

1학년들의 명단을 큰 소리로 읽으려던 맥고나걸 교수가 수군거리는 학생들에게 따가운 눈총을 보냈다. 목이 달랑달랑한 닉이 투명한 손가락을 입술에 대더니 다시 단정하고 꼿꼿한 자세로 앉았다. 그 순간 소곤거리는 소리들도 멈췄다. 얼굴을 찡그린 채 마지막으로 네 개의 기숙사 식탁을 쭉 훑어본 맥고나걸 교수가 긴 양피지로 시선을 내리고 첫 번째 이름을 외쳤다.

"애버크롬비, 유언."

해리가 앞서 눈여겨봤던 겁먹은 표정의 소년이 비틀거리며 앞으로 나와 모자를 썼다. 모자가 그 아이의 어깨로 곧장 내려오지 않은 건 단지 유난히 튀어나온 귀 덕분이었다. 모자가 잠시 생각에 잠기더니 챙 근처의 찢어진 부분을 벌리며 소리쳤다.

"*그리핀도르!*"

유언 애버크롬비가 비틀비틀 그리핀도르 식탁으로 와서 자리에 앉자 해리는 다른 그리핀도르 학생들과 함께 크게 박수를 쳐 주었다. 그 아이는 바닥으로 꺼져 다시는 누구의 눈에도 띄지 않았으면 좋겠다는 표정을 짓고 있었다.

1학년들의 기나긴 줄이 천천히 줄어들었다. 학생들의 이름이 불리고 모자가 결정을 내리는 사이 짧은 침묵이 흐를 때마다 론의 배에서 시끄럽게 꼬르륵거리는 소리가 들렸다. 마지막으로 "젤러, 로즈"가 후플푸프에 배정되자 맥고나걸 교수가 모자와 의자를 내갔다. 덤블도어 교수가 자리에서 일어났다.

최근 섭섭함을 느끼긴 했지만, 해리는 덤블도어가 모두의 앞에 서 있는 모습을 보자 어쩐지 마음이 진정되는 것을 느꼈다. 오랜 기다림 끝에 호그와트에 돌아왔는데 해그리드는 없고 용처럼 생긴 말들이 나타났다. 익숙한 노래 중간중간 귀에 거슬리는 음정이 튀어나오는 것처럼 예상치 못한 놀라움만 한가득인 것 같았다. 하지만 적어도 이 일, 교장이 개강 연회 전에 자리에서 일어나 모두를 환영하는 것만은 예정되어 있던 일이었다.

"신입생 여러분." 덤블도어가 두 팔을 활짝 벌리고 입가에 환한 미소를 띤 채 낭랑한 목소리로 말했다. "환영합니다! 우리 재학생들은 다시 만나 반갑습니다! 살다 보면 연설을 해야 할 때도 있지만 지금은 아니군요. 욱여넣으세요!"

덤블도어가 바른 자세로 앉아 긴 턱수염을 어깨 위로 휙 넘겨 접시에서 치우자 고마워하는 웃음과 갈채가 터져 나왔다. 접시에는 난데없이 음식이 나타났다. 긴 식탁 다섯 개가 고깃덩어리와 파이와 채소 요리, 빵과 소스와 호박주스 병 아래에서 휘청거렸다.

"멋진데." 론이 먹고 싶어 죽겠다는 듯 신음하더니, 가장 가까이 있던 갈비 접시를 들어 자신의 접시에 음식을 덜기 시작했다. 목이 달랑달랑한 닉이 그 모습을 부러운 듯 지켜보았다.

"배정식 전에 하신 얘기가 뭐예요?" 헤르미온느가 유령에게 물었다. "모자가 경고를 한다는 얘기요."

"아, 그래." 닉이 말했다. 그는 론에게서 고개를 돌릴 이유가 생겨 기쁜 듯했다. 이제 론은 거의 보기 거북한 열정을 보이며 구운 감자를 먹고 있었다. "그래, 나는 모자가 경고하는 것을 전에도 몇 번 들은 적이 있다네. 항상 학교에 엄청난 위기가 닥쳐 오는 것을 감지했을 때였지. 그리고 물론 모자의 조언은 언제나 같았네. 함께 버텨라. 안에서부터 뭉쳐서 강해져라."

"악교가 위엄에 처했는지 모자가 억혜 알아오?" 론이 물었다.

해리가 보기에는 입안이 그렇게 꽉 찬 상태에서 소리를 낸 것 자체가 놀라운 일이었다.

"다시 말해 주겠나?" 목이 달랑달랑한 닉이 정중하게 청했다. 반면 헤르미온느는 메스껍다는 표정을 짓고 있었다. 론이 입안의 음식을 꿀꺽 삼키더니 다시 물었다. "그냥 모자일 뿐인데 학교가 위험에 처했는지 어떻게 알아요?"

"그건 나도 모른다네." 목이 달랑달랑한 닉이 말했다. "다만 저 모자는 덤블도어 교수의 연구실에서 살고 있으니 거기에서 정보를 모으는 거겠지."

"그런데 저 모자는 모든 기숙사가 친구가 되기를 바라는 건가요?" 해리가 슬리데린 식탁을 건너다보며 말했다. 드레이코 말포이가 자기 패거리와 낄낄대고 있었다. "퍽도 그렇게 되겠네요."

"자자. 그러면 안 되지." 닉이 꾸짖듯 말했다. "평화로운 협력, 그게 바로 열쇠야. 우리 유령들은 서로 다른 기숙사에 속해 있으면서도 우정의 끈을 놓지 않고 있네. 그리핀도르와 슬리데린이 경쟁 관계에 있음에도 불구하고 나는 피투성이 남작과 싸우는 건 꿈도 꾸지 않아."

"그거야 아저씨가 남작을 무서워해서 그런 거잖아요." 론이 말했다.

목이 달랑달랑한 닉은 굉장히 모욕을 당한 표정이었다.

"무서워한다고? 맹세컨대 나, 니콜라스 드 밈시포핑턴 경은 한평생 비겁함이라는 죄를 지어 본 적이 없네! 내 핏줄에 흐르는 고귀한 피는……."

"무슨 피요?" 론이 물었다. "확실히 아직까지 피가 흐르고 있을 리는……?"

"그냥 말이 그렇다는 거잖나!" 목이 달랑달랑한 닉이 소리쳤다. 이제는 너무나 짜증이 난 나머지, 머리가 잘리다만 목 위에서 불안하게 떨리고 있었다. "비록 먹고 마시는 즐거움은 허용되지 않을지 몰라도 나에게는 아직 내가 쓰고 싶은 어떤 말이든 마음대로 사용할 권리가 있다고 생각하네! 하지만 이것만은 확실하지. 나는 학생들이 내 죽음을 웃음거리로 삼는 것에 무척 익숙하다네!"

"닉, 론은 아저씨를 조롱한 게 아니에요!" 헤르미온느는 분노한 눈길로 론을 쏘아보며 그렇게 말했다.

불행히도 론의 입안은 또다시 꽉 차서 터지기 일보 직전이었고, 그가 할 수 있는 말이라고는 "기붕 나뿌라고 한 마은 아니에요"뿐이었다. 닉은 그것이 제대로 된 사과라고 생각하지 않는 듯했다. 그는 공중으로 떠오르면서 깃털 달린 모자를 바로잡고 식탁 반대쪽 끝으로 휙 날아가 콜린과 데니스 크리비 형제 사이에 자리를 잡았다.

"잘한다, 론." 헤르미온느가 쏘아붙였다.

"뭐?" 마침내 간신히 음식을 삼킨 론이 화를 냈다. "그 정도 말도 못 해?"

"아, 됐어." 헤르미온느가 짜증을 내며 말했다. 그렇게 두 사람은 성난 침묵 속에서 나머지 식사 시간을 보냈다.

둘이 티격태격하는 데 너무 익숙해진 해리는 굳이 그들을 화해시키려 들지 않았다. 스테이크앤키드니 파이를, 그다음엔 그가 가장 좋아하는 당밀 타르트를 접시 가득 덜어 놓고 꾸준히 먹는 것이 시간을 더 잘 보내는 방법 같았다.

모든 학생이 식사를 마치고 대연회장 안이 점점 소란스러워지기 시작하자 덤블도어는 다시 한 번 자리에서 일어났다. 모두가 교장 쪽으로 얼굴을 돌리며 대화를 멈췄다. 해리는 이제 기분 좋게 졸음이 밀려오는 것을 느꼈다. 저위 어딘가에서 놀랄 만큼 따뜻하고 부드러운 그의 사주식 침대가 기다리고 있을 터였다.

"자, 우리 모두 또 한 번의 화려한 만찬을 소화시키고 있는 지금, 예전처럼 새 학기 공지에 잠깐 귀 기울여 주기 바랍니다." 덤블도어가 말했다. "교정에 있는 숲은 학생들이 들어가서는 안 되는 곳임을 신입생들에게 알려 드립니다. ……재학생 몇 명도 이젠 그 점을 알았으면 좋겠습니다만. (해리, 론, 헤르미온느는 서로를 바라보며 히죽 웃었다.) 건물 관리인인 필치 씨가, 그분 말로는 사백하고도 예순 두 번째로, 여러분 모두에게 수업 시간 사이사이 복도에서 마법을 써서는 안 된다는 점을 상기시켜 달라고 부탁했습니다. 그 밖에도 해서는 안 될 일들이 엄청나게 많은데요,

그 내용은 필치 씨 사무실 문에 붙여 둔 긴 목록에서 확인할 수 있습니다. 올해에는 교수님 두 분이 새로 오셨습니다. 마법 생명체 돌보기 수업을 맡아 주실 그러블리플랭크 교수님을 다시 맞이하게 되어 매우 기쁩니다. 또한 새로운 어둠의 마법 방어법 담당이신 엄브리지 교수님을 소개하게 된 것도 즐거운 일입니다."

예의는 갖췄지만 마지못해 치는 듯한 박수가 한차례 일었다. 해리, 론, 헤르미온느는 조금 당황한 눈길을 주고받았다. 덤블도어는 그러블리플랭크 교수가 얼마나 오랫동안 수업을 맡을지 말해 주지 않았다.

그가 말을 이었다. "기숙사 퀴디치 팀 선수 선발은……."

그는 뭔가를 묻는 듯한 표정으로 엄브리지 교수를 보며 말을 끊었다. 그녀는 일어섰어도 앉아 있을 때보다 별로 크지 않았기 때문에, 처음에는 덤블도어가 왜 말을 멈췄는지 아무도 이해하지 못했다. 하지만 그때 엄브리지 교수가 "흠, 흠" 하고 목소리를 가다듬었다. 연설 한마디를 하려고 자리에서 일어난 것이 틀림없었다.

덤블도어는 잠깐 그저 놀란 표정을 짓더니 재빨리 자리에 앉아 그녀의 말을 듣는 것보다 더 바라는 일은 없다는 듯 초롱초롱한 눈으로 엄브리지 교수를 바라보았다. 다른 교직원들은 그만큼 능숙하게 놀라움을 감추지 못했다. 스프라우트 교수의 눈썹은 한껏 치켜올라 가 부스스한 머리카락 속으로 사라졌고, 맥고나걸 교수의 입은 해리가 여태껏 본 그 어느 때보다 가늘어져 있었다. 새로 온 교수가 덤블도어의 말을 끊었던 적은 지금까지 단 한 번도 없었다. 수많은 학생이 피식 웃었다. 저 사람은 호그와트가 어떻게 돌아가는지 모르는 게 틀림없었다.

"고맙습니다, 교장 선생님." 엄브리지 교수가 바보같이 웃었다. "이렇게 친절하게 환영해 주시다니."

고음에 숨소리가 섞여 있는 소녀 같은 목소리였다. 해리는 다시 한 번 이유를 알 수 없는 심한 혐오스러움이 솟구치는 것을 느꼈다. 그가 아는 거라고는 저 멍청한 목소리에서부터 털이 북슬북슬한 분홍색 카디건에 이르기까지 그녀의 모든 것이 싫다는 사실뿐이었다. 그녀는 또 한 번 작은 기침("흠, 흠")으로 목을 가다듬더니 말을 이었다.

"뭐랄까, 이렇게 호그와트에 돌아오다니 정말 기쁘다는 말밖에는 할 수가 없네요!" 그녀가 미소를 머금으며 꽤 뾰족한 치아를 드러냈다. "저를 바라보는 저 행복한 작은 얼굴들을 보는 것도 그렇고요!"

해리는 주위를 힐끔 둘러보았다. 그가 보기에는 누구도

행복한 표정을 짓고 있지 않았다. 오히려 다섯 살짜리 애를 다루는 듯한 말투에 깜짝 놀란 얼굴이었다.

"저는 여러분 모두를 알게 되기를 정말 기대하고 있답니다. 우린 분명 아주 좋은 친구가 될 거예요!"

이 말에 학생들은 서로 눈길을 주고받았다. 몇몇은 씩 번지는 웃음을 좀처럼 숨기지 못했다.

"저 카디건을 빌려주겠다고 하지만 않으면 친구가 될 수 있을 것 같은데." 파르바티가 라벤더에게 속삭이더니 둘 다 숨죽여 킥킥거렸다.

엄브리지 교수가 다시 목을 가다듬었다("흠, 흠"). 하지만 다시 말을 잇는 그녀의 목소리에서는 숨소리가 조금 사라져 있었다. 그녀는 훨씬 사무적인 목소리로 달달 외운 것처럼 단조롭게 말했다.

"마법 정부는 언제나 어린 마법사들의 교육을 매우 중요한 일로 간주해 왔습니다. 여러분이 타고난 희귀한 재능은 주의 깊은 지도에 따라 양성되고 연마되지 않으면 아무것도 아닌 것이 되고 맙니다. 마법사 사회 고유의 아주 오래된 기술들을 영원히 잃고 마는 사태를 막으려면 여러 세대에 걸쳐 그것을 전수해야 합니다. 교육이라는 고귀한 직업의 소명을 부여받은 이들은 우리 조상들이 쌓아 온 마법 지식의 보고를 반드시 지키고, 다시 채우고, 갈고닦아야 합니다."

엄브리지 교수는 여기서 잠깐 말을 멈추고 동료 교직원들에게 살짝 고개 숙여 인사했지만, 그녀에게 마주 인사하는 사람은 아무도 없었다. 맥고나걸 교수는 검은 눈썹 사이가 잔뜩 좁혀져 매처럼 보일 정도였다. 엄브리지 교수가 또 한 번 작게 "흠, 흠" 소리를 내고 연설을 계속하자 맥고나걸 교수가 스프라우트 교수와 의미심장한 눈짓을 주고받는 모습이 똑똑히 보였다.

"호그와트 역대 교장 선생님들은 모두 이 역사적인 학교를 이끌어 간다는 막중한 임무에 뭔가 새로운 것들을 도입해 왔습니다. 마땅한 일이죠. 진보하지 않으면 정체와 부패가 생겨나기 때문입니다. 그에 반해, 진보만을 위한 진보는 지양해야 할 것입니다. 이미 시험과 검증을 거친 우리의 전통에는 어설픈 손질이 필요하지 않기 때문입니다. 그러면 낡은 것과 새것, 영원함과 변화, 전통과 혁신 사이의 균형이……."

해리는 주의력이 흐트러지는 것을 느꼈다. 뇌의 주파수가 맞았다 안 맞았다 하는 것 같았다. 덤블도어가 말할 때면 언제나 대연회장을 가득 채웠던 고요함이 깨지고 있었다. 학생들은 머리를 맞대고 귓속말을 하면서 낄낄거렸다. 래번클로 식탁에서는 초 챙이 친구들과 활발하게 수다를 떨고 있었고, 그녀와 조금 떨어진 자리에서는 루나 러브굿이 《이러쿵저러쿵》을 다시 꺼내 든 뒤였다. 한편 후플푸프 식탁의 어니 맥밀런은 아직까지 엄브리지 교수를 바라보고 있는 몇 안 되는 학생 중 한 명이었지만 눈이 멍했다. 해리는 그가 단지 가슴팍에서 반짝이는 새 반장 배지에 어울리는 태도를 보이기 위해 귀를 기울이는 척할 뿐이라고 확신했다.

엄브리지 교수는 청중이 지루해서 안달하는 기색을 눈치채지 못하는 듯했다. 그녀는 코앞에서 전교생이 폭동을 일으켜도 연설을 계속할 것 같았다. 그러나 선생들은 여전히 매우 주의 깊게 듣고 있었고, 헤르미온느는 엄브리지가 하는 말을 죄다 들이켜고 있는 듯했다. 표정을 보니 입맛에 전혀 맞지 않는 듯했지만.

"……왜냐하면 몇몇 변화는 더 나은 방향으로 이어지겠지만, 또 어떤 변화들은 시간이 지나면 잘못된 판단으로 밝혀질 것이기 때문입니다. 한편 몇몇 오래된 관습들은 당연히 유지될 테지만, 또 어떤 관습들은 더 이상 쓸모가 없고 낡은 것으로 폐기되어야 합니다. 자, 이제 개방성과 효

율성, 책임감의 새 시대로 나아갑시다. 무엇을 보존해야 하는지 관심을 기울이고, 완벽해야 하는 것들은 완벽하게 만들면서, 금지되어야 할 관행들이 발견될 때마다 단호하게 쳐 내도록 합시다."

그녀가 자리에 앉았다. 덤블도어가 손뼉을 쳤다. 교직원들이 그를 따라 손뼉을 쳤지만, 해리는 그중 몇몇이 겨우 두어 차례 손을 마주치고 박수를 멈추는 것을 눈치챘다. 학생들도 몇 명은 박수 대열에 합류했으나 대부분은 겨우 단어 몇 개밖에 듣지 않았기 때문에 연설이 끝난 줄도 모르고 있었다. 그들이 제대로 박수를 치기도 전에 덤블도어가 다시 일어섰다.

"정말 고맙습니다, 엄브리지 교수님. 굉장히 많은 것을 알 수 있는 연설이었습니다." 그가 그녀에게 허리를 구부려 인사했다. "자, 앞서도 말했지만 퀴디치 선수 선발은……."

"그래, 정말 많은 것을 알 수 있는 연설이었어." 헤르미온느가 나직한 목소리로 말했다.

"설마 재미있었다는 얘기는 아니지?" 론이 멍한 얼굴을 헤르미온느에게로 돌리며 조용히 말했다. "내가 들어 본 것 중 최고로 지루한 연설이었어. 퍼시랑 같이 자란 *내가*

듣기에도 말이야."

"알 수 있는 게 많다고 했지, 재미있었다고는 안 했어." 헤르미온느가 말했다. "그 연설이 많은 걸 알려 줬다는 얘기야."

"그래?" 해리가 놀라서 말했다. "난 그냥 장황한 얘기 같던데."

"그 장황한 말속에 몇 가지 중요한 내용이 숨겨져 있었어." 헤르미온느가 엄숙하게 말했다.

"그랬냐?" 론이 멍하니 입을 열었다.

"'진보만을 위한 진보는 지양해야 할 것입니다'는 어때? '금지되어야 할 관행들이 발견될 때마다 단호하게 쳐 냅시다'는 어떻고?"

"글쎄, 그게 무슨 뜻인데?" 론이 못 참겠다는 듯 물었다.

"그게 무슨 뜻이냐면" 하고, 헤르미온느가 불길하게 말을 이었다. "정부가 호그와트에 간섭하겠다는 뜻이야."

주위에서 요란하게 덜컹거리는 소리와 쿵쿵거리는 소리가 들렸다. 덤블도어가 학생들을 해산시킨 듯 모두가 자리에서 일어나 대연회장을 떠날 준비를 하고 있었다. 헤르미온느는 허둥거리며 벌떡 일어났다.

"론, 우리가 1학년들한테 어디로 가야 하는지 알려 줘야 하잖아!"

"아, 맞다." 론이 말했다. 잊고 있었던 게 틀림없었다. "야! 야, 너희! 쥐방울들아!"

"론!"

"뭐, 맞잖아. 쟤들은 조그마니까……."

"나도 알아. 그렇다고 쥐방울이라고 부르면 안 되지! 너희, 1학년!" 헤르미온느가 지휘하듯 식탁 저편에 대고 소리쳤다. "이쪽이야!"

신입생 한 무리가 수줍어하며 그리핀도르와 후플푸프 식탁 사이로 걸어왔다. 모두 맨 앞에 서지 않으려고 기를 쓰고 있었다. 그들은 정말 작아 보였다. 해리는 자기가 호그와트에 처음 도착했을 때 저렇게 어려 보이지는 않았을 거라고 생각했다. 그는 그들을 보며 씩 웃었다. 유언 애버크롬비 옆의 금발 소년이 얼어붙은 표정으로 유언의 옆구리를 쿡 찌르더니 그의 귀에 뭔가를 속삭였다. 유언 애버크롬비도 똑같이 깜짝 놀란 표정을 짓더니 겁먹은 얼굴로 해리를 슬쩍 쳐다보았다. 해리는 얼굴에서 미소가 악취 수액처럼 싹 씻겨 나가는 것을 느꼈다.

"나중에 보자." 그는 론과 헤르미온느에게 말하고 홀로 대연회장을 빠져나갔다. 지나가는 동안 그는 더 많은 소곤거림과 시선, 손가락질을 무시하려고 최선을 다했다. 현관 홀에 가득한 아이들을 헤치고 나아가는 내내 시선을 앞에만 두다가 서둘러 대리석 계단을 올랐다. 숨겨진 지름길을 두어 군데 지나자 곧 사람들 대부분을 따돌릴 수 있었다.

해리는 훨씬 한적한 위층의 복도들을 걸어가면서 이런 일을 예상 못 한 스스로의 어리석음에 화가 났다. 모두가 그를 쳐다보는 건 당연한 일이었다. 두 달 전 그는 동료 학생의 시신을 움켜잡고 트라이위저드 미로를 빠져나와 볼드모트 경의 부활을 봤다고 주장했다. 지난 학기 모두가 집으로 돌아가기 전에는 해명할 시간이 없었다. 설령 시간이 있었더라도 그 묘지에서 있었던 끔찍한 일들을 전교생 앞에서 상세하게 설명할 기분이 들었을지는 모르겠지만.

해리는 복도 끝 그리핀도르 휴게실에 다다라 뚱뚱한 귀부인의 초상화 앞에 멈춰 섰다. 그제야 새 암호를 모른다는 사실을 깨달았다.

"어……." 그가 뚱뚱한 귀부인을 올려다보며 침울하게 입을 열었다. 그녀는 분홍색 새틴 드레스의 주름을 매만져 펴면서 완고한 얼굴로 그를 마주 보았다.

"암호가 없으면 문도 없느니라." 그녀가 도도하게 말했다.

"해리, 내가 알아!" 누군가가 헐떡이며 해리의 등 뒤로 다가왔다. 돌아보자 이쪽으로 종종걸음 치면서 오는 네빌이 보였다. "뭔 줄 알아? 이번만은 나도 정말 암호를 기억할 수 있을 거야." 그는 기차에서 보여 주었던 덜 자란 작은 선인장을 흔들었다. "밈뷸러스 밈블토니아!"

"정답." 뚱뚱한 귀부인이 말했다. 그녀의 초상화가 문처럼 그들 쪽으로 홱 젖혀지더니 그 뒤 벽에 난 둥근 구멍을 드러냈다. 해리와 네빌은 그 구멍을 지나 안으로 들어갔다.

낡았지만 푹신푹신한 안락의자들과 곧 부서질 것 같은 낡은 탁자들로 가득한 탑 속의 둥근 방, 그리핀도르 휴게실은 여느 때처럼 안락해 보였다. 벽난로에서는 불꽃이 즐겁게 타닥거렸고 몇몇 아이들은 침실로 올라가기 전 그 앞에서 손을 쬐고 있었다. 벽난로 맞은편에서는 프레드와 조지 위즐리가 게시판에 뭔가를 꽂아 놓고 있었다. 해리는 그들에게 손을 흔들어 잘 자라고 인사한 뒤 곧장 남학생 침실로 향했다. 지금은 별로 말을 하고 싶은 기분이 아니었다. 네빌이 그의 뒤를 따랐다.

딘 토머스와 셰이머스 피니건이 먼저 침실에 도착해 각자의 침대 옆 벽을 포스터와 사진으로 뒤덮고 있었다. 해리가 문을 열고 들어올 때만 해도 이야기를 나누고 있던 그들은 그를 본 순간 문득 말을 멈췄다. 해리는 그들이 자기 얘기를 하고 있었던 걸까 궁금해하다가, 이어 자기가 편집증에라도 걸린 건 아닐까 싶은 생각이 들었다.

"안녕." 해리가 방을 가로질러 가서 자신의 짐 가방을 열며 말했다.

"안녕, 해리." 딘이 말했다. 그는 웨스트햄 축구팀 색깔 잠옷을 입고 있었다. "방학 잘 보냈어?"

"나쁘진 않았어." 해리가 중얼거렸다. 진짜로 방학을 어떻게 보냈는지 이야기하려면 밤을 새야 할 지경이었지만 그럴 수는 없었다. "넌?"

"뭐, 괜찮았어." 딘이 킥킥 웃었다. "어쨌든 셰이머스보다는 나았지. 방금 나한테 얘기해 주던 중이었거든."

"왜? 무슨 일이었는데, 셰이머스?" 네빌이 자신의 침대 옆 보관함에 밈뷸러스 밈블토니아를 조심조심 올려놓으며 물었다.

셰이머스는 바로 대답하지 않았다. 그는 켄메어 케스트럴스 퀴디치 팀 포스터가 똑바로 붙어 있는지 확인하는 데 지나치게 공을 들이더니 여전히 해리에게 등을 돌린 채 입을 열었다. "우리 엄마가 나더러 돌아가지 말랬어."

"뭐?" 해리가 로브를 벗다 말고 말했다.

"내가 호그와트로 돌아가지 않았으면 좋겠대."

셰이머스는 포스터에서 얼굴을 돌리고 짐 가방에서 잠옷을 꺼냈다. 그는 여전히 해리 쪽을 쳐다보지 않았다.

"하지만…… 왜?" 해리가 깜짝 놀라 물었다. 그는 셰이머스의 어머니가 마법사라는 사실을 알고 있었다. 그런 그녀가 왜 더즐리 가족처럼 군단 말인가.

셰이머스는 잠옷 단추를 다 잠글 때까지 대답하지 않았다.

"그게……." 그가 조심스럽게 말했다. "내 생각엔…… 너 때문인 것 같아."

"무슨 뜻이야?" 해리가 재빨리 물었다.

심장이 빠르게 뛰었다. 뭔가가 그를 궁지에 몰아넣는 듯한 느낌이 살짝 들었다.

"뭐……." 셰이머스가 여전히 해리의 눈길을 피하며 다시 말했다. "엄마는…… 어…… 뭐, 너 때문만은 아니야. 덤블도어 때문이기도 해……."

"《예언자일보》 기사를 믿으시는 거야?" 해리가 물었다. "나는 거짓말쟁이고 덤블도어 교수님은 노망 난 늙은이라고 생각하신다고?"

셰이머스가 고개를 들어 그를 바라보았다.

"응, 비슷해."

해리는 아무 말도 하지 않았다. 그는 화가 나서 마법 지팡이를 침대 옆 탁자에 던지고 로브를 벗어 짐 가방에 쑤셔 넣은 뒤 잠옷을 입었다. 지긋지긋했다. 늘 사람들의 눈총을 받고 이야깃거리가 되는 것에 넌덜머리가 났다. 그들 중 한 명이라도 안다면, 그들 중 단 한 명이라도 이 모든 사건의 당사자가 되는 기분이 어떤 건지 어렴풋하게라도 안다면……. 하지만 피니건 부인, 그 멍청한 여자는 아무것도 모른다고 해리는 화가 나서 생각했다.

해리는 침대로 들어가 주위에 커튼을 두르려고 했지만 그럴 겨를도 없이 셰이머스가 말했다. "저기…… 그날 밤에 *정말* 무슨 일이 있었던 거야? 그 왜…… 세드릭 디고리한테 일어난 일이랑, 전부."

셰이머스의 목소리는 초조한 동시에 호기심에 차 있었다. 슬리퍼를 꺼내려고 짐 가방 위로 허리를 숙이고 있던 딘이 이상할 정도로 가만히 있는 것이 느껴졌다. 해리는 그가 열심히 귀를 기울이고 있다는 사실을 눈치챘다.

"뭐 하러 나한테 물어?" 해리가 쏘아붙였다. "그냥 너희 엄마처럼 《예언자일보》나 읽지 그래? 그럼 알고 싶은 건 다 알 수 있을 텐데."

"우리 엄마한테 뭐라고 하지 마." 셰이머스가 쏘아붙였다.

"나를 거짓말쟁이라고 부르는 사람이면 누구한테든 뭐라고 할 거야." 해리가 말했다.

"나한테도 그런 식으로 말하지 마!"

"나는 내가 말하고 싶은 대로 말할 거야." 해리가 말했다. 분노가 확 치민 탓에 그는 침대 옆 탁자에 놓아두었던 마법 지팡이를 다시 집어 들었다. "나랑 같은 침실을 쓰는 게 문제가 된다면 맥고나걸 교수님한테 가서 방을 옮길 수 있느냐고 물어봐. 너희 엄마가 더 이상 걱정 안 하게……."

"우리 엄마는 건드리지 말랬다, 포터!"

"무슨 일이야?"

론이 문 앞에 와 있었다. 그는 눈을 휘둥그레 뜨고, 마법 지팡이로 셰이머스를 겨눈 채 침대에 꿇어앉아 있는 해리를 봤다가 주먹을 쳐들고 그 자리에 서 있는 셰이머스에게로 눈길을 옮겼다.

"저 자식이 우리 엄마한테 뭐라고 하잖아!" 셰이머스가 소리쳤다.

"뭐?" 론이 말했다. "해리가 그랬을 리가……. 우린 너희 어머니를 만났잖아. 좋은 분이라고 생각했단 말이야."

"그야 그 아줌마가 구린내 나는 《예언자일보》가 나에 대해 써 대는 말을 모조리 믿기 전의 일이지!" 해리가 목청껏 소리쳤다.

"아." 론의 주근깨투성이 얼굴에 알겠다는 표정이 떠올랐다. "아…… 그랬구나."

"그거 아냐?" 셰이머스가 해리에게 독기 어린 시선을 던지며 열 오른 목소리로 말했다. "재 말이 맞아. 난 더 이상 재랑 같은 침실을 쓰고 싶지 않아. 잰 미쳤어."

"말이 너무 심하잖아, 셰이머스." 론이 말했다. 그의 귀가 빨갛게 달아오르고 있었다. 그것은 언제나 위험 신호였다.

"심하다고? 내가?" 셰이머스가 소리쳤다. 그는 론과 정반대로 하얗게 질려 가고 있었다. "너는 재가 '그 사람'에 대해 내뱉는 헛소리를 다 믿는구나? 그치? 재가 진실을 말한다고 생각해?"

"그래, 난 그렇게 생각해!" 론이 화를 내며 말했다.

"그럼 너도 미쳤네." 셰이머스가 질렸다는 듯 말했다.

"아, 그래? 뭐, 너한테는 안됐지만, 친구, 나는 반장이기도 하거든!" 론이 손가락으로 자신의 가슴을 쿡 찌르며 말했다. "그러니까 방과 후 징계를 받고 싶지 않으면 입 조심해!"

셰이머스는 머릿속에 떠오르는 말들이 방과 후 징계를

받고서라도 할 만한 가치가 있는 것인지 잠시 생각하는 듯했다. 하지만 그는 경멸하는 듯한 소리를 내며 발길을 돌려 침대로 뛰어들더니 커튼을 쳤다. 어찌나 거칠게 잡아당겼는지 먼지투성이 커튼이 침대에서 뜯겨 나와 똘똘 뭉쳐서 바닥으로 떨어졌다. 론이 셰이머스에게 눈을 부라리더니 딘과 네빌을 바라봤다.

“너희 집에서도 해리한테 뭐라고 하냐?” 그가 공격적으로 물었다.

“우리 부모님은 머글이야, 친구.” 딘이 어깨를 으쓱하며 말했다. “호그와트 사망 사건에 대해서는 아무것도 모르셔. 난 그런 말을 할 만큼 멍청하지 않으니까.”

“넌 우리 엄마를 몰라. 우리 엄마는 누구한테서든 뭐든지 알아낼 수 있다고!” 셰이머스가 쏘아붙였다. “어쨌든 너희 부모님은 《예언자일보》를 안 보시잖아. 너희 부모님은 우리 교장이 노망나서 위즌가모트랑 국제 마법사 연맹에서 잘렸다는 것도 모르실 거 아냐.”

“우리 할머니는 그게 다 헛소리라셨어.” 네빌이 입을 열었다. “망조가 든 건 《예언자일보》지 덤블도어 교수님이 아니라고. 우리 할머니는 신문을 끊으셨어. 우린 해리를 믿어.” 네빌이 간단히 말했다. 그는 침대로 기어들어 이불을 턱까지 끌어당기더니 그 너머로 부엉이처럼 셰이머스를 바라보았다. “우리 할머니는 옛날부터 ‘그 사람’이 언젠가 돌아올 거라고 하셨어. 덤블도어 교수님이 그자가 돌아왔다고 하면, 돌아온 거래.”

해리는 네빌에게 고마운 마음이 솟구쳤다. 더 이상 아무 말도 나오지 않았다. 셰이머스는 마법 지팡이를 꺼내 침대 커튼을 고치고 그 뒤로 모습을 감췄다. 딘은 침대로 들어가 몸을 뒤척이더니 이내 조용해졌다. 네빌은 다른 아이들과 마찬가지로 더는 할 말이 없는 듯, 달빛을 받고 있는 선인장을 애정 어린 눈길로 바라보았다.

해리는 론이 옆 침대에서 물건을 치우느라 부스럭거리는 소리를 들으며 베개를 베고 누워 있었다. 언제나 사이가 좋았던 셰이머스와의 말다툼은 해리에게 충격으로 다가왔다. 얼마나 많은 사람들이 그가 거짓말을 하고 있다고, 혹은 정신이 나갔다고 말할까?

처음에는 위즌가모트에서, 그다음에는 국제 마법사 연맹에서 쫓겨난 덤블도어도 여름 내내 이렇게 괴로웠을까? 덤블도어가 몇 달 동안이나 해리와 연락하지 않은 것도 그에게 화가 났기 때문이었을까? 어쨌든 두 사람은 한배를 탄 셈이었다. 덤블도어는 해리를 믿고 그가 겪은 일을 학교 전체에 알린 다음 더 큰 마법사 사회에 전했다. 해리를 거짓말쟁이라고 생각하는 사람은 덤블도어도 거짓말쟁이라고 생각하는 것이었다. 아니면 덤블도어가 속았다고 생각하거나…….

결국은 우리가 옳았다는 걸 알게 될 거야. 론이 침대로 들어가 마지막까지 켜 있던 촛불을 끄는 동안 해리는 비참한 마음으로 그렇게 생각했다. 하지만 그날이 오기까지 셰이머스 같은 사람들의 공격을 몇 번이나 더 견뎌야 할지는 알 수 없었다.

12장

엄브리지 교수

셰이머스는 다음 날 아침 순식간에 옷을 갈아입고, 해리가 양말도 신기 전에 침실을 빠져나갔다.

"나랑 한방에 너무 오래 있으면 머리가 이상해질 것 같나 보지?" 셰이머스의 로브 자락이 시야 밖으로 휙 사라질 때 해리가 큰 소리로 물었다.

"걱정 마, 해리." 딘이 책가방을 어깨에 짊어지며 중얼거렸다. "쟨 그냥……."

하지만 딘은 셰이머스가 그냥 어떻다는 건지 분명히 말할 수 없는 듯했다. 약간 어색한 침묵이 흐른 뒤 그도 셰이머스를 뒤따라 방을 나갔다.

네빌과 론 둘 다 해리에게 '그건 쟤 잘못이지 네 잘못이 아니야'라고 말하는 듯한 표정을 지었지만 해리에게는 그다지 위로가 되지 않았다. 앞으로 이런 일을 얼마나 더 겪어야 할까?

"왜 그래?" 5분 뒤 헤르미온느가 아침 식사를 하러 휴게실을 걸어가던 해리와 론을 따라잡으며 물었다. "너희 표정이 너무…… 아, 세상에."

그녀는 휴게실 게시판을 바라보고 있었다. 게시판에는 큼직한 새 게시물이 붙어 있었다.

갈레온을 갈퀴로 모을 기회!

친구 좀 사귀어 보려는데 용돈이 부족한가요?
금화를 좀 더 벌고 싶나요?
그리핀도르 휴게실에서
프레드와 조지 위즐리를 찾으세요.
간단하고 고통이 거의 없는 아르바이트가 있습니다.

(유감스럽지만 이에 따르는 모든 위험은
지원자 자신이 감수해야 합니다.)

"더 이상 안 되겠어." 헤르미온느가 엄격한 목소리로 말하며, 프레드와 조지가 10월로 예정된 첫 호그스미드 방문 날짜를 알리는 포스터 위에 핀으로 꽂아 둔 게시물을 떼어

냈다. "저 둘이랑 얘기 좀 해 봐야겠어, 론."

론은 무척 놀란 얼굴이었다.

"왜?"

"우린 반장이잖아!" 초상화 구멍을 나오면서 헤르미온느가 말했다. "이런 짓을 막는 게 우리 일이야!"

론은 아무 말도 하지 않았다. 론의 침울한 표정을 보니 프레드와 조지가 그렇게 하고 싶어 하는 일을 막는 것이 그다지 내키지 않는 게 분명했다.

"그건 그렇고 무슨 일이야, 해리?" 헤르미온느는 나이 든 마법사 초상화들이 양옆에 늘어선 계단을 내려가며 말을 이었다. 초상화 속 마법사들은 모두 자기들끼리 대화하느라 그들을 못 본 체했다. "무슨 일인지는 모르겠지만 너 정말 화나 보여."

"셰이머스는 해리가 '그 사람'에 대해 거짓말을 하고 있는 것 같대." 해리가 대답하지 않자 론이 간단하게 말했다.

해리는 헤르미온느가 자기 대신 화를 낼 거라고 예상했지만 그녀는 그저 한숨만 쉬었다.

"그래, 라벤더도 그렇게 생각하더라." 그녀가 우울하게 말했다.

"그래서 내가 거짓말쟁이에다 관심받고 싶어서 안달하

는 멍청이일까 아닐까 같이 수다라도 떨었냐?" 해리가 큰 소리로 말했다.

"아니." 헤르미온느가 침착하게 대꾸했다. "네 얘기를 할 거면 그 큰 입 좀 닥치고 있으라고 했어. 근데 해리, 너도 우리가 찍 소리도 못 하게 하는 건 그만뒀으면 좋겠다. 네가 눈치 못 챘을까 봐 하는 말인데, 론이랑 나는 네 편이야."

짧은 침묵이 흘렀다.

"미안해." 해리가 나직한 목소리로 말했다.

"괜찮아." 헤르미온느가 품위 있게 답하더니 고개를 저었다. "너희, 지난번 종강 연회 때 덤블도어 교수님이 뭐라고 했는지 기억 안 나?"

해리와 론 둘 다 멍하니 자신을 바라보자 헤르미온느는 다시 한숨을 쉬었다.

"'그 사람'에 대해서 말이야. 덤블도어 교수님은 이렇게 말씀하셨어. '볼드모트 경은 불화와 적의를 퍼뜨리는 능력이 아주 뛰어납니다. 반대로 우리는 강력한 우정과 신뢰의 결속을 보여 줄 때만 그와 맞서 싸울 수 있습니다'라고."

"넌 그런 걸 어떻게 기억해?" 론이 감탄한 눈으로 그녀를 바라보며 물었다.

"나는 귀 기울여 듣거든, 론." 헤르미온느가 조금 날카롭게 말했다.

"나도 귀 기울여 들어. 그래도 그렇게 정확하게는……."

"중요한 건" 하고, 헤르미온느가 큰 소리로 밀어붙였다. "이런 게 바로 덤블도어 교수님이 걱정했던 일이란 거야. '그 사람'이 돌아온 지 겨우 두 달밖에 안 됐는데 벌써 우리끼리 싸우기 시작했잖아. 기숙사 배정 모자도 똑같이 경고했지. 함께 버텨라, 단합해라……."

"그리고 어젯밤에 해리가 제대로 파악했듯이" 하고, 론이 반박했다. "그게 슬리데린 애들하고 친하게 지내야 한다는 뜻이라면…… *퍽도 그렇게 되겠다.*"

"글쎄, 그렇다고 기숙사끼리 단합하기 위해 조금도 노력하지 않는 건 한심한 일이라고 생각해." 헤르미온느가 뿌루퉁하게 말했다.

그들은 대리석 계단을 다 내려갔다. 줄지어 현관홀을 가로지르던 래번클로 4학년들이 해리를 보더니 재빨리 자기들끼리 간격을 좁혔다. 줄에서 떨어지면 해리가 공격하기라도 할 거라고 생각하는 모양이었다.

"그래, 저런 사람들하고 친구가 되려고 노력해야겠지." 해리가 냉소적으로 말했다.

그들은 래번클로 학생들을 뒤따라 대연회장으로 들어서면서 본능적으로 교직원 식탁을 바라보았다. 그러블리플랭크 교수가 천문학 담당인 시니스트라 교수와 수다를 떨고 있었다. 이번에도 해그리드의 빈자리만 눈에 띌 뿐이었다. 머리 위 마법 천장은 해리의 기분을 반영하기라도 하듯 먹구름 낀 처참한 회색으로 물들어 있었다.

"덤블도어 교수님은 그러블리플랭크가 얼마나 있을지도 말 안 하던데." 그리핀도르 식탁으로 가면서 해리가 말했다.

"어쩌면……." 헤르미온느가 생각에 잠긴 채 입을 열었다.

"뭔데?" 해리와 론이 동시에 물었다.

"글쎄…… 어쩌면 덤블도어 교수님은 해그리드가 여기 없다는 사실에 관심이 쏠리는 걸 원하지 않으시는지도 몰라."

"관심이 쏠리다니, 그게 무슨 소리야?" 론이 반쯤 웃으며 말했다. "해그리드가 없는 걸 어떻게 모를 수 있어?"

헤르미온느가 대답하기도 전에, 머리를 길게 땋은 키 큰 여학생이 해리에게 다가왔다.

"안녕, 앤젤리나."

"안녕." 그녀가 활기차게 답했다. "여름방학 잘 보냈어?" 그러더니 그녀는 해리가 대답을 들을 자세를 갖추기도 전에 말을 이었다. "저기 있잖아, 내가 그리핀도르 퀴디치 팀 주장이 됐어."

"잘됐다." 해리가 활짝 웃으며 말했다. 앤젤리나가 올리버 우드만큼 경기 전 연설을 길게 할 것 같지는 않았다. 이는 확실한 진전이었다.

"그래, 뭐, 이제 올리버가 졸업했으니까 새 파수꾼이 필요해. 금요일 5시에 선수 선발전이 있는데 팀 선수 전원이 참석했으면 좋겠어. 알겠지? 그래야 새로운 선수가 우리 팀에 잘 어울릴지 알 수 있을 테니까."

"응." 해리가 말했다.

앤젤리나는 그에게 싱긋 웃어 보이고 자리를 떠났다.

"우드가 졸업했다는 걸 잊고 있었어." 헤르미온느가 론 옆에 앉으며 모호한 말투로 말하고는 토스트 접시를 끌어당겼다. "팀에 상당한 변화가 생길 것 같은데?"

"그렇겠지." 해리가 맞은편 의자에 앉으며 말했다. "훌륭한 파수꾼이었는데……."

"그래도 새로운 피를 수혈하는 게 나쁜 일은 아니잖아?" 론이 말했다.

부엉이며 올빼미 수백 마리가 덜컹거리는 소리를 내면서 머리 위 창문으로 휙휙 날아들었다. 녀석들은 각자 주인에게 편지와 소포를 배달하느라 연회장 이곳저곳으로 내려앉으며 아침 식사 하는 사람들에게 물방울을 튀겼다. 밖에 세찬 비가 내리고 있는 게 분명했다. 헤드위그의 모습은 보이지 않았지만 해리는 전혀 놀라지 않았다. 그와 편지를 주고받을 사람은 시리우스뿐이었다. 떨어진 지 겨우 스물네 시간밖에 안 됐는데 시리우스한테 새로운 소식이 올 거라는 생각은 들지 않았다. 그러나 헤르미온느는 얼른 오렌지 주스를 옆으로 치우고, 부리 사이에 푹 젖은 《예언자일보》를 물고 있는 커다란 외양간올빼미에게 자리를 내주어야 했다.

"그건 뭐 하러 계속 받아 봐?" 해리가 셰이머스를 떠올리고 짜증이 나서 말했다. 헤르미온느가 올빼미 다리에 달린 가죽 주머니에 크넛 하나를 넣자 녀석은 다시 날아올랐다. "굳이 그런 걸…… 헛소리투성이인데."

"적들이 하는 말은 들어 두는 게 가장 좋으니까." 헤르미온느가 어두운 목소리로 말했다. 그녀는 신문을 펼쳐 그 뒤로 얼굴을 감추고 해리와 론이 식사를 마칠 때까지 다시 모습을 드러내지 않았다.

"아무것도 없어." 그녀가 신문을 둘둘 말아 접시 옆에 내려놓으며 간단히 말했다. "너에 대해서든, 덤블도어 교수님에 대해서든, 뭐에 대해서든."

어느새 맥고나걸 교수가 식탁 사이를 돌아다니며 시간표를 나눠 주고 있었다.

"오늘 시간표 좀 봐!" 론이 신음했다. "마법의 역사, 마법약 연강, 점술, 어둠의 마법 방어법 연강……. 빈스, 스네이프, 트릴로니, 거기다 그 엄브리지까지 전부 하루에 몰려 있어! 프레드랑 조지가 빨리 그 꾀병 과자 세트를 만들면 좋겠다."

"내가 잘못 들은 건가?" 프레드가 조지와 함께 나타나 해리 옆에 끼어 앉으며 말했다. "호그와트 반장들이 수업을 땡땡이치고 싶어 하는 건 당연히 아니겠지?"

"우리 오늘 수업 좀 봐." 론이 짜증이 깃든 어조로 말하며 프레드의 코앞에 시간표를 들이밀었다. "여태까지 본 것 중에서 최악의 월요일 시간표야."

"맞는 말이구나, 꼬마 동생아." 프레드가 시간표를 훑어보며 말했다. "원한다면 코피 캔디를 싸게 주마."

"왜 싸게 주는데?" 론이 의심스러운 듯 물었다.

"왜냐하면 몸이 쪼그라들 때까지 피가 날 테니까. 아직 해독제를 못 만들었거든." 조지가 훈제 청어를 먹으며 말했다.

"멋지네." 론이 침울한 얼굴로 시간표를 주머니에 넣었다. "그냥 수업 들을래."

"꾀병 과자 세트 얘기가 나와서 말인데……." 헤르미온느가 프레드와 조지에게 눈을 번뜩이며 말했다. "그리핀도르 게시판에 실험 대상자를 모집하는 광고는 붙일 수 없어."

"누가 그래?" 조지가 깜짝 놀란 표정으로 물었다.

"내가." 헤르미온느가 말했다. "론도."

"난 빼 줘라." 론이 얼른 말했다.

헤르미온느가 그를 노려보았다. 프레드와 조지가 낄낄댔다.

"너도 머잖아 생각이 바뀔 거야, 헤르미온느." 프레드가 크럼핏에 버터를 잔뜩 바르며 말했다. "이제 5학년이 됐으니까 좀 있으면 우리한테 과자 세트 하나 달라고 빌게 될걸."

"5학년이 된 거랑 꾀병 과자 세트가 무슨 상관인데?" 헤르미온느가 물었다.

"5학년 때는 O.W.L.이 있으니까." 조지가 말했다.

"그래서?"

"시험이 다가오잖아. 뼈 빠지게 공부하다가 진짜 뼈가 빠질걸." 프레드가 흡족한 표정으로 말했다.

"O.W.L. 볼 때가 되니까 우리 학년 애들 절반이 조금씩 정신이 나갔어." 조지가 즐겁게 말했다. "울고불고…… 퍼트리샤 스팀슨은 툭하면 기절하고……."

"케네스 타울러는 부스럼이 잔뜩 나서 왔잖아. 기억나?" 프레드가 추억에 젖어서 말했다.

"그거야 네가 걔 잠옷에 불바독스 가루를 넣어 놔서 그런 거고." 조지가 상기시켜 주었다.

"아, 맞다." 프레드가 씩 웃었다. "까먹었네……. 가끔은 다 기억하는 게 쉽지가 않아. 그렇지?"

"어쨌든 악몽 같은 학년이야, 5학년은." 조지가 말했다. "시험 성적에 관심이 있다면 말이지만. 왠지는 모르지만 프레드랑 나는 활력을 잃지 않을 수 있었지."

"그래…… 형들은, 몇 개였더라? O.W.L.을 각각 세 개쯤 받았나?" 론이 말했다.

"맞아." 프레드가 태평하게 말했다. "하지만 우리의 미래는 학문 바깥 세계에 있을 것만 같다."

"굳이 학교에 와서 7학년 공부를 해야 하는지 우리끼리 심각하게 의논했어." 조지가 밝은 목소리로 말했다. "이제 우리 손에는……."

자신이 건넨 트라이위저드 상금 얘기가 나오기 일보 직전이라는 것을 안 해리가 경고의 눈길을 보내자 조지가 말을 멈췄다.

"……O.W.L.이 있으니까." 조지가 서둘러 덧붙였다. "그러니까, N.E.W.T.가 정말 필요하냐 이 말이야. 근데 엄마는 우리가 학교를 일찍 떠난다는 사실을 못 받아들일 것 같더라고. 안 그래도 퍼시가 세계 최고의 멍청이로 판명된 마당에 말이야."

"그래도 여기서 보내는 마지막 한 해를 낭비하지는 않을 생각이야." 프레드가 애정 어린 눈길로 대연회장을 둘러보며 말했다. "시장 조사를 통해 평균적으로 호그와트 학생들이 장난감 가게에서 뭘 찾는지 정확히 알아내고 우리의 조사 결과를 신중하게 분석해서 수요에 맞는 제품들을 생산해야지."

"하지만 장난감 가게를 시작하는 데 필요한 돈은 어디서 구하려고?" 헤르미온느가 회의적인 목소리로 물었다. "온갖 재료와 자재 같은 것들이 필요할 텐데. 가게를 차릴 장소도 있어야 할 테고……."

해리는 쌍둥이 쪽을 쳐다보지 않았다. 얼굴이 뜨거웠다. 그는 일부러 포크를 떨어뜨린 뒤 그것을 주우려고 재빨리 몸을 숙였다. 머리 위에서 프레드의 말소리가 들렸다. "묻지 마. 그래야 우리도 거짓말 안 하지, 헤르미온느. 가자,

조지. 일찍 가면 약초학 수업 전에 길어지는 귀를 몇 개 팔 수 있을지도 몰라."

해리는 식탁 밑에서 나와 프레드와 조지가 멀어져 가는 모습을 바라보았다. 그들은 각각 토스트를 한 더미씩 들고 있었다.

"무슨 뜻일까?" 헤르미온느가 해리와 론을 차례로 보며 말했다. "묻지 말라니. 장난감 가게를 시작할 돈을 이미 구했다는 뜻인가?"

"그러게. 나도 그게 궁금하던 참이야." 론이 얼굴을 찌푸리며 말했다. "올여름에 나한테 새 정장 로브를 사 줬거든. 그 많은 갈레온이 다 어디서 났는지 모르겠더라고."

해리는 이 위험천만한 바다에서 대화의 키를 돌려야 할 때가 왔다고 판단했다.

"올해가 엄청 힘들 거라는 말이 사실일까? 시험이 있잖아."

"아, 물론." 론이 말했다. "당연하잖아? O.W.L.은 진짜 중요하거든. 지원할 수 있는 직업이며 온갖 것에 영향을 미치니까. 올해 말에는 진로 상담도 받을 거래. 빌이 말해 줬어. 그래야 내년에 어떤 N.E.W.T.를 치를지 선택할 수 있으니까."

“너희는 호그와트를 졸업한 다음에 뭘 하고 싶은지 생각해 봤어?” 잠시 뒤 대연회장을 떠나 마법의 역사 교실로 향하며 해리가 다른 두 사람에게 물었다.

“별로.” 론이 천천히 말했다. “다만…… 뭐랄까…….”

그는 조금 쑥스러운 듯했다.

“뭔데?” 해리가 그를 재촉했다.

“뭐, 오러가 되면 멋지겠지.” 론이 툴툴대듯 말했다.

“맞아, 그럴 거야.” 해리가 열렬하게 맞장구쳤다.

“하지만 그 사람들은, 뭐, 엘리트잖아.” 론이 말했다. “진짜 실력이 있어야 해. 넌 어때, 헤르미온느?”

“모르겠어.” 그녀가 말했다. “나는 정말로 가치 있는 일을 하고 싶다는 생각이 들어.”

“오러야말로 가치 있는 일이지!” 해리가 말했다.

“응, 맞아. 하지만 그것만이 가치 있는 일은 아니잖아.” 헤르미온느가 생각에 잠겨서 말했다. “내 말은, S.P.E.W.를 더 밀어붙일 수만 있으면…….”

해리와 론은 서로 눈을 마주치지 않으려고 조심했다.

마법사들이 고안해 낸 가장 지루한 과목이 마법의 역사라는 것은 마법사 세계의 상식이었다. 유령 빈스 교수가 내는 쌕쌕거리는 저음을 듣고 있으면 10분 안에, 날씨가 따뜻할 때는 5분 안에 심각한 졸음이 몰려왔다. 그는 결코 수업 방식을 바꾸지 않았고, 학생들이 필기를 하거나 졸린 눈으로 허공을 바라보는 동안 한 번 쉬지도 않고 강의를 이어 나갔다. 지금껏 해리와 론은 시험 직전 헤르미온느의 노트를 베끼는 방법으로 겨우겨우 이 과목을 통과해 왔다. 빈스 교수의 목소리가 가진 최면의 힘에 저항할 수 있는 사람은 헤르미온느 한 명뿐인 듯했다.

오늘 그들은 거인 전쟁이라는 주제에 대한 45분 동안의 단조로운 웅웅거림을 견뎌 냈다. 해리도 처음 10분 동안은 다른 교수가 가르쳤더라면 이 주제가 조금은 재미있었을지도 모르겠다고 생각하며 멍하니 귀를 기울였지만 그다음에는 머릿속이 멍해졌고, 남은 35분은 론과 함께 양피지 한 귀퉁이에다 행맨 게임을 하며 보냈다. 헤르미온느가 매서운 눈길로 그들을 째려보았다.

"어떻게 될 것 같아?" 쉬는 시간이 되어 교실을 나서면서 헤르미온느가 차갑게 물었다(빈스 교수는 둥둥 떠서 칠판을 뚫고 사라졌다). "내가 올해에는 너희한테 노트를 빌려주지 않겠다고 하면 말이야."

"O.W.L.에서 낙제하겠지." 론이 말했다. "그렇게 해도 네 양심에 거리끼지 않는다면, 헤르미온느……."

"뭐, 너희가 자초한 일이지." 그녀가 쏘아붙였다. "아예 들으려는 노력을 안 하잖아."

"노력은 하고 있어." 론이 말했다. "그냥 너만 한 지능이나 기억력이나 집중력을 갖추지 못했을 뿐이지. 넌 그냥 우리보다 머리가 좋은 거야. 그걸 자꾸 상기시키니까 좋냐?"

"아, 헛소리하지 마." 헤르미온느는 그렇게 말했지만, 축축한 정원으로 앞장서 나가는 그녀의 표정을 보니 화가 누그러진 듯 보였다.

가느다랗고 안개 같은 부슬비가 내리고 있었다. 교정에 옹송그리고 모여 서 있는 학생들의 윤곽이 부옇게 흐려졌다. 해리, 론, 헤르미온느는 빗방울이 뚝뚝 떨어지는 발코니 아래 한적한 구석으로 가서 쌀쌀한 9월 공기에 맞서 로브 깃을 세우고 올해 첫 수업에서 스네이프가 과연 무슨 과제를 내줄지 이야기했다. 두 달간의 방학을 보낸 터라 학생들이 방심하고 있을 때를 틈타 엄청나게 어려운 과제를 낼 가능성이 높다는 데 모두 동의했을 때 누군가가 모퉁이를 돌아서 그들에게 다가왔다.

"안녕, 해리!"

초 챙이었다. 게다가 혼자였다. 초는 거의 항상 키득거리는 소녀 무리에 둘러싸여 있었으므로 이는 아주 드문 일이었다. 해리는 크리스마스 무도회에 함께 가자는 얘기를 하려고 그녀가 혼자 있을 때를 기다리던 것이 얼마나 힘들었는지 떠올렸다.

"안녕." 해리는 얼굴이 뜨거워지는 것을 느꼈다. '적어도 이번에는 악취 수액을 뒤집어쓰고 있지는 않잖아.' 그는 스스로에게 말했다. 초도 같은 생각을 하고 있는 것 같았다.

"그때 그건 닦았어?"

"응." 해리는 지난번 만났을 때의 기억이 괴롭다기보다는 오히려 우스웠다는 듯 애써 웃음 지으며 말했다. "그럼 넌…… 어…… 여름방학 잘 보냈어?"

해리는 이 말을 한 순간 후회했다. 세드릭은 초의 남자친구였다. 그의 죽음에 대한 기억으로 그녀 또한 여름방학 동안 거의 해리만큼이나 괴로워했을 게 틀림없었다. 얼굴이 조금 굳어지는 듯했지만 그녀는 말했다. "아, 괜찮았어. 그럭저럭……."

"그거 토네이도스 배지야?" 론이 갑자기 초의 로브 앞자락을 가리키며 물었다. 거기에는 황금색 'T'자 두 개가 새겨진 하늘색 배지가 꽂혀 있었다. "그 팀을 응원하는 건 아니겠지?"

"아니, 응원하는데." 초가 말했다.

"예전부터 쭉 응원해 왔던 거야, 아니면 리그에서 우승하기 시작한 이후로 응원하는 거야?" 론이 물었다. 해리가 듣기에는 쓸데없이 비난하는 듯한 말투였다.

"나는 여섯 살 때부터 토네이도스를 응원했어." 초가 싸늘하게 말했다. "아무튼…… 또 보자, 해리."

그녀가 멀어져 갔다. 헤르미온느는 초가 교정을 반쯤 가로질러 갈 때까지 기다렸다가 론에게 돌아섰다.

"넌 진짜 눈치도 없어!"

"뭐? 내가 물어본 건 그냥……."

"초가 해리랑 단둘이 얘기하고 싶어 하는 걸 모르겠어?"

"단둘이 얘기하고 싶다고? 하면 되잖아. 내가 못 하게 한 것도 아닌……."

"대체 왜 퀴디치 팀 얘기로 저 애를 공격한 거야?"

"공격했다고? 난 공격한 게 아니라 그냥……."

"초가 토네이도스를 응원하든 말든 무슨 상관이냐고?"

"아, 왜 이래. 저 배지를 달고 다니는 사람들 중 절반은 겨우 지난 시즌에 산 거란……."

"그게 *뭐가 중요하냐니까?*"

"그 말은, 진정한 팬이 아니라는 뜻이야. 그냥 유행에 편승하는 거지."

"종 친다." 해리가 힘 빠진 목소리로 말했다. 론과 헤르미온느가 티격태격하는 소리는 듣고 있기 힘들 만큼 시끄러웠다. 그들은 스네이프의 지하 감옥 교실로 내려가는 내내 말다툼을 멈추지 않았다. 그 소리를 듣고 있으려니, 네빌이나 론이 곁에 있는 한 초와 2분 이상 이야기하면서 지구를 떠나고 싶어질 정도로 망신당하지 않는 게 차라리 기적이라는 생각이 들었다.

그래도 스네이프의 교실 문 앞에 줄 서 있는 학생들 틈에 끼면서는 다른 생각이 들었다. 어쨌든 초가 먼저 다가와 그에게 말을 걸지 않았나? 그녀는 세드릭의 여자 친구였다. 따라서 세드릭은 죽었는데 혼자 살아남아 트라이위저드 미로를 빠져나온 해리를 증오할 수도 있었다. 그런데도 그녀는 아주 우호적인 태도로 말을 걸어왔다. 해리가 정신이 나갔다거나, 거짓말쟁이라거나, 어떤 끔찍한 방식으로든 세드릭의 죽음에 책임이 있다고 생각하지 않는 듯했다. 그랬다, 그녀는 분명 해리에게 다가와 말을 걸기로 한 것이다. 그것도 이틀 동안 두 번이나. 이 생각을 하자 해리는 기분이 붕 뜨는 것을 느꼈다. 심지어 스네이프의 지하 감옥 교실 문이 삐걱거리며 열리는 불길한 소리도 그의 가슴속에 부풀어 오른 작은 희망의 거품을 터뜨리지 못했다. 론과 헤르미온느에 이어 교실로 들어간 그는 두 사람이 짜증스럽게 씩씩대는 소리를 무시하고 평소에 앉는 뒷자리로 향했다.

"조용." 스네이프가 등 뒤에서 문을 닫으며 차갑게 말했다.

사실 그런 지시를 내릴 필요도 없었다. 문 닫히는 소리가 나는 순간 침묵이 내려앉았고 학생들은 모든 움직임을 멈췄다. 스네이프는 보통 존재만으로도 학생들을 확실히 침묵시킬 수 있었다.

"오늘 수업을 시작하기 전에" 하고, 스네이프가 자기 책상으로 빠르게 걸어가더니 모두를 주시하며 말했다. "다가오는 6월에 너희가 중요한 시험을 보게 될 거라는 사실을 상기시켜 주는 게 좋겠다. 너희는 그때 마법약 제조와 사용에 관해 얼마나 많은 것을 배웠는지 증명하게 될 것이다. 이 교실에 바보가 몇 명 있다는 건 의심할 여지 없는 사실이지만, 나는 너희가 O.W.L.에서 '그럭저럭 괜찮음'이라도 받기를 바란다. 그러지 않았다간 나의…… 불쾌감을 맛보게 될 테니까."

그의 눈길이 이번에는 네빌에게 머물렀다. 네빌은 침을 꿀꺽 삼켰다.

"물론 올해가 지나면 너희 중 다수는 더 이상 내 수업에 들어오지 못할 것이다." 스네이프가 말을 이었다. "나는 N.E.W.T. 마법약 수업에 최고의 학생들만을 받아들인다. 너희 중 몇몇과는 확실히 작별 인사를 하게 될 거라는 뜻이지."

스네이프는 시선을 해리에게 둔 채 입가를 비틀었다. 해리는 5학년을 마치면 더 이상 마법약 수업을 듣지 않아도 된다는 생각에 우울한 기쁨을 느끼며 마주 쏘아 보았다.

"그러나 그 행복한 작별의 순간이 오기까지는 아직 한 해가 더 남아 있다." 스네이프가 조용히 말했다. "그러므로 N.E.W.T.에 도전할 생각이 있든 없든, 너희 모두 내가 O.W.L.을 치르는 학생들에게 기대하는 높은 수준을 유지하는 데 집중하도록. 오늘 우리는 표준 마법사 등급 시험에 자주 나오는 마법약을 만들 것이다. 바로 안정 물약이다. 불안을 진정시키고 흥분을 달래 주는 마법약이지. 경고하는데 재료를 너무 많이 넣으면 그 약을 마시는 사람이 깊고 가끔은 돌이킬 수 없는 잠에 빠질 수 있다. 정신 바짝 차리도록." 해리의 왼쪽에 앉아 있던 헤르미온느가 극도로 주의를 기울이는 얼굴로 자세를 살짝 바로 했다. "재료와 혼합 방법은 칠판에 적혀 있으며……." 스네이프가 마법 지팡이를 탁 튕기자 칠판에 내용이 나타났다. "필요한 것은 모두……." 그가 다시 마법 지팡이를 탁 튕겼다. "저장고에서 찾을 수 있다." 그가 말한 저장고 문이 활짝 열렸다. "한 시간 반 주겠다. 시작."

해리, 론, 헤르미온느가 예상한 그대로였다. 이번 마법약은 스네이프가 만들라고 한 것치고도 심하게 어렵고 까다로웠다. 재료들은 정확한 순서와 양에 맞게 솥에 넣어야 했고, 그 혼합물은 처음에는 시계 방향으로, 다음에는 반시계 방향으로 정확한 횟수만큼 저어야 했다. 약이 끓으면 마지막 재료를 넣기 전 정해진 몇 분 동안 온도를 적정 수준으로 낮춰야 했다.

"이제 너희의 마법약에서는 밝은 은빛 김이 피어오르고 있어야 한다." 10분 남았을 때 스네이프가 소리쳤다.

땀을 뻘뻘 흘리던 해리는 절박하게 지하 감옥 교실을 둘러보았다. 그의 솥에서는 엄청난 양의 어두운 회색 김이 뿜어 나오고 있었다. 론의 솥은 녹색 불꽃을 내뱉었다. 셰이머스는 불이 꺼지려 하자 몹시 흥분해서 솥단지 밑의 불길을 마법 지팡이로 찔러 댔다. 그러나 헤르미온느의 마법약 표면에서는 은은하게 빛나는 은빛 김이 모락모락 피어나고 있었다. 그 옆을 지나가던 스네이프는 구부러진 코

아래로 아무 말 없이 그것을 바라보기만 했다. 꼬투리 잡을 게 하나도 없다는 뜻이었다. 그러나 해리의 솥 옆을 지날 때는 멈춰 서서 고약하게 피식 웃으며 그 솥을 내려다보았다.

"포터, 뭘 만들려던 거지?"

교실 앞자리의 슬리데린 학생들이 하나같이 기대에 차서 고개를 들었다. 스네이프가 해리를 못살게 구는 소리를 듣는 것은 그들의 큰 기쁨이었다.

"안정 물약요." 해리가 딱딱하게 대답했다.

"말해 봐라, 포터." 스네이프가 조용히 말했다. "글을 읽을 줄은 아나?"

드레이코 말포이가 웃음을 터뜨렸다.

"네, 아는데요." 해리가 마법 지팡이를 쥔 손가락에 힘을 주며 말했다.

"조제법 셋째 줄을 읽어 봐라, 포터."

해리는 눈을 가늘게 뜨고 칠판을 바라보았다. 다양한 색깔의 수증기와 아지랑이가 지하 감옥을 가득 채우고 있어서 조제법을 읽기가 쉽지 않았다.

"'월장석 가루를 넣고 반시계 방향으로 세 번 저은 다음 7분간 부글부글 끓게 두었다가 헬레보레 시럽 두 방울을 넣는다.'"

가슴이 철렁했다. 헬레보레 시럽을 넣지 않은 것이다. 그는 마법약이 7분간 부글부글 끓게 둔 다음 조제법 네 번째 줄로 곧장 넘어갔다.

"세 번째 줄에 있는 걸 다 했나, 포터?"

"아뇨." 해리가 아주 작은 목소리로 대답했다.

"잘 안 들리는데."

"아니요." 해리가 좀 더 큰 소리로 말했다. "헬레보레를 잊었습니다."

"그럴 줄 알았다, 포터. 그 말은, 이 엉터리는 아예 쓸모가 없다는 뜻이지. *에바네스코.*"

해리의 마법약이 사라졌다. 그는 텅 빈 솥단지 옆에 멍청하게 서 있었다.

"조제법을 *제대로* 읽은 사람들은 마법약을 병에 채우고 이름을 정확히 써 붙여서 내 책상으로 가져와라. 시험해 볼 테니." 스네이프가 말했다. "숙제는 월장석의 특징과 마법약 제조에서의 쓰임새에 관해 양피지 30센티미터 분량을 쓰는 것이다. 목요일에 제출하도록."

주위 모두가 약병을 채우는 동안 해리는 분을 삭이며 물건들을 챙겼다. 론의 마법약이라고 그의 것보다 나을 건 없었다. 이제 론의 마법약은 달걀 썩는 듯한 고약한 악취를 풍기고 있었다. 네빌 것도 마찬가지였다. 네빌의 마법약은 막 혼합한 시멘트처럼 끈적끈적해져서 급기야 솥에서 긁어내야 했다. 하지만 그날 마법약을 만들고도 0점을 받은 사람은 해리뿐이었다. 해리는 마법 지팡이를 다시 가방에 쑤셔 넣고 자리에 털썩 주저앉아, 다른 학생들이 병에 약을 가득 채우고 코르크로 막은 뒤 스네이프의 책상으로 당당히 들고 가는 모습을 바라보았다. 한참이 지나 마침내 종이 울리자 해리는 가장 먼저 지하 감옥 교실을 나왔다. 론과 헤르미온느가 대연회장에 왔을 때 해리는 이미 점심을 먹고 있었다. 천장은 아침 사이 더욱 우중충한 회색으로 변해 있었다. 빗줄기가 높은 창문을 때렸다.

"정말 불공평했어." 헤르미온느가 해리 옆에 앉아 셰퍼드 파이를 덜며 위로하듯 말했다. "네 마법약은 고일이 만든 것에 비하면 아무것도 아니야. 고일이 병에 약을 담으니까 병이 아예 박살 나면서 걔 로브에 불이 붙었거든."

"그래, 뭐." 해리가 자기 접시를 노려보며 말했다. "언제부터 스네이프가 나한테 공평했다고."

론과 헤르미온느 둘 다 대꾸하지 않았다. 해리가 호그와트에 발을 들여놓은 순간부터 스네이프와 서로 절대적인 적의를 품어 왔다는 사실은 세 사람 모두 알고 있었다.

"사실, 올해에는 좀 나을지도 모른다고 생각했어." 헤르미온느가 실망한 목소리로 말했다. "내 말은…… 너도 알잖아……." 그녀는 조심스럽게 주위를 둘러보았다. 양옆으로 의자가 대여섯 개씩 비어 있었고 식탁을 지나가는 사람도 없었다. "……이제 기사단의 일원이기도 하니까."

"독버섯 얼룩은 바뀌지 않는 법이지." 론이 지혜로운 척 말했다. "어쨌든, 나는 예전부터 덤블도어가 어째서 스네이프를 믿는지 이해할 수가 없었어. 그 인간이 더 이상 '그 사람'을 위해서 일하지 않는다는 증거가 어디 있냐?"

"아마 덤블도어 교수님은 꽤 많은 증거를 갖고 있을 거야. 그걸 굳이 론 너랑 공유하진 않겠지만." 헤르미온느가 쏘아붙였다.

"아, 둘 다 입 좀 다물어." 론이 대꾸하려고 입을 열자 해리가 힘주어 말했다. 헤르미온느와 론은 충격을 받고 얼어붙었다. 두 사람 모두 화가 나고 모욕당한 표정이었다. "둘 다 그만 좀 할 수 없냐?" 해리가 말했다. "왜 항상 서로 못 잡아먹어서 안달이야? 진짜 돌아 버리겠다." 해리는 셰퍼드 파이를 먹다 말고 책가방을 어깨에 휙 걸친 뒤 두 사람을 남겨 두고 자리를 떠났다.

대리석 계단을 한 번에 두 칸씩 올라간 그는 허겁지겁 점심을 먹으러 가는 수많은 학생을 지나쳤다. 조금 전 갑자기 치솟았던 분노가 아직도 속에서 활활 타오르고 있었다. 론과 헤르미온느의 충격받은 얼굴을 보니 깊은 만족감이 느껴졌다. '그래도 싸.' 그는 생각했다. '왜 잠깐도 가만 있지 못하는 거야……? 항상 옥신각신……. 누구라도 꼭지가 돌아 버릴걸…….'

그는 층계참에 있는 기사 캐도건 경의 커다란 그림을 지났다. 캐도건 경이 칼을 꺼내 들고 사납게 휘둘렀지만 해리는 무시했다.

"이리 와, 비루먹은 개야! 버티고 싸우란 말이다!" 캐도건 경이 면갑에 가려져 잘 들리지 않는 목소리로 소리쳤지만 해리는 그냥 계속 걸어갔다. 캐도건 경이 옆에 있는 그림으로 뛰어들어 그를 쫓아가려 하자, 그 그림의 주인인 덩치 크고 화난 표정의 사냥개가 그를 쫓아냈다.

해리는 북쪽 탑 꼭대기의 뚜껑문 아래 혼자 앉아 남은 점심시간을 보냈다. 자연히 그는 종이 쳤을 때 시빌 트릴로니의 교실로 향하는 은색 사다리를 올라간 첫 번째 학생이 되었다.

점술은 해리가 마법약 다음으로 싫어하는 수업이었다.

몇 번의 수업마다 한 번씩 그가 때 이른 죽음을 맞을 거라고 예언하는 트릴로니 교수의 버릇 때문이었다. 숄을 여러 겹 두르고 반짝거리는 구슬 목걸이를 주렁주렁 걸고 있는 그 비쩍 마른 여자 교수는 눈이 큼직하게 확대되어 보이는 안경 때문에 언제나 무슨 곤충을 연상시켰다. 해리가 들어갔을 때 그녀는 교실에 어지럽게 놓여 있는 작은 탁자마다 가죽 장정이 된 낡은 책을 올려놓느라 바빴다. 하지만 천을 씌운 등잔과 역겨운 향을 뿜으면서 나직하게 타오르는 벽난로가 던지는 빛이 너무 희미해서, 해리가 어둠 속에 자리 잡는 것을 알아차리지 못하는 듯했다. 이후 5분에 걸쳐 나머지 학생들이 도착했다. 론이 뚜껑문에서 올라와 주위를 조심스럽게 둘러보더니 해리를 발견하고 탁자와 의자, 지나치게 빵빵한 쿠션 들을 헤치고 될 수 있는 한 곧장 다가왔다.

"헤르미온느랑 그만 싸우기로 했어." 그가 해리 옆에 앉으며 말했다.

"잘됐네." 해리가 툴툴거렸다.

"하지만 헤르미온느는 네가 우리한테 화 좀 그만 냈으면 좋겠대." 론이 말했다.

"내가 언제……."

"난 그냥 말만 전하는 거야." 론이 그의 목소리를 누르고 말했다. "하지만 나도 걔 말이 맞다고 생각해. 셰이머스랑 스네이프가 널 그런 식으로 대하는 게 우리 잘못은 아니잖아."

"내가 언제 그럴……."

"안녕." 트릴로니 교수가 언제나처럼 몽롱하고 꿈꾸는 듯한 목소리로 말하자 해리는 말을 멈췄다. 또 한 번 짜증이 나고 살짝 부끄럽기도 했다. "점술 수업에 다시 온 걸 환영한다. 나는 물론 방학 동안에도 너희의 운을 아주 조심스럽게 추적하고 있었단다. 너희 모두가 호그와트로 안전하게 돌아온 걸 보니 기쁘구나. 물론, 그럴 줄 알고 있었지만 말이야. 너희 앞에 있는 탁자에 이니고 이마고가 쓴 《꿈의 신탁》이 놓여 있을 거야. 해몽은 미래를 예측하는 매우 중요한 수단이자, O.W.L.에 출제될 가능성이 아주 높은 내용이기도 해. 물론 점술이라는 신성한 학문 앞에서 시험 같은 건 통과하든 낙제하든 전혀 중요한 문제가 아니겠지만 말이야. 너희가 예언자의 눈을 갖고 있다면 자격증이나 성적 같은 건 별로 중요하지 않단다. 하지만 교장 선생님께서는 너희가 시험을 치르기를 바라시니까……."

트릴로니 교수는 미묘하게 말을 흐림으로써 자신은 이

과목을 시험 따위의 저속한 것 이상으로 본다는 점을 확실히 전달했다.

"머리말을 펴서 이마고가 해몽에 대해 뭐라고 말했는지 보도록 하자꾸나. 그런 다음 둘씩 짝을 지으렴. 《꿈의 신탁》을 보고 서로 가장 최근에 꾼 꿈을 해석해 보는 거야. 자, 해 보렴."

이 수업의 한 가지 좋은 점은 두 시간짜리 연강이 아니라는 것이었다. 모두가 책의 머리말을 다 읽었을 때쯤에는 해몽을 할 시간이 10분 정도밖에 남지 않았다. 해리와 론 옆의 탁자에는 딘이 네빌과 짝이 되어 앉아 있었다. 네빌은 자기 할머니의 가장 좋은 모자를 쓴 거대한 가위가 나오는 악몽에 대한 이야기를 길고 지루하게 늘어놓기 시작했다. 해리와 론은 그저 서로를 침울하게 바라볼 뿐이었다.

"난 꿈이 기억난 적이 없어." 론이 말했다. "네가 하나 말해 봐."

"하나쯤은 기억해 내야 해." 해리가 짜증스럽게 말했다.

그는 자신의 꿈을 누구에게도 털어놓지 않을 작정이었다. 그는 묘지가 나오는 되풀이되는 악몽이 무엇을 의미하는지 완벽히 알고 있었다. 론이나 트릴로니 교수나 저 멍청한 《꿈의 신탁》한테 물어볼 필요도 없었다.

"뭐, 요전 날 밤에는 퀴디치 하는 꿈을 꿨어." 론이 기억을 짜내느라 얼굴을 일그러뜨리며 말했다. "그게 무슨 뜻일까?"

"아마 네가 거대 마시멜로에 잡아먹힌다거나 뭐 그런 걸 거야." 해리가 무심히 《꿈의 신탁》을 넘기며 말했다. 그 책에서 꿈의 파편들을 찾아보는 것은 아주 지루한 일이었다. 트릴로니 교수가 한 달 동안 꿈 일기 쓰기를 숙제로 내줬는데, 해리에게는 전혀 기분 좋은 일이 아니었다. 종이 울리자 그와 론은 가장 먼저 사다리를 내려갔다. 론이 큰 소리로 투덜댔다.

"벌써 숙제가 얼마나 많은지 알아? 빈스는 거인 전쟁에 대해서 45센티미터짜리 작문 숙제를 내줬지, 스네이프는 월장석의 쓰임새에 대해서 30센티미터나 쓰라지, 근데 이제는 트릴로니가 한 달 치 꿈 일기를 쓰래! O.W.L. 학년에 대해서는 프레드랑 조지 말이 틀리지 않았어. 안 그래? 그 엄브리지라는 여자는 아무 숙제도 내주지 않아야 할 텐데."

어둠의 마법 방어법 교실에 들어가 보니 엄브리지 교수가 전날 밤 입었던 털이 북슬북슬한 카디건을 입고 머리에는 검은색 벨벳 리본을 얹은 채 이미 교탁 뒤에 앉아 있었다. 이번에도 커다란 파리가 어리석게도 더 커다란 두꺼비 머리 위에 앉아 있는 모습이 어쩔 수 없이 떠올랐다.

학생들은 조용히 교실에 들어섰다. 엄브리지 교수에 대해서는 아직 알려진 게 없었다. 그녀가 얼마나 엄격한 사람일지 아무도 알지 못했다.

"여러분, 안녕하세요!" 마침내 모든 학생이 자리에 앉자 그녀가 말했다.

몇몇 학생이 웅얼거리며 "안녕하세요"라고 대답했다.

"쯧쯧." 엄브리지 교수가 말했다. "그걸로는 부족하지 않을까요? 반드시 '안녕하세요, 엄브리지 교수님' 하고 대답해 줬으면 좋겠어요. 자, 다시 한 번. 여러분, 안녕하세요!"

"안녕하세요, 엄브리지 교수님." 그들이 그녀에게 마주 외쳤다.

"네, 좋아요." 엄브리지 교수가 다정한 척하는 목소리로 말했다. "그렇게 어렵진 않았죠? 마법 지팡이를 치우고 깃펜 꺼내세요."

학생들 대다수가 우울한 눈길을 주고받았다. '마법 지팡이를 치우라'는 지시에 이어지는 수업이 재미있었던 적은 한 번도 없었기 때문이다. 해리는 마법 지팡이를 다시 가방에 쑤셔 넣고 깃펜과 잉크, 양피지를 꺼냈다. 엄브리지 교수는 핸드백에서 유난히 짧은 마법 지팡이를 꺼내 칠판을 날카롭게 쳤다. 칠판에 곧바로 단어들이 나타났다.

어둠의 마법 방어법

기초 원리로 돌아가기

"자, 그동안 이 과목 수업은 중간에 자주 끊기고 파편적으로 진행됐더군요?" 엄브리지 교수가 손을 앞으로 단정히 모으고 학생들을 향해 얼굴을 돌렸다. "교수님들이 계속 바뀐 데다, 그중 많은 분들이 정부에서 승인한 학과과정을 따르지 않은 것 같더라고요. 그 결과 불행하게도 여러분은 O.W.L. 학년에 기대되는 수준에 훨씬 못 미치고 있어요. 하지만 이제는 이런 문제들이 바로잡힐 테니 기뻐해도 좋아요. 올해 우리는 신중하게 계획된, 이론 중심의 마법 정부 승인 방어 마법 과정을 따를 거니까요. 다음 내용을 받아 적으세요."

그녀는 칠판을 다시 한 번 두드렸다. 처음 나타났던 글이 사라지고 '학습 목표'가 나타났다.

1. 방어 마법의 기초 원리를 이해한다.

2. 방어 마법을 합법적으로 사용할 수 있는 상황을 알아본다.

3. 실용적인 맥락에서 방어 마법의 사용에 대해 살펴본다.

몇 분 동안 교실에는 깃펜으로 양피지를 긁적이는 소리만 가득했다. 모두가 세 가지 학습 목표를 받아 적자 그녀가 물었다. "다들 윌버트 슬링크하드의 《방어 마법 이론》 가져왔죠?"

학생 전체가 그렇다는 뜻으로 단조롭게 웅얼거렸다.

"다시 한 번 해야겠군요." 엄브리지 교수가 말했다. "교수님이 질문을 하면, 여러분은 '네, 엄브리지 교수님' 혹은 '아니요, 엄브리지 교수님'이라고 대답해야 해요. 자, 다들 윌버트 슬링크하드의 《방어 마법 이론》 가져왔나요?"

"네, 엄브리지 교수님." 대답 소리가 교실에 메아리쳤다.

"좋아요." 엄브리지 교수가 말했다. "5페이지를 펼쳐서 '1장, 초보자를 위한 기초'를 읽도록 해요. 말은 필요 없을 거예요."

엄브리지 교수는 칠판 앞을 떠나 교탁 뒤 의자에 앉더니 그 뒤룩뒤룩한 두꺼비눈으로 모두를 관찰하듯 바라보았다. 해리는 《방어 마법 이론》 5페이지를 펴서 읽기 시작했다.

그렇게 지루할 수가 없는 책이었다. 거의 빈스 교수의 수업을 듣는 수준이었다. 해리는 집중력이 슬슬 흐트러지는 것을 느꼈다. 얼마 지나지 않아 해리는 처음 몇 단어밖에 이해하지 못한 채 같은 문장을 대여섯 번씩 읽었다. 몇 분 동안 침묵이 흘렀다. 옆에서는 론이 멍하니 손에 든 깃펜을 돌리고 또 돌리며 책 속 똑같은 곳만 계속 들여다보고 있었다. 해리는 오른쪽을 봤다가 멍한 정신이 홀딱 깰 만큼 놀랐다. 헤르미온느는 심지어 《방어 마법 이론》을 펼치지도 않았다. 그녀는 손을 들고 엄브리지 교수를 뚫어지게 바라보고 있었다.

해리가 기억하기에 헤르미온느가 책을 읽으라는 지시를 무시한 적은 한 번도 없었다. 아니, 그녀가 코앞에 있는 책을 펼쳐 보고 싶은 유혹에 저항하는 모습 자체를 본 적이 없었다. 해리는 왜 그러느냐는 듯 그녀를 바라봤지만, 그녀는 질문에 대답할 상황이 아니라는 듯 그저 고개를 살짝 젓더니 계속 엄브리지 교수를 바라보았다. 엄브리지 교수는 똑같이 결연한 표정으로 다른 방향을 보고 있었다.

그러나 그렇게 몇 분이 더 지나자 해리 말고도 많은 사람이 헤르미온느를 보게 되었다. 엄브리지가 읽으라고 지시한 대목이 너무 지루한 나머지, 점점 더 많은 사람이 '초보자를 위한 기초'와 계속 씨름하느니 엄브리지 교수와 눈을 마주치려는 헤르미온느의 조용한 시도를 바라보기로 했던 것이다.

절반이 넘는 학생이 책이 아닌 헤르미온느를 바라보고 있자, 엄브리지 교수도 더 이상 이 상황을 모른 체할 수 없다고 판단한 듯했다.

"이번 장의 내용에 대해서 뭔가 묻고 싶은 게 있나 봐요, 우리 친구?" 그녀가 헤르미온느에게 물었다. 방금에야 그녀를 봤다는 투였다.

"아뇨, 이번 장에 대해서 묻고 싶은 건 아닙니다." 헤르미온느가 말했다.

"음, 지금은 우리 모두 책을 읽는 중이에요." 엄브리지 교수가 그녀에게 작고 뾰족한 치아를 드러내며 말했다. "다른 질문이 있다면 수업이 끝난 뒤에 해결할 수 있을 것 같은데요."

"교수님의 학습 목표에 대해 질문이 있습니다." 헤르미온느가 말했다.

엄브리지 교수가 눈썹을 치켜올렸다.

"이름이?"

"헤르미온느 그레인저입니다." 헤르미온느가 말했다.

"음, 그레인저 양. 학습 목표는 주의 깊게 찬찬히 읽으면 아주 명백하게 이해할 수 있다고 생각하는데." 엄브리지 교수가 흔들림 없이 상냥한 목소리로 말했다.

"그게, 전 생각이 다릅니다." 헤르미온느가 직설적으로 말했다. "방어 주문을 사용하는 것에 관해서는 아무것도 쓰여 있지 않아서요."

수많은 학생이 고개를 돌려 여전히 칠판에 적혀 있는 세 가지 학습 목표를 보면서 얼굴을 찡그렸다. 짧은 침묵이 흘렀다.

"방어 주문을 사용한다고요?" 엄브리지 교수가 살짝 웃으며 되풀이했다. "글쎄, 이 교실에서 방어 주문을 써야 할 상황이 일어날 것 같지는 않군요, 그레인저 양. 수업 도중에 공격당할 거라고 생각하는 건 당연히 아니겠죠?"

"마법을 쓰지 않을 거라는 말이에요?" 론이 큰 소리로 외쳤다.

"내 수업에서 발언하고 싶은 학생은 손을 듭니다. 이름이……?"

"위즐리요." 론이 공중으로 손을 들어 올리며 말했다.

엄브리지 교수가 더욱 활짝 미소 지으며 그에게서 몸을 돌렸다. 해리와 헤르미온느도 곧바로 손을 들었다. 헤르미온느를 지목하기 전, 엄브리지 교수의 뒤룩뒤룩한 눈이 해리에게 잠깐 머물렀다.

"네, 그레인저 양? 다른 걸 묻고 싶나요?"

"네." 헤르미온느가 말했다. "어둠의 마법 방어법의 핵심은 당연히 방어 주문을 연습하는 것 아닌가요?"

"그레인저 양은 정부에서 연수를 받은 교육 전문가인가요?" 엄브리지 교수가 상냥한 목소리를 꾸며 내며 말했다.

"아뇨, 하지만……."

"자, 그럼, 유감이지만 그레인저 양은 어떤 수업에 대해서든 '핵심'이 뭔지 판단할 자격이 없어요. 그레인저 양보다 훨씬 나이도 많고 머리도 좋은 마법사들이 우리 새 교육 프로그램을 고안했답니다. 여러분은 안전하고 위험이 없는 방식으로 방어 주문을 배울……."

"그게 무슨 소용이에요?" 해리가 큰 소리로 말했다. "공격은 그런 상황에서 당하는 게 아니잖……."

"손 들라고 했을 텐데요, 포터 군!" 엄브리지 교수가 높은 음으로 말했다.

해리는 손을 번쩍 들어 올렸다. 엄브리지 교수는 이번에도 빠르게 그를 외면했지만 이제는 다른 학생들도 몇 명 손을 들고 있었다.

"학생 이름이?" 엄브리지 교수가 딘에게 말했다.

"딘 토머스요."

"네, 토머스 군?"

"뭐, 해리 말이 맞지 않나요?" 딘이 말했다. "만약 공격을 당한다면 위험이 없는 게 아닐 텐데요."

"다시 물어볼게요." 엄브리지 교수가 매우 짜증을 일으키는 얼굴로 딘에게 미소 지으며 말했다. "토머스 군은 내 수업 시간에 공격을 당할 거라고 생각하나요?"

"아뇨, 하지만……."

엄브리지 교수가 딘의 목소리를 누르고 말했다. "나는 이 학교가 운영되어 온 방식을 비판하고 싶지 않아요." 그녀가 커다란 입에 가면 같은 미소를 띠며 말했다. "하지만 여러분은 이 수업에서 몇몇 매우 무책임한 마법사들에게 노출됐어요. 정말이지 아주 무책임한 사람들이었죠. 물론……." 그녀는 조그맣게 심술궂은 웃음을 터뜨렸다. "아주 위험한 잡종이었던 건 틀림없고요."

"루핀 교수님을 말씀하시는 건가요?" 딘이 화를 내며 목소리를 높였다. "그분은 지금까지 저희가 만났던 교수님 중에서 가장 훌륭……."

"손 들어야지요, 토머스 군! 내가 방금 말했듯이, 여러분은 나이에 맞지 않게 너무 복잡하고 부적절한 데다가 목숨을 위협할 수도 있는 주문들을 배워 왔어요. 그래서 잔뜩 겁을 먹고 이틀에 한 번씩 어둠의 마법에 공격당할 가능성이 높다고 믿게 되었죠."

"아뇨, 그런 게 아니에요." 헤르미온느가 말했다. "저희는 그냥……."

"*손을 들지 않았네요, 그레인저 양!*"

헤르미온느가 손을 들었다. 엄브리지 교수는 그녀에게서 돌아섰다.

"내가 알기로는, 전임 교수님이 여러분 앞에서 불법 저주를 시범 보였을 뿐만 아니라 실제로 여러분에게 그 저주를 걸기도 했다면서요."

"뭐, 그 사람은 미치광이로 밝혀지지 않았나요?" 딘이 열을 내며 말했다. "그래도 저희가 많은 것을 배운 건 사실이에요."

"*손을 안 들었네요, 토머스 군!*" 엄브리지 교수가 또랑또랑한 목소리로 말했다. "자, 여러분이 시험을 통과하는 데는 이론적 지식만으로도 충분하다는 것이 정부의 견해입니다. 그리고 모든 걸 떠나서, 바로 그 시험이 이 학교가 존재하는 이유지요. 학생 이름이?" 그녀가 방금 손을 번쩍 들어 올린 파르바티를 바라보며 덧붙였다.

"파르바티 파틸요. 근데 O.W.L의 어둠의 마법 방어법에는 실기시험이 있지 않나요? 실제로 반격 마법이나 뭐 그런 걸 할 수 있는지 보여 줘야 하는 줄 알았는데요?"

"이론을 열심히 공부하기만 하면, 통제된 시험 조건에서 주문을 걸지 못할 이유는 없어요." 엄브리지 교수가 오만한 태도로 말했다.

"미리 연습도 한 번 안 해 보고요?" 파르바티가 믿을 수 없다는 듯 물었다. "저희가 시험 볼 때나 처음으로 주문을 사용하게 될 거란 말씀이세요?"

"다시 말하지만, 이론을 열심히 공부하기만 하면……."

"진짜 세상에서 이론이 대체 무슨 쓸모가 있는데요?" 다시 공중에 주먹을 치켜든 채 해리가 큰 소리로 말했다.

엄브리지 교수가 눈을 들었다.

"여기는 학교예요, 포터 군. 진짜 세상이 아니죠." 그녀가 조용히 말했다.

"그러니까 저 바깥에서 우리를 기다리고 있는 것들에 대비하지 말라는 거예요?"

"저 바깥에서 우리를 기다리고 있는 건 아무것도 없답니다, 포터 군."

"아, 그래요?" 해리가 말했다. 하루 종일 마음 깊은 곳에서 부글부글 끓고 있었던 듯한 분노가 한계점에 도달한 것 같았다.

"여러분 같은 아이들을 대체 누가 공격하고 싶어 할 거라고 생각하나요?" 엄브리지 교수가 사탕 발린 끔찍한 목소리로 말했다.

"흠, 예를 들면……." 해리가 생각에 잠긴 목소리를 꾸며내며 말했다. "글쎄요…… *볼드모트 경?*"

론이 헉하고 숨을 내뱉었다. 라벤더 브라운은 작은 비명을 내질렀다. 네빌은 의자에서 옆으로 미끄러졌다. 그러나 엄브리지 교수는 움찔거리지도 않았다. 그녀는 불길하게 흡족한 표정을 지으며 해리를 바라보았다.

"그리핀도르에 10점 감점이에요, 포터 군."

교실은 조용하고 고요했다. 모두 엄브리지나 해리 둘 중 한 명을 바라보고 있었다.

"자, 몇 가지 확실하게 밝혀 둘게요."

엄브리지 교수가 자리에서 일어나 통통한 손으로 교탁을 짚으며 학생들 쪽으로 허리를 구부렸다.

"여러분은 어떤 어둠의 마법사가 죽음에서 돌아왔다는 얘기를 들었……."

"죽은 게 아니었어요." 해리가 화를 냈다. "하지만 네, 돌아온 건 사실이에요!"

"포터 군-포터 군의-기숙사는-이미-10점을-잃었으니-일을-더-곤란하게-만들지-마세요." 엄브리지 교수가 그를 한 번 바라보지도 않고 단숨에 내뱉었다. "아까도 말했지만, 여러분은 어떤 어둠의 마법사가 다시 활개를 치고 다닌다는 얘기를 들었을 거예요. *그건 거짓말이에요.*"

"거짓말 **아니에요!**" 해리가 말했다. "제가 봤어요, 제가 그자랑 싸웠다고요!"

"방과 후 징계예요, 포터 군!" 엄브리지 교수가 승리감에 찬 목소리로 말했다. "내일 저녁 5시, 내 연구실입니다. 다시 말하지만, *그건 거짓말이에요.* 마법 정부는 여러분이 어떤 어둠의 마법사의 위험에도 처해 있지 않다는 것을 보장합니다. 그런데도 계속 걱정된다면, 언제라도 좋으니 수업 시간 외에 날 만나러 오세요. 어둠의 마법사들이 부활했다느니 어쩌느니 하면서 여러분에게 거짓 경고를 하는 사람이 있다면 나한테 와서 직접 말하라고 하세요. 나는 여러분을 도와주려고 여기에 온 거예요. 나는 여러분의 친구예요. 그리고 자, 이제 계속 교과서를 읽도록 하세요. 5페이지, '초보자를 위한 기초'입니다."

엄브리지 교수는 교탁 뒤에 앉았다. 그러나 해리는 일어섰다. 모두가 그를 바라보고 있었다. 셰이머스는 반쯤은 겁에 질리고 반쯤 감명받은 표정이었다.

"해리, 안 돼!" 헤르미온느가 경고하듯 속삭이며 소매를 잡아당겼지만 해리는 그녀의 손이 닿지 않는 곳으로 팔을 홱 젖혔다.

"그러니까, 교수님 말대로라면 세드릭 디고리는 혼자 쓰러져 죽은 거네요?" 해리가 떨리는 목소리로 물었다.

학생들이 다 같이 숨을 들이켰다. 론과 헤르미온느를 제외하면 그들 중 누구도 해리가 세드릭이 죽은 날 밤에 있었던 일에 대해 이야기하는 걸 들어 본 적이 없었기 때문이었다. 다들 호기심 어린 표정으로 해리에게서 엄브리지 교수에게로 시선을 돌렸다. 그녀는 눈을 치뜨고 거짓 미소의 흔적조차 없는 얼굴로 그를 바라보았다.

"세드릭 디고리의 죽음은 비극적인 사고였어요." 그녀가 차갑게 말했다.

"그건 살인이었어요." 해리가 말했다. 온몸이 부들부들 떨렸다. 열심히 귀를 기울이는 서른 명의 같은 학급 친구는 물론 누구에게도 이 일에 대해 이야기한 적 없었다. "볼드모트가 세드릭을 죽였다는 걸 당신도 알잖아."

엄브리지 교수의 얼굴은 꽤 무표정했다. 잠시 해리는 그녀가 자신을 향해 소리를 지를 거라고 생각했다. 다음 순간 그녀는 한없이 부드럽고 한없이 달콤한 소녀 같은 목소리로 말했다. "이리 와요, 포터 군."

그는 의자를 옆으로 걷어차고 론과 헤르미온느를 돌아가 성큼성큼 교탁으로 향했다. 다른 학생들이 숨을 참는 게 느껴졌다. 해리는 너무나 화가 나서 다음에 무슨 일이 일어난들 아무 상관 없었다.

엄브리지 교수는 핸드백에서 작은 분홍색 양피지 두루마리를 꺼내 책상에 펼치더니, 해리에게 보이지 않도록 몸을 웅크린 채 깃펜을 잉크병에 담갔다가 뭔가를 휘갈겨 쓰기 시작했다. 아무도 입을 열지 않았다. 1분쯤 지나자 그녀는 양피지를 둘둘 만 다음 마법 지팡이로 두드렸다. 양피지는 해리가 펼쳐 보지 못하도록 깔끔하게 봉인되었다.

"이걸 맥고나걸 교수님한테 가져가세요." 엄브리지 교수가 해리에게 편지를 내밀며 말했다.

그는 한 마디 말 없이 편지를 받아 들고 교실을 나가서는 론과 헤르미온느도 돌아보지 않고 문을 쾅 닫았다. 그는 맥고나걸 교수에게 줄 편지를 손에 움켜쥐고 아주 빠르게 복도를 걸어가다가 모퉁이를 도는 순간 폴터가이스트 피브스와 부딪혔다. 커다란 입에 왜소한 남자의 모습을 하고 있는 피브스는 공중에 드러누워서 잉크통으로 저글링을 하고 있었다.

"와, 이거 에라이 또라이 포터 아냐!" 잉크통 두 개가 바닥으로 떨어지도록 내버려 둔 채 피브스가 낄낄거렸다. 잉크통들이 박살 나면서 벽에 잉크가 튀었다. 해리가 화를 내며 뒤로 펄쩍 뛰어 물러났다.

"꺼져, 피브스."

"워워, 괴짜 폭탄 포터가 짜증이 났나 보네." 피브스가 말하며 복도를 따라 해리를 쫓아오더니 그의 머리 위를 붕붕 날아다니며 음흉하게 웃었다. "이번엔 뭐야, 우리 착한 또라이 친구? 목소리가 들려? 헛것이 보여? 혹시 혀가……." 피브스가 혀를 크게 날름거렸다. "……*제멋대로* 움직여?"

"나 좀 **가만히 놔두라고!**" 해리는 그렇게 소리치며 가장 가까운 계단을 뛰어 내려갔다. 하지만 피브스는 난간에 누워서 해리를 쫓아 쭉 미끄러져 갈 뿐이었다.

"아, 누구는 저 녀석이 짖어 댄다고 생각하지, 정신 나간 포터 녀석.

하지만 마음씨 착한 누구는 또 저 녀석이 슬퍼서 저런다고 한다네.

하지만 피브스는 아니라는 걸 알아. 그래서 말한다네, 저 녀석은 미쳤다고……."

"닥쳐!"

왼쪽에 있는 문이 홱 열리더니 맥고나걸 교수가 엄격한 얼굴에 약간 지친 기색을 띠고 연구실에서 모습을 드러냈다.

"*대체* 왜 소리를 지르는 거냐, 포터?" 그녀가 쏘아붙였다. 피브스는 고소해하면서 낄낄대다가 보이지 않는 곳으로 쌩 날아갔다. "왜 교실에 있지 않고?"

"절 교수님한테 보내서요." 해리가 딱딱하게 말했다.

"보내? *보내다니*, 무슨 뜻이냐?"

그는 엄브리지 교수의 편지를 내밀었다. 맥고나걸 교수는 이마를 찌푸리며 그것을 받아 들더니 마법 지팡이로 한 번 두드려 열고는 두루마리를 펼쳐서 읽기 시작했다. 엄브리지가 쓴 편지를 읽는 그녀의 눈이 정사각형 안경 너머에서 양옆으로 빠르게 움직였다. 한 줄씩 읽어 내려갈 때마다 눈이 점점 가늘어졌다.

"들어오너라, 포터."

그는 맥고나걸 교수를 따라 그녀의 연구실로 들어갔다.

문이 저절로 닫혔다.

"그래?" 맥고나걸 교수가 그에게 돌아서며 물었다. "이게 사실이냐?"

"뭐가요?" 해리는 의도했던 것보다 조금 공격적인 말투로 되물었다. "교수님?" 그러고는 좀 더 공손해 보이려는 마음에 덧붙였다.

"네가 엄브리지 교수에게 소리를 쳤다는 게 사실이야?"

"네." 해리가 말했다.

"엄브리지 교수를 거짓말쟁이라고 했니?"

"네."

"이름을 말해서는 안 되는 그 사람이 돌아왔다고 했어?"

"네."

맥고나걸 교수는 해리를 향해 눈살을 찌푸리며 책상 뒤로 가서 앉았다. 잠시 후 그녀가 말했다. "비스킷 하나 먹거라, 포터."

"비스…… 네?"

"비스킷 하나 먹으라고 했다." 그녀가 책상 위 서류 더미 위에 놓여 있는 격자무늬 깡통을 가리키며 조바심이 나는 듯 되풀이했다. "그리고 앉거라."

해리는 예전에도 맥고나걸 교수에게 호되게 꾸지람을

들을 거라고 생각했다가 오히려 그녀에 의해 그리핀도르 퀴디치 팀 선수로 뽑힌 적이 있었다. 그는 맞은편 의자에 주저앉아 도롱뇽 모양의 생강쿠키를 먹었다. 그때 그랬던 것처럼 혼란스럽고 뒤통수를 맞은 듯한 기분이었다.

맥고나걸 교수는 엄브리지 교수의 편지를 내려놓고 아주 심각한 눈으로 해리를 바라보았다.

"포터, 조심해야 한다."

해리는 입안 가득한 도롱뇽 생강쿠키를 삼키고 그녀를 똑바로 바라보았다. 맥고나걸 교수의 목소리는 해리가 늘 듣던 것과는 완전히 달랐다. 사무적이지도 딱딱하지도 엄격하지도 않고 나직하고 걱정스러운, 어째서인지 평소보다 훨씬 인간적인 목소리였다.

"덜로리스 엄브리지의 수업에서 안 좋은 행동을 보이면 기숙사 점수를 잃거나 방과 후 징계를 받는 것보다 훨씬 큰 것들을 잃을 수 있어."

"그게 무슨……?"

"포터, 상식적으로 생각해 보거라." 맥고나걸 교수가 갑작스럽게 평소의 태도로 돌아오더니 쏘아붙였다. "엄브리지가 어디에서 왔는지 알고 있으니 누구를 상관으로 두고 있는지도 알겠지."

수업을 마치는 종이 울렸다. 머리 위와 사방에서 학생 수백 명이 움직이는 어마어마한 소리가 들렸다.

"여기에는 엄브리지 교수가 이번 주 매일 저녁 너한테 방과 후 징계를 주겠다고 적혀 있구나. 내일부터 시작이다." 맥고나걸 교수가 엄브리지의 편지를 다시 내려다보며 말했다.

"이번 주 매일 저녁이라고요!" 해리가 끔찍하다는 듯 소리쳤다. "하지만 교수님, 혹시 교수님께서……?"

"아니, 난 못한다." 맥고나걸 교수가 딱 잘라 말했다.

"하지만……."

"엄브리지 교수는 너를 가르치는 선생이고, 너에게 방과 후 징계를 줄 모든 권한을 가지고 있어. 넌 내일 5시에 엄브리지 교수의 연구실로 가서 첫 번째 징계를 받아야 해. 다만, 이건 기억하거라. 덜로리스 엄브리지 앞에서는 행동을 조심해야 한다."

"하지만 저는 진실을 말한 거예요!" 해리가 격분해서 말했다. "볼드모트가 돌아왔어요. 교수님도 아시잖아요. 덤블도어 교수님도 아세요. 그자가……."

"제발 좀, 포터!" 맥고나걸 교수가 화를 내며 안경을 바로잡았다(그녀는 해리가 볼드모트의 이름을 내뱉었을 때

심하게 움찔했다). "이게 정말 진실과 거짓의 문제라고 생각하니? 이건 몸을 사리고 성질을 조절하는 문제야!"

그녀는 콧구멍이 넓어지고 입을 딱 다문 채 자리에서 일어났다. 해리도 일어섰다.

"비스킷 하나 더 먹어라." 그녀가 그에게 깡통을 밀어 놓으면서 짜증스럽게 말했다.

"아뇨, 괜찮습니다." 해리가 차갑게 대꾸했다.

"어리석게 굴지 말고." 그녀가 쏘아붙였다.

그는 비스킷 하나를 집었다.

"고맙습니다." 그가 마지못해 말했다.

"개강 연회에서 덜로리스 엄브리지의 연설을 듣지 않았니, 포터?"

"들었어요." 해리가 말했다. "진보가 금지될 거라고…… 뭐, 그건…… 그건 마법 정부가 호그와트에 간섭하겠다는 뜻이고요."

맥고나걸 교수는 그를 잠깐 눈여겨보더니 코를 훌쩍이고 책상을 돌아 나와 그에게 문을 열어 주었다.

"뭐, 좌우간 헤르미온느 그레인저의 말을 듣고 있다니 다행이구나." 그녀가 손으로 연구실 바깥을 가리키며 말했다.

13장
덜로리스와 함께한 방과후 징계

그날 밤 대연회장에서의 저녁 식사는 해리에게 유쾌한 경험이 아니었다. 엄브리지와 그가 소리 지르기 대결을 벌였다는 소식은 호그와트 기준에 비춰 봤을 때도 유난히 빠르게 퍼져 나갔다. 그가 론과 헤르미온느 사이에 앉아 식사를 하고 있을 때 사방에서 수군거리는 소리가 들려왔다. 우스운 점은, 수군거리는 사람 중 누구도 해리가 자기들 말을 듣든 말든 신경 쓰지 않는 것처럼 보였다는 것이다. 오히려 해리가 겪었던 일을 직접 듣고 싶은 마음에 그가 화를 내며 다시 소리 지르기를 바라는 것 같았다.

"세드릭 디고리가 살해당하는 걸 봤대……."

"자기가 '그 사람'과 결투를 벌였다고 생각한다는데……."

"말도 안 돼……."

"대체 누굴 속이려는 거야?"

"*어이가 없네*……."

"내가 이해 못 하겠는 건……." 해리가 나이프와 포크를 내려놓으며 떨리는 목소리로 말했다(손이 너무 부들거려서 가만히 들고 있을 수가 없었다). "왜 두 달 전 덤블도어 교수님이 얘기했을 때는 다들 그 얘기를 믿었냐는 거야."

"그게 말이야, 해리. 난 정말로 사람들이 그 얘기를 믿었는지 잘 모르겠어." 헤르미온느가 단호하게 말했다. "아, 여기서 나가자."

그녀도 나이프와 포크를 탁 내려놓았다. 론은 반쯤 먹다 만 애플 파이를 갈망에 찬 눈길로 바라보면서도 그녀를 따라갔다. 연회장을 나가는 내내 사람들이 그들을 뚫어지게 바라보았다.

"무슨 뜻이야? 쟤들이 덤블도어 교수님 말을 믿었는지 잘 모르겠다니?" 2층 층계참에 도착했을 때 해리가 헤르미온느에게 물었다.

"있잖아, 해리. 넌 그 일이 있고 난 뒤의 상황이 어땠는지 잘 몰라." 헤르미온느가 조용히 말했다. "너는 세드릭의 시신을 움켜쥐고 잔디밭 한복판으로 돌아왔어. 미로 안에서 무슨 일이 벌어졌는지 본 사람은 아무도 없고……. 우리는 그냥 '그 사람'이 돌아와서 세드릭을 죽이고 너와 싸웠다는 덤블도어 교수님의 말을 들었을 뿐이야."

"그게 사실이란 말이야!" 해리가 큰 소리를 냈다.

"나도 알아, 해리. 그러니까 *제발* 나한테 소리 좀 그만 지를래?" 헤르미온느가 지쳤다는 듯 말했다. "그러니까 다들 진실을 이해하기 전에 여름방학이 돼서 집으로 돌아갔다는 얘기야. 그렇게 집으로 가서는 두 달 동안 너는 어떻게 미쳤고 덤블도어 교수님은 어떻게 노망이 들어 가는지 읽은 거고!"

그들은 텅 빈 복도를 성큼성큼 걸으며 그리핀도르 탑으로 돌아갔다. 빗줄기가 창유리를 두드렸다. 해리는 개학 첫날이 1주일처럼 길게 느껴졌지만, 아직도 잠자리에 들기 전 해야 할 숙제가 산더미였다. 오른쪽 눈에서 묵직하게 욱신거리는 통증이 점점 심해지고 있었다. 두 사람과 함께 뚱뚱한 귀부인이 있는 복도로 들어서면서 그는 비에 씻긴 창밖 어두운 교정을 힐끗 내다보았다. 해그리드의 오두막은 여전히 어둡기만 했다.

"밈뷸러스 밈블토니아." 뚱뚱한 귀부인이 물을 겨를도 없이 헤르미온느가 말했다. 초상화가 홱 열리며 감춰진 구멍을 드러내자 세 사람은 앞다퉈 그곳으로 들어갔다.

휴게실은 거의 비어 있었다. 학생 대부분이 아직도 아래층에서 저녁을 먹고 있었던 것이다. 크룩생스가 안락의자에서 몸을 풀더니 큰 소리로 가르랑거리며 종종걸음으로 그들을 맞이했다. 해리, 론, 헤르미온느가 벽난로 근처의 가장 좋아하는 의자 세 개를 차지하고 앉자 크룩생스는 헤르미온느의 무릎 위로 가볍게 뛰어올라 털이 북슬북슬한 적갈색 쿠션처럼 몸을 웅크렸다. 해리는 벽난로를 들여다보았다. 진이 다 빠지고 무척 지친 기분이었다.

"덤블도어 교수님은 *어떻게* 이런 일이 일어나도록 놔둘 수 있지?" 헤르미온느가 불쑥 소리치는 바람에 해리와 론은 깜짝 놀랐다. 크룩생스는 기분 상한 표정으로 그녀의 무릎에서 뛰어내렸다. 헤르미온느가 화를 내며 의자 팔걸이를 내리치는 바람에 안에 든 솜이 구멍으로 조금 삐져나왔다. "어떻게 그런 끔찍한 여자가 우리를 가르치도록 내버려 둘 수 있어? 그것도 O.W.L. 학년에!"

"뭐, 훌륭한 어둠의 마법 방어법 교수님이 있었던 적은 한 번도 없었잖아?" 해리가 말했다. "너도 알면서 뭘 그래. 해그리드 말처럼 아무도 그 자리를 원하지 않아. 거기에 저주가 걸렸다고들 한다잖아."

"그래, 하지만 우리에게 실제로 마법을 가르치길 거부하는 사람을 고용하다니! 덤블도어 교수님은 무슨 장난을 하는 거지?"

"게다가 그 여자는 사람들을 자기 첩자로 만들려 하고 있어." 론이 어두운 목소리로 말했다. "'그 사람'이 돌아왔다고 말하는 사람이 있으면 자기한테 와서 말해 달라고 했던 거 기억하지?"

"당연히 그 여자는 우리 모두를 염탐하려고 온 거야. 뻔하지. 안 그러면 왜 퍼지가 그 여자를 여기 보내고 싶어 했겠어?" 헤르미온느가 쏘아붙였다.

"또 싸우려는 건 아니지?" 론이 반박하려고 입을 열자 해리가 지친 듯 말했다. "우리 그냥…… 그냥 저 숙제나 하자. 치워 버리자고……."

그들은 구석에서 책가방을 가지고 벽난로 곁 의자로 돌아왔다. 이제는 사람들이 저녁 식사를 마치고 돌아오고 있었다. 해리는 계속 초상화 구멍에서 고개를 돌리고 있으면서도 자신을 향한 사람들의 시선을 느낄 수 있었다.

"스네이프 것부터 할까?" 론이 깃펜을 잉크에 담그며 말했다. "'*월장석의…… 열 가지…… 특징과…… 마법약 제조에서의…… 쓰임새…….*'" 그는 양피지 맨 위에 그 단어들을 적으며 중얼거렸다. "자." 그는 제목에 밑줄을 그은 다음 기대감 어린 눈으로 헤르미온느를 올려다보았다.

"그래서, 월장석의 특징과 마법약 제조에서의 쓰임새가 뭐야?"

하지만 헤르미온느는 듣고 있지 않았다. 그녀는 눈을 가늘게 뜨고 반대편 구석을 바라보고 있었다. 그곳에는 프레드와 조지, 리 조던이 천진난만한 표정의 1학년생 무리 한가운데에 앉아 있었다. 1학년들은 모두 프레드가 들고 있는 커다란 종이 가방에서 꺼낸 듯한 무언가를 씹고 있었다.

"아니, 안됐지만 저건 선을 넘었지." 그녀가 잔뜩 화가 난 표정으로 일어서며 말했다. "가자, 론."

"난…… 뭐?" 론은 시간을 벌려는 기색이 역력한 투로 말했다. "아냐. 왜 이래, 헤르미온느. 사탕 나눠 주는 걸 가지고 뭐라 할 수는 없어."

"너도 잘 알고 있잖아. 저것들은 코피 캔디 아니면…… 속 뒤집어지는 사탕이거나……."

"졸도하는 장식 케이크?" 해리가 조용히 말했다.

마치 보이지 않는 나무망치에 머리를 얻어맞은 것처럼, 1학년들이 그 자리에서 하나하나 의식을 잃고 쓰러졌다. 몇몇은 곧바로 바닥으로 스르르 미끄러졌고 또 어떤 아이들은 혀를 빼문 채 그저 의자 팔걸이에 늘어져 있었다. 구경하던 사람들 대부분이 웃음을 터뜨렸다. 그러나 헤르미온느는 어깨를 쫙 펴고 프레드와 조지에게로 곧장 걸어갔다. 이제 그들은 필기판을 들고 서서, 의식을 잃은 1학년들을 자세히 관찰하고 있었다. 론은 의자에서 일어나다 말고 잠깐 머뭇거리더니 해리에게 중얼거렸다. "재가 알아서 하겠지." 그런 다음 껑충한 몸이 허락하는 한 의자 깊숙이 몸을 파묻었다.

"그 정도면 됐어!" 헤르미온느가 프레드와 조지에게 단호한 목소리로 말했다. 둘 다 조금 놀란 표정으로 고개를 들었다.

"그래, 네 말이 맞아." 조지가 고개를 끄덕이며 말했다. "이 정도 복용량이면 충분히 강해 보이지 않냐?"

"오늘 아침에 말했을 텐데. 두 사람이 만든 쓰레기를 학생들한테 시험할 수는 없다고!"

"돈을 주면서 하는 일이야!" 프레드가 화를 냈다.

"그런 건 상관없어. 위험할 수도 있잖아!"

"말도 안 돼." 프레드가 말했다.

"진정해, 헤르미온느. 얘들은 괜찮아!" 리가 1학년들 사이를 돌아다니며 그들의 벌어진 입에 보라색 사탕을 넣어 주면서 안심하라는 듯 말했다.

"그래, 봐, 이제 정신 차린다." 조지가 말했다.

1학년생 몇 명이 실제로 움찔거리고 있었다. 몇 명은 어느새 바닥에 누워 있거나 의자에 축 늘어진 자신들의 모습을 깨닫고 큰 충격을 받은 듯한 표정이었다. 해리는 프레드와 조지가 그 사탕의 효과를 미리 알려 주지 않았을 거라고 확신했다.

"괜찮아?" 조지가 자기 발밑에 누워 있던 검은색 머리카락의 조그만 여학생에게 친절하게 물었다.

"그, 그런 것 같아." 그녀가 떨면서 대답했다.

"훌륭해." 프레드가 기쁜 듯 말했지만, 다음 순간 헤르미온느는 그의 손에서 필기판과 졸도하는 장식 케이크가 들어 있는 종이 가방을 낚아챘다.

"훌륭하지 **않아!**"

"당연히 훌륭하지. 살아 있잖아?" 프레드가 화를 내며 말했다.

"이런 짓은 용납 못 해. 얘들 중 한 명이라도 정말로 탈이 나면 어떻게 해?"

"그럴 일 없어. 이미 우리 자신한테 다 시험해 봤거든. 이건 그냥 모든 사람이 같은 반응을 보이는지 보려고…….”

“그만두지 않으면 내가…….”

“우리한테 방과 후 징계를 주려고?” 프레드가 ‘어디 한번 해 보시지’ 하는 듯한 목소리로 말했다.

“깜지라도 쓰게 할 거야?” 조지가 히죽 웃었다.

휴게실에서 그 광경을 보고 있던 사람들 모두가 웃음을 터뜨렸다. 헤르미온느는 몸을 더욱 쫙 펴고 꼿꼿이 섰다. 그녀의 눈이 가늘어지고, 부스스한 머리카락은 전기로 타닥거리는 것처럼 보였다.

“아니.” 그녀가 말했다. 그녀의 목소리가 분노로 떨렸다. “두 사람 어머니께 편지를 쓸 거야.”

“그건 안 돼.” 조지가 겁에 질린 채 그녀에게서 한 발 물러나며 말했다.

“아니, 돼. 꼭 그럴 거야.” 헤르미온느가 단호하게 말했다. “두 사람이 그 이상한 걸 먹는 것까지 말릴 수는 없겠지만 1학년들한테 주는 건 안 돼.”

프레드와 조지는 벼락이라도 맞은 표정이었다. 그들이 보기에 분명 헤르미온느의 위협은 부당하기 짝이 없었다. 헤르미온느는 마지막으로 그들을 매섭게 쏘아보며 프레드의 필기판과 졸도하는 장식 케이크 가방을 그에게 떠밀고는 벽난로 근처 자신의 자리로 의기양양하게 걸어갔다.

론은 이제 의자에 너무 깊숙이 몸을 묻고 있어서 코가 대략 무릎과 같은 높이에 이를 정도였다.

"도와줘서 고맙다, 론." 헤르미온느가 날카롭게 말했다.

"너 혼자서도 잘 처리하던데 뭘." 론이 웅얼거렸다.

헤르미온느는 몇 초 동안 자신의 텅 빈 양피지를 내려다보더니 날이 선 목소리로 말했다. "아, 안 되겠어. 도저히 집중이 안 돼. 가서 자야겠어."

그녀는 책가방을 홱 열었다. 해리는 그녀가 책을 치우려는 거라고 생각했지만, 그녀는 대신 털실로 짠 이상하게 생긴 물건 두 개를 꺼내 벽난로 앞 탁자에 조심스럽게 내려놓더니 구겨진 양피지와 부러진 깃펜으로 그 위를 덮고 물러나서 어떻게 보이는지 감상했다.

"멀린의 이름을 걸고, 대체 뭐 하는 거야?" 론은 헤르미온느가 미친 게 아닌가 두렵다는 표정으로 그녀를 바라보며 물었다.

"집요정들을 해방시켜 줄 모자야." 그녀는 책들을 가방에 도로 집어넣으면서 활기차게 말했다. "여름방학 내내 만들었어. 난 마법을 쓰지 않으면 뜨개질이 정말 느리지만, 이젠 학교에 돌아왔으니까 훨씬 많이 만들 수 있을 거야."

"집요정들을 해방시켜 주려고 모자들을 놔두겠다는 거야?" 론이 천천히 말했다. "그리고 일단 쓰레기로 위장하겠다고?"

"맞아." 헤르미온느가 가방을 어깨에 휙 걸치며 도전적으로 말했다.

"그건 정당하지 못한 일이야." 론이 화를 내며 말했다. "집요정들이 모자를 집어 가게끔 속이려는 거잖아. 걔들이 원하지 않을지도 모르는데 해방시키려 하다니."

"집요정들은 당연히 자유로워지고 싶어 해!" 헤르미온느는 얼굴을 발그레하게 붉히면서도 곧바로 그렇게 말했다. "저 모자 건드렸다간 두고 봐, 론!"

그녀는 가 버렸다. 론은 그녀가 여학생 기숙사 문으로 사라질 때까지 기다렸다가 털모자를 덮고 있던 쓰레기를 치웠다.

"적어도 뭔지는 알고 주워야지." 그가 단호하게 말했다. "그건 그렇고……." 그는 스네이프의 작문 숙제 제목을 써 둔 양피지를 둘둘 말았다. "이걸 지금 다 하려고 해 봤자 아무 소용 없겠다. 헤르미온느가 없으면 못 하니까. 월장석을 가지고 뭘 해야 하는지 전혀 모르겠어. 넌?"

해리도 고개를 저었다. 오른쪽 관자놀이의 통증이 점점

심해지고 있었다. 거인 전쟁에 대한 기나긴 작문 숙제를 생각하자 날카로운 고통이 느껴졌다. 내일 아침이 되면 오늘 밤 숙제를 마무리하지 않은 것을 후회하게 되리라는 걸 잘 알면서도 그는 책들을 다시 가방에 쑤셔 넣었다.

"나도 자러 간다."

그는 침실 문으로 가는 길에 셰이머스를 지나쳤지만 그 쪽을 보지는 않았다. 셰이머스가 뭔가 말하려고 입을 연 것 같다는 생각이 아주 잠깐 들었지만 해리는 발걸음을 빨리해 나선형 돌계단에 다다랐다. 더 이상의 도발을 견뎌 낼 필요가 없는 그곳의 평화가 그를 위로했다.

다음 날, 전날처럼 비가 내리는 납빛 아침이 밝았다. 아침 식사 시간의 교직원 식탁에서 해그리드의 모습은 여전히 보이지 않았다.

"하지만 좋은 면을 보자면, 오늘은 스네이프가 없다는 거야." 론이 상쾌하게 말했다.

헤르미온느는 크게 하품을 하고 커피를 조금 따랐다. 그녀는 어쩐 일인지 조금 기뻐하는 표정이었다. 론이 그녀에게 뭐가 그렇게 기분 좋으냐고 묻자 그녀는 간단하게 말했다. "모자들이 사라졌어. 집요정들도 결국 자유를 원하는 거야."

"내 생각은 달라." 론이 예리하게 말했다. "그걸 옷으로 치지 않았을 수도 있어. 나한테는 전혀 모자로 안 보이던데. 내 눈엔 털 난 방광처럼 보였어."

헤르미온느는 그날 오전 내내 론에게 말을 걸지 않았다.

일반 마법 연강에 변환 마법 연강이 이어졌다. 플리트윅 교수와 맥고나걸 교수 모두 수업을 시작하고 처음 15분 동안 O.W.L의 중요성에 대해 훈계를 늘어놓았다.

"여러분이 기억해야 하는 건" 하고, 왜소한 몸집의 플리트윅 교수가 음이 높은 목소리로 말했다. 교탁 너머를 볼 수 있도록 늘 그렇듯 책 더미에 걸터앉은 채였다. "이 시험들이 앞으로 몇 년 동안 여러분의 미래에 영향을 미칠 거라는 사실이에요! 아직 진로에 대해 진지하게 생각해 본 적이 없다면 지금이야말로 생각해 볼 시간이에요. 그러므로 유감이지만, 그 과정에서 여러분이 충분히 역량을 발휘할 수 있도록 어느 때보다도 열심히 공부합시다!"

그들은 한 시간이 넘도록 소환 마법을 복습했다. 플리트윅 교수는 그 마법이 O.W.L.에 반드시 출제될 거라면서 어느 때보다도 많은 숙제를 내주고 수업을 마무리했다.

변환 마법도 더 심하면 심했지 그보다 못하지는 않았다.

"여러분은 O.W.L.을 통과할 수 없습니다." 맥고나걸 교수가 엄하게 충고했다. "진지하게 전심전력을 기울이고 연습하고 공부하지 않으면 말이죠. 노력만 한다면 이 교실에 있는 학생 모두가 변환 마법에서 O.W.L.을 받지 못할 이유가 없을 겁니다." 네빌이 못 믿겠다는 듯 조그맣게 애처로운 소리를 냈다. "아니, 너도 마찬가지다, 롱보텀." 맥고나걸 교수가 말했다. "자신감이 부족할 뿐이지 네 실력에는 아무 문제가 없어. 그럼…… 오늘은 소멸 마법을 시작해 봅시다. 보통 N.E.W.T. 수준이 되어야 시도하는 생성 마법에 비하면 쉽지만, 그럼에도 O.W.L.에 나오는 마법들 중에선 가장 어려운 편에 속합니다."

확실히 맞는 말이었다. 해리는 소멸 마법이 끔찍할 만큼 어렵다는 것을 깨달았다. 두 시간짜리 수업이 끝날 때까지도 그와 론은 실습 대상인 달팽이를 사라지게 만들지 못했다. 다만 론이 기대에 찬 목소리로 자기 달팽이가 약간 흐려진 것 같다고 말했을 뿐이다. 반면 헤르미온느는 세 번의 시도 만에 달팽이를 사라지게 만들고 맥고나걸 교수에게서 보너스 점수 10점을 얻어 내 그리핀도르에게 안겨 주었다. 오직 그녀만이 숙제를 면제받았다. 다른 아이들은 이튿날 오후에 각자의 달팽이를 상대로 다시 마법을 걸어

볼 준비가 되도록 밤새 주문을 연습해 와야 했다.

숙제가 너무 많아서 살짝 당황한 해리와 론은 마법약 제조에서의 월장석의 쓰임새를 찾아보려고 도서관에서 점심시간을 보냈다. 론이 털모자를 깎아내려 여전히 화가 나 있던 헤르미온느는 그들과 함께하지 않았다. 오후 수업인 마법 생명체 돌보기 시간이 되자 해리는 다시 머리에 통증을 느꼈다.

날이 시원해지고 산들바람이 불어왔다. 금지된 숲 가장자리에 있는 해그리드의 오두막을 향해 경사진 잔디밭을 걸어 내려가는데 가끔씩 빗방울이 얼굴에 떨어지는 것이 느껴졌다. 그러블리플랭크 교수가 해그리드의 오두막 현관에서 10미터쯤 떨어진 곳에서 학생들을 기다리고 있었다. 그녀의 앞에는 나뭇가지가 잔뜩 놓여 있는 긴 탁자가 있었다. 해리와 론이 그녀에게 다다랐을 때 등 뒤에서 시끄러운 웃음소리가 들려왔다. 돌아보니 드레이코 말포이가 늘 함께하는 슬리데린 패거리에게 둘러싸인 채 성큼성큼 걸어오고 있었다. 크래브와 고일, 팬지 파킨슨과 나머지 학생들이 탁자 주위에 몰려들면서도 계속 실컷 낄낄대는 모습을 보니 말포이가 방금 뭔가 아주 재미있는 말을 한 모양이었다. 끊임없이 해리 쪽을 힐끔거리는 걸로 봐서 농담의 주제가 어렵지 않게 짐작됐다.

"다들 왔나?" 슬리데린과 그리핀도르 학생이 모두 도착하기 무섭게 그러블리플랭크 교수가 우렁찬 목소리로 말했다. "그럼 시작하자. 이것들을 뭐라고 부르는지 아는 사람?"

그녀가 앞에 쌓인 나뭇가지를 가리켰다. 헤르미온느의 손이 하늘로 올라갔다. 그녀의 뒤에서 말포이가 뻐드렁니를 해 보이며 대답하고 싶어서 안달하듯 폴짝폴짝 뛰는 시늉을 했다. 팬지 파킨슨이 높은 소리로 웃음을 터뜨렸지만 그 웃음소리는 곧 비명으로 바뀌었다. 탁자 위의 나뭇가지들이 공중으로 뛰어오르면서, 나무로 만든 작디작은 픽시 같은 생김새를 드러냈던 것이다. 그것들은 팔다리에 마디가 져 있었고 손끝에는 나뭇가지처럼 생긴 손가락 두 개가 달려 있었다. 눈은 갈색 딱정벌레처럼 반짝였고 판판한 얼굴은 나무껍질 같았다.

"와아아아!" 파르바티와 라벤더가 소리를 지르자 해리는 벌컥 짜증이 솟구쳤다. 누가 보면 해그리드는 한 번도 신기한 생명체를 보여 준 적이 없다는 투로 들렸기 때문이다. 해그리드가 보여 준 생명체 가운데 물론 플로버웜은 조금 지루했지만 샐러맨더와 히포그리프는 꽤 흥미로웠다. 폭발

꼬리 스크루트는 지나치게 흥미로웠을지 모르지만.

"여학생들, 목소리를 낮췄으면 좋겠구나!" 그러블리플랭크 교수가 날카롭게 말하더니 갈색 쌀알처럼 보이는 것 한 줌을 막대 같은 생명체들 사이에 흩뿌렸다. 그것들은 즉시 먹이에 달려들었다. "자, 이 생명체의 이름을 아는 사람? 그레인저 양?"

"보우트러클입니다." 헤르미온느가 말했다. "나무의 수호자로, 주로 마법 지팡이를 만드는 나무에 삽니다."

"그리핀도르에 5점." 그러블리플랭크 교수가 말했다. "그래, 이 녀석들은 보우트러클이야. 그리고 그레인저 양이 말한 것처럼, 보통 마법 지팡이를 만드는 나무에 살지. 이 녀석들이 뭘 먹는지 아는 사람?"

"쥐며느리입니다." 헤르미온느가 신속하게 대답했다. 해리는 갈색 쌀알이 왜 움직이는지 그 이유를 알 수 있었다. "하지만 구할 수만 있다면 요정의 알도 먹습니다."

"잘했어. 5점 더 받거라. 자, 보우트러클이 사는 나무에서 잎사귀나 목재를 얻어야 한다면, 쥐며느리를 선물로 준비해서 녀석들의 관심을 돌리거나 마음을 달래 주는 게 현명하다. 별로 위험해 보이지 않을지 몰라도 화가 나면 손가락으로 사람 눈을 찌르려고 하거든. 보다시피 손가락이 아주 날카롭단다. 눈알 가까이 둬서 좋을 게 전혀 없지. 자, 가까이 와서 쥐며느리 몇 마리와 보우트러클 한 마리씩을 데려가거라. 세 사람에 한 마리씩 보면 될 거다. 자세히 살펴볼 수 있을 거야. 다들 수업이 끝나기 전까지 모든 신체 부위에 이름을 적은 스케치를 제출하도록."

학생들은 탁자 주위로 몰려갔다. 해리는 일부러 학생들 뒤를 빙 돌아 그러블리플랭크 교수 바로 옆으로 다가갔다.

"해그리드는 어디 있어요?" 다른 아이들이 모두 보우트러클을 고르는 동안 그가 그녀에게 물었다.

"네가 신경 쓸 일이 아니다." 그러블리플랭크 교수가 강압적으로 말했다. 지난번 해그리드가 수업을 하러 오지 못했을 때와 똑같은 태도였다. 드레이코 말포이가 갸름한 얼굴 가득 히죽거리는 웃음을 지으며 해리 쪽으로 몸을 구부리고 가장 큰 보우트러클을 잡았다.

"혹시 모르지." 말포이가 해리에게만 들리도록 숨죽여 말했다. "그 덩치 큰 멍청이가 심각하게 다쳤는지도."

"안 닥치면 네가 그렇게 될지도 몰라." 해리가 입술 가장자리로 내뱉었다.

"어쩌면 자기가 감당하기에 너무 큰 일에 얽혔는지도 몰라. 내 말뜻을 알아들을지 모르겠지만."

말포이가 어깨 너머로 해리에게 능글맞게 웃으며 멀어져 갔다. 해리는 갑자기 속이 울렁거리는 것을 느꼈다. 말포이는 뭔가 아는 걸까? 어쨌든 저 녀석의 아버지는 죽음을 먹는 자였다. 해그리드의 운명과 관련해서 아직 기사단의 귀에 들어가지 않은 정보를 갖고 있는 건 아닐까? 해리는 다급히 탁자를 돌아서 론과 헤르미온느에게 갔다. 그들은 조금 떨어진 잔디밭에 쪼그리고 앉아, 생김새를 그릴 때까지만 가만히 있어 달라고 보우트러클을 설득하는 중이었다. 해리는 양피지와 깃펜을 꺼내 두 사람 뒤에 웅크리고 방금 말포이가 한 말을 귓속말로 전했다.

"해그리드한테 무슨 일이 일어났다면 덤블도어 교수님이 알았을 거야." 헤르미온느가 즉시 말했다. "걱정하는 표정 지어 봐야 말포이한테 놀아나는 꼴밖에 안 돼. 우리가 상황을 잘 모른다는 걸 쟤가 알게 되잖아. 무시해야 돼, 해리. 여기, 잠깐만 보우트러클 좀 잡고 있어 봐. 내가 얼굴을 그릴 때까지만……."

"그래." 가장 가까운 무리에서 말포이의 질질 끄는 목소리가 또렷이 들려왔다. "며칠 전에 아버지가 총리하고 이야기 나누시는 걸 들었는데, 정부가 이 학교에서 표준에 미달하는 수업을 집중 단속하려고 작정한 것 같더라. 그러니까 그 덩칫값 못 하는 얼간이가 정말 다시 나타난다 해도 아마 곧바로 쫓겨날걸."

"아얏!"

해리가 보우트러클을 너무 꽉 쥐어서 하마터면 부러뜨릴 뻔하자, 보우트러클은 보복하듯 날카로운 손가락을 휘둘러 해리의 손에 두 개의 길고 깊은 상처를 남겼다. 해리는 보우트러클을 떨어뜨리고 말았다. 해그리드가 쫓겨난다는 생각에 이미 요란하게 웃고 있던 크래브와 고일은 보우트러클이 숲을 향해 전속력으로 달아나자 더욱 큰 소리로 웃음을 터뜨렸다. 그 움직이는 작은 막대 인간은 순식간에 나무뿌리 틈으로 쏙 들어갔다. 저 멀리 교정 전체에 수업을 마치는 종이 울리자 해리는 핏자국이 남은 보우트러클 그림을 둘둘 말고 헤르미온느의 손수건으로 손을 감싼 채 약초학 수업을 들으러 갔다. 말포이의 조롱하는 웃음소리가 여전히 귓가에 울리고 있었다.

"한 번만 더 해그리드를 멍청이라고 불렀다간……." 해리가 으르렁거리듯 말했다.

"해리, 말포이한테 시비 걸지 마. 명심해, 걔는 이제 반장이야. 학교생활이 피곤해질 수도 있어……."

"와, 학교생활이 피곤하다는 게 어떤 건지 참 궁금하

네?" 해리가 냉소적으로 말했다. 론은 웃음을 터뜨렸지만 헤르미온느는 얼굴을 찌푸렸다. 그들은 함께 채소밭을 터벅터벅 걸어갔다. 하늘은 비를 내릴지 말지 아직 결정하지 못한 듯했다.

"난 그냥 해그리드가 빨리 돌아오기를 바랄 뿐이야. 그게 다라고." 온실에 다다르자 해리가 목소리를 낮추며 말했다. "그러블리플랭크가 더 좋은 교수라는 얘기는 *하지 마!*" 그가 위협하듯 덧붙였다.

"그럴 생각 없었어." 헤르미온느가 침착하게 말했다.

"왜냐하면 절대 해그리드만큼 좋을 수는 없을 테니까." 해리가 단호하게 말했다. 그는 자신이 방금 본보기라고 할 만한 마법 생명체 돌보기 수업을 들었다는 사실을 똑똑히 알았고, 그것 때문에 완전히 짜증이 난 상태였다.

가장 가까운 온실 문이 열리고 지니를 비롯한 4학년 학생 몇 명이 쏟아져 나왔다.

"안녕." 그녀가 지나가며 밝은 목소리로 말했다. 잠시 뒤 루나 러브굿이 다른 학생들을 따라 천천히 걸어 나왔다. 코에는 흙이 묻어 있었고 머리카락은 머리 위로 땋아 올린 채였다. 해리를 보자 그녀의 튀어나온 눈이 흥분한 듯 휘둥그레졌다. 그녀는 곧장 그에게 다가왔다. 해리의 동급생

여럿이 호기심 어린 눈길로 그들을 바라보았다. 루나는 크게 숨을 들이쉬더니, 인사 한 마디 없이 다짜고짜 말을 쏟아 냈다. "나는 이름을 말해서는 안 되는 그 사람이 돌아왔다는 것도 믿고, 네가 그자와 싸우다가 도망쳐 나왔다는 것도 믿어."

"어…… 그래." 해리가 어색하게 말했다. 루나는 오렌지색 무처럼 생긴 귀고리를 하고 있었다. 키득거리며 그녀의 귀를 가리키는 것을 보면 파르바티와 라벤더도 그 사실을 눈치챈 듯했다.

"마음껏 웃어." 루나가 목소리를 높이며 말했다. 그녀는 파르바티와 라벤더가 귀고리가 아니라 자기가 한 말을 비웃고 있다고 생각한 것이 틀림없었다. "하지만 한때 사람들은 블리버링 험딩어나 굽은뿔 스노캑 같은 것도 없다고 믿었어!"

"음, 그게 맞잖아?" 헤르미온느가 못 참겠다는 듯 말했다. "블리버링 험딩어나 굽은뿔 스노캑 같은 건 원래 없어."

루나는 사람을 주눅 들게 하는 눈길로 그녀를 쳐다보더니 여봐란듯이 멀어져 갔다. 귀에 달린 무가 미친 듯이 달랑거렸다. 이제는 파르바티와 라벤더뿐만 아니라 다른 아이들도 폭소를 터뜨렸다.

“몇 명 되지도 않는데 날 믿어 주는 사람들을 굳이 그렇게 기분 나쁘게 만들어야겠냐?” 교실로 들어가면서 해리가 헤르미온느에게 따지듯 물었다.

“아, 제발, 해리. *쟤보다* 멀쩡한 사람도 많아.” 헤르미온느가 말했다. “지니가 나한테 저 애에 대해서 전부 얘기해 줬어. 쟤는 아무 증거가 없는 것만 믿는 것 같더라. 뭐, 아버지가 《이러쿵저러쿵》을 만드는 사람인데 어련하겠어.”

해리는 학교에 도착한 날 밤에 봤던 날개 달린 불길한 말들과 자기 눈에도 그것들이 보인다고 했던 루나의 말을 떠올렸다. 기분이 살짝 처졌다. 루나가 거짓말을 한 걸까? 하지만 그 문제를 더 생각할 겨를도 없이 어니 맥밀런이 다가왔다.

“말해 주고 싶었어, 포터.” 그가 크고 분명한 목소리로 말했다. “너를 응원하는 건 괴짜들만이 아니야. 나는 개인적으로 너를 100퍼센트 믿어. 우리 가족은 언제나 덤블도어 교수님을 확실히 지지해 왔고, 나도 마찬가지야.”

“어…… 정말 고마워, 어니.” 해리는 깜짝 놀랐으면서도 기뻤다. 어니는 약간 젠체하는 구석이 있긴 했지만, 귀에 달랑거리는 무를 달고 다니지 않는 사람이 던진 믿음의 한 표에 무척 고마운 마음이 들었다. 어니의 말에 라벤더 브라운의 얼굴에서 미소가 싹 사라졌다. 해리는 론과 헤르미온느에게 말을 걸려고 돌아서면서 셰이머스의 표정을 힐끔 바라보았다. 그는 혼란스러우면서도 반발하는 듯한 표정을 짓고 있었다.

모두가 예상했듯 스프라우트 교수도 O.W.L.의 중요성에 대한 훈계로 수업을 시작했다. 해리는 교수들이 그만 좀 했으면 좋겠다고 생각했다. 슬슬 불안해지면서, 해야 할 숙제가 얼마나 많은지 떠올릴 때마다 배가 뒤틀리는 듯했기 때문이다. 스프라우트 교수가 수업을 마치며 그들에게 작문 숙제를 하나 더 내주자 그 기분은 더더욱 악화되었다. 그리핀도르 학생들은 지친 채, 스프라우트 교수가 선호하는 비료인 용의 똥 냄새를 풀풀 풍기며 무리 지어 성으로 향했다. 누구도 별말을 하지 않았다. 오늘도 기나긴 하루가 지나갔다.

해리는 배고파 죽을 것 같았던 데다 5시에는 엄브리지와의 첫 번째 방과 후 징계가 있었으므로 그리핀도르 탑에 가방을 가져다놓지 않고 곧바로 저녁을 먹으러 갔다. 엄브리지가 무슨 일을 시킬지는 모르겠지만 그전에 잔뜩 먹어둘 생각이었다. 그러나 해리가 대연회장 입구에 도착하기도 전에 화난 목소리가 크게 외쳤다. "야, 포터!"

"또 뭐야?" 그는 지친 듯 중얼거리며 뒤를 돌아보았다. 앤젤리나 존슨이었다. 그녀는 머리끝까지 화가 난 모습이었다.

"또 *뭔지* 말해 줄게." 그녀가 곧장 다가오더니 그의 가슴을 손가락으로 쿡 찔렀다. "대체 어쩌다 금요일 5시에 방과 후 징계를 받는 처지가 된 거야?"

"뭐?" 해리가 물었다. "왜…… 아 맞다, 파수꾼 선발전!"

"*이제야* 기억을 하시네!" 앤젤리나가 으르렁거렸다. "내가 *팀 전체*랑 같이 하고 싶다고 말하지 않았나? *모두와* 어울리는 사람을 찾자고 말이야. 퀴디치 경기장도 특별히 예약해 놨다고 말 안 했어? 근데 그 자리에 빠지기로 작정했다는 거야?"

"내가 안 가려고 작정한 게 아니야!" 앤젤리나의 부당한 비난에 발끈한 해리가 말했다. "엄브리지가 방과 후 징계를 준 거지. 단지 내가 '그 사람'에 대한 진실을 말했다는 이유로."

"됐고, 당장 그 여자한테 가서 금요일에는 빼 달라고 해." 앤젤리나가 사납게 말했다. "어떻게 하든 상관없어. 그래야 한다면, '그 사람'에 관한 이야기는 그냥 네가 지어낸 거라고 말해. *반드시 참석하란 말이야!*"

그러더니 그녀는 빠르게 멀어져 갔다.

"있잖아." 해리가 대연회장에 들어가면서 론과 헤르미온느에게 말했다. "퍼들미어 유나이티드에 연락해서 혹시 올리버 우드가 훈련 기간 중에 죽은 게 아닌지 확인해 보는 게 좋을 것 같아. 앤젤리나한테 우드의 영혼이 씐 것 같으니까."

"엄브리지가 금요일에 너를 빼 줄 확률이 얼마나 될까?" 그리핀도르 식탁에 앉으면서 론이 회의적으로 말했다.

"0퍼센트 미만." 해리가 침울하게 말하며 양갈비를 접시에 덜어 먹기 시작했다. "그래도 시도는 해 봐야 하지 않을까? 방과 후 징계를 두 번 더 받겠다고 하든지. 모르겠다……." 그는 입안 가득한 감자를 삼키고 덧붙였다. "오늘 저녁에 날 너무 오래 붙잡아 두지 않았으면 좋겠는데. 해야 할 작문 숙제가 세 개에, 맥고나걸 교수님이 숙제로 내준 소멸 마법을 연습해야 하고, 플리트윅 교수님의 해제 마법을 공부하고, 보우트러클 스케치를 끝내고, 트릴로니의 그 멍청한 꿈 일기도 써야 한다는 거 너희도 알지?"

론이 신음하더니 무슨 이유에서인지 천장을 힐끗 올려다보았다.

"*게다가* 비까지 내릴 것 같네."

“그게 우리 숙제랑 무슨 상관이야?” 헤르미온느가 눈썹을 치켜올리며 말했다.

“아무것도 아냐.” 론이 즉시 말했다. 그의 귀가 빨개졌다.

해리는 5시가 되기 5분 전에 두 사람에게 작별 인사를 하고 4층에 있는 엄브리지의 연구실로 향했다. 문을 두드리자 그녀가 꿀을 바른 듯한 목소리로 대답했다. “들어와요.” 해리는 주위를 둘러보며 조심스럽게 안으로 들어갔다.

해리는 세 명의 옛 주인이 이 연구실을 쓰던 때를 기억하고 있었다. 길더로이 록하트가 쓰던 시절에 이곳은 활짝 웃는 록하트 자신의 초상화로 도배되어 있었다. 루핀이 주인이었을 때는 이곳에 올 때마다 우리나 수조에 들어 있는 매혹적인 어둠의 생명체를 만날 기회가 있었다. 가짜 무디 시절에는 온갖 비행과 은폐 공작을 탐지하기 위한 다양한 기구와 도구가 가득했다.

하지만 지금 이곳은 전혀 알아볼 수 없을 만큼 달라져 있었다. 모든 것이 레이스 달린 덮개와 천으로 뒤덮여 있었고, 말린 꽃이 가득 꽂힌 꽃병 여러 개가 저마다 깔개 위에 자리를 잡고 있기도 했다. 한쪽 벽에는 장식용 접시 수집품이 나열되어 있었는데 접시마다 각각 다른 모양의 나

비넥타이를 맨 총천연색 새끼 고양이가 큼직하게 그려져 있었다. 해리는 너무 거부감이 든 나머지 그 자리에 꼼짝 못 하고 서서 그것들을 바라보았다. 그때 엄브리지 교수가 입을 열었다.

"안녕, 포터 군."

해리는 깜짝 놀라 주위를 돌아보았다. 등 뒤 책상의 책상 덮개와 지나치게 잘 어우러지는 현란한 꽃무늬 로브를 입고 있는 그녀를 처음에는 알아보지 못했던 것이다.

"안녕하세요, 엄브리지 교수님." 해리가 딱딱하게 말했다.

"음, 앉아요." 그녀가 레이스 덮개를 씌운 작은 탁자를 가리키며 말했다. 그녀는 탁자 옆에 등받이가 곧은 의자를 끌어다 놓고 탁자 위에 빈 양피지를 놓아두었다. 그를 위해 준비된 것이 틀림없었다.

"어." 해리가 그 자리에서 움직이지 않고 입을 열었다. "엄브리지 교수님. 어…… 시작하기 전에 저…… 한 가지…… 부탁을 드리고 싶은데요."

그녀의 툭 튀어나온 눈이 가늘어졌다.

"아, 그래요?"

"그게, 제가…… 제가 그리핀도르 퀴디치 팀 선수거든요. 금요일 5시에 새 파수꾼 선발전에 참석하기로 되어 있었어요. 그래서 제가…… 그날 밤 방과 후 징계를 건너뛰고 그걸…… 그걸 다른 날 밤에…… 대신 할 수 있을지…….”

그는 말을 끝내기 한참 전부터 아무 소용이 없으리라는 걸 알았다.

“아아, 그건 안 돼요.” 엄브리지가 활짝 미소 지으며 말했다. 방금 유달리 육즙이 맛있는 파리를 삼킨 듯한 표정이었다. “이런, 안 돼, 안 돼, 안 돼요. 이건 관심을 끌려고 안달이 나서 못되고 고약한 소문을 퍼뜨린 데 대한 벌이랍니다, 포터 군. 벌은 결코 죄를 지은 사람의 편의에 따라 조정되어서는 안 돼요. 안 되고말고요. 포터 군은 내일 5시에 여기에 올 거고, 다음 날에도, 금요일에도 오게 될 거랍니다. 계획된 대로 방과 후 징계를 받게 될 거예요. 나는 포터 군이 정말로 하고 싶은 일을 놓치게 돼서 오히려 잘됐다고 생각해요. 그래야 교수님이 주려는 교훈을 더 잘 깨우칠 수 있겠죠.”

해리는 피가 머리로 솟구치는 것을 느꼈다. 귀에서 쿵쾅거리는 소리가 들렸다. 관심을 끌려고 안달이 나서 못되고 고약한 소문을 퍼뜨렸다고? 진심으로 하는 소린가?

엄브리지는 여전히 활짝 미소 지은 채 머리를 갸우뚱하고 그를 지켜보았다. 마치 해리가 무슨 생각을 하는지 정확히 알고 있으며, 과연 그가 다시 고함을 지를지 보려고 기다리는 것처럼. 해리는 엄청난 노력 끝에 그녀에게서 눈을 돌리고 등받이가 곧은 의자로 가서 옆에 책가방을 놓고 앉았다.

"거 봐요." 엄브리지가 상냥한 척 말했다. "벌써 성질을 다스리는 솜씨가 나아지고 있잖아요? 자, 포터 군은 깜지를 하게 될 거예요. 아니, 포터 군의 깃펜으로 하는 게 아니고요." 해리가 가방을 열려고 허리를 숙이자 그녀가 덧붙였다. "내가 가진 조금 특별한 깃펜을 쓰게 될 거예요. 여기 있어요."

그녀는 해리에게 유난히 끝이 뾰족한, 길고 가느다란 검은색 깃펜을 건넸다.

"이렇게 썼으면 좋겠어요. '거짓말을 하지 않겠습니다.'" 그녀가 조용히 말했다.

"몇 번이나요?" 해리가 그럴듯하게 예의를 가장하며 물었다.

"아, 그야 메시지가 *깊이 새겨질* 만큼이죠." 엄브리지가 간드러지게 말했다. "시작."

그녀는 자기 책상으로 가서 앉더니, 채점할 작문 숙제로 보이는 양피지 더미 위로 허리를 구부렸다. 해리는 날카롭고 검은 깃펜을 들어 올린 뒤에야 무엇이 없는지 깨달았다.

"잉크를 안 주셨는데요." 그가 말했다.

"아, 잉크는 필요 없을 거랍니다." 엄브리지 교수가 목소리에 아주 희미하게 웃는 기색을 띠고 말했다.

해리는 깃펜 끝을 종이에 대고 글씨를 썼다.

거짓말을 하지 않겠습니다.

그는 아파서 헉 소리를 내뱉었다. 양피지 위에 선명한 붉은색 잉크로 쓴 것처럼 보이는 단어들이 나타났다. 동시에, 해리의 오른손 손등에도 그 단어들이 나타났다. 단어들은 마치 메스로 그은 것처럼 그의 살갗에 새겨져 있었다. 하지만 피로 번들거리는 그 상처는 해리가 바라보는 와중에도 스르르 아물어 갔다. 상처가 났던 자리는 조금 붉어지긴 했지만 반들반들했다.

해리는 고개를 돌려 엄브리지를 바라봤다. 그녀는 두꺼비 같은 널찍한 입을 벌리고 웃음 지으며 해리를 지켜보고 있었다.

"왜 그러죠?"

"아뇨." 해리가 조용히 말했다.

그는 다시 양피지 쪽으로 눈을 돌리고 깃펜을 들어 '거짓말을 하지 않겠습니다'라고 썼다. 또다시 손등에 칼로 베는 듯한 통증이 느껴졌다. 이번에도 단어들이 그의 살갗에 새겨졌다. 그리고 이번에도 몇 초 지나자 상처가 아물었다.

그런 일이 반복되었다. 똑같은 문장을 거듭해서 쓰던 해리는 머잖아 양피지에서 빛나는 것이 진짜 잉크가 아니라 자신의 피라는 사실을 깨달았다. 단어들은 계속 그렇게 그의 손등에 새겨졌다가 아물면서 사라지고, 깃펜을 양피지에 대면 다시 나타났다.

엄브리지의 연구실 창밖에 어둠이 내렸다. 해리는 이것을 언제까지 해야 하느냐고 묻지 않았다. 손목시계조차 확인하지 않았다. 그는 그녀가 자신을 지켜보며 기가 꺾인 조짐을 찾고 있다는 사실을 알았고, 결코 그런 티를 내지 않을 생각이었다. 이곳에 밤새도록 앉아서 이 깃펜에 손등을 베여야 한다 할지라도…….

"이리 와요." 몇 시간처럼 느껴지는 시간이 흐른 뒤 그녀가 말했다.

그는 자리에서 일어섰다. 손이 찌르는 듯 아팠다. 손등을 내려다보니 상처는 아물었지만 살갗은 빨갛게 벗겨져 있었다.

"손." 그녀가 말했다.

해리가 손을 내밀자 엄브리지가 그 손을 잡았다. 흉측하고 낡은 반지를 여러 개 낀 두껍고 몽톡한 손가락이 닿자 해리는 몸이 부르르 떨리는 것을 억지로 참았다.

"쯧쯧. 아직 그렇게 깊게 새겨지진 않은 것 같네요." 그녀가 미소 지으며 말했다. "뭐, 내일 저녁에 다시 해 보도록 하죠. 알겠죠? 가도 좋아요."

해리는 말 한 마디 없이 그녀의 연구실을 나섰다. 복도가 쥐 죽은 듯 조용한 걸 보니 자정이 지난 게 틀림없었다. 그는 복도를 천천히 걷다가 모퉁이를 돈 다음, 그녀가 자신의 발소리를 듣지 못할 거라는 확신이 들자 달리기 시작했다.

해리는 소멸 마법을 연습할 시간이 없었고 꿈 일기는 하나도 쓰지 못했으며 보우트러클 스케치도 완성하지 못했다. 작문 숙제들도 당연히 하지 못했다. 그는 다음 날 첫 수업인 점술 숙제를 하기 위해 아침 식사를 건너뛰고 꿈 두어 개를 지어냈다. 그러다가 부스스한 몰골이 그와 비슷한 처지가 된 론을 보고 깜짝 놀랐다.

"왜 어젯밤에 안 했어?" 해리는 꿈 일기에 쓸 영감을 얻으려고 사나운 눈길로 휴게실을 두리번거리는 론에게 물었다. 해리가 침실로 돌아왔을 때만 해도 론은 깊이 잠들어 있었던 것이다. 론은 "다른 걸 하느라고"라며 웅얼거리더니 양피지 위로 몸을 바짝 숙이고 단어 몇 개를 휘갈겨 썼다.

"이거면 되겠지." 그가 일기장을 탁 덮으며 말했다. "새 신발을 사는 꿈을 꿨다고 썼어. 트릴로니가 이걸 갖고 뭐 이상한 소리를 할 수는 없겠지?"

그들은 서둘러 함께 북쪽 탑으로 향했다.

"그건 그렇고, 엄브리지의 방과 후 징계는 어땠어? 뭘 시키디?"

해리는 순간 망설이다가 대답했다. "깜지."

"그럼 그렇게 나쁘진 않았겠네?" 론이 말했다.

"응." 해리가 말했다.

"아, 맞다. 금요일에 너 빼 준대?"

"아니." 해리가 답했다.

론이 안타깝다는 듯 신음했다.

그날도 운수가 사나웠다. 해리는 소멸 마법을 전혀 연습하지 않았기에 변환 마법 수업에서 가장 뒤처지는 학생 중 한 명이 되었다. 게다가 점심시간에는 식사를 건너뛰고 보우트러클 그림을 완성해야 했다. 그러는 와중에 맥고나걸 교수와 그러블리플랭크 교수와 시니스트라 교수는 더 많은 숙제를 내주었다. 엄브리지와의 두 번째 방과 후 징계가 기다리고 있었으니 그날 저녁에 그 숙제들을 끝낼 가능성은 전혀 없었다. 설상가상으로 앤젤리나 존슨이 저녁 식사 시간에 다시 해리를 쫓아오더니 그가 금요일 파수꾼 선발전에 참석할 수 없게 됐다는 것을 알고, 그의 태도가 전혀 마음에 들지 않는다면서 무엇보다 훈련을 앞세우고 팀에 남고 싶어 하는 선수들이 왔으면 좋겠다고 말했다.

"난 방과 후 징계를 받는 중이야!" 해리는 성큼성큼 멀어져 가는 그녀의 뒤에 대고 소리쳤다. "그 늙은 두꺼비랑 한 방에 갇혀 있는 거랑 퀴디치를 하는 것 중에 내가 뭘 더 좋아할 것 같아?"

"그래도 그냥 깜지긴 하잖아." 해리가 다시 의자에 주저앉아 더 이상 별로 먹음직스러워 보이지 않는 스테이크앤키드니 파이를 내려다보자 헤르미온느가 위로하듯 말했다. "그렇게 끔찍한 벌은 아니니까……."

해리는 입을 열었다가 다시 다물고 고개를 끄덕였다. 왜 론과 헤르미온느에게 엄브리지의 방에서 무슨 일이 있었는지 자세히 이야기하지 않는지 해리도 사실은 잘 알 수 없었다. 한 가지 확실한 건 그들의 겁에 질린 얼굴을 보고 싶지 않다는 것뿐이었다. 그러면 이 모든 일이 더 안 좋아 보이고 그래서 더 마주하기 어려워질 테니까. 해리는 또한 이것이 그와 엄브리지 사이의 문제, 즉 은밀한 기 싸움이라는 것을 어렴풋이 느꼈다. 그는 엄브리지에게 그가 불평했다는 얘기를 듣고 흐뭇해할 기회를 주고 싶지 않았다.

"숙제가 얼마나 많은지 믿을 수 없을 지경이야." 론이 괴롭다는 듯 말했다.

"그래? 어젯밤에 하지 그랬어." 헤르미온느가 물었다. "어디 있었던 거야?"

"난…… 그냥 산책이 하고 싶어서." 론이 수상쩍은 태도로 말했다.

해리는 그 순간 뭔가를 숨기고 있는 게 자기 혼자만이 아니라는 것을 확실히 느꼈다.

두 번째 방과 후 징계도 지난번만큼 끔찍했다. 손등의 피부는 이제 더 빠르게 자극을 받아 금방 빨개지고 염증을 일으켰다. 해리는 사실상 손등이 계속 아물 날도 얼마 남지 않았다고 생각했다. 곧 손에 상처가 남을 테고, 엄브리지는 아마 그걸 보고 만족스러워할 터였다. 하지만 해리는 그 어떤 고통 어린 신음도 내지 않고, 연구실에 들어가는 순간부터 자정이 지나 그곳을 나가는 순간까지 "안녕하세요"와 "안녕히 주무세요" 빼고는 아무 말도 하지 않았다.

숙제는 이제 절망적인 상황에 이르렀다. 그는 기진맥진한 상태로 그리핀도르 휴게실에 돌아왔지만, 잠자리에 드는 대신 책을 펴고 스네이프의 월장석 작문 숙제를 시작했다. 숙제를 마쳤을 때는 2시 30분이 넘은 뒤였다. 그는 숙제를 엉망진창으로 했다는 걸 알고 있었지만 어쩔 수가 없었다. 뭐라도 제출하지 않으면 다음에는 스네이프한테서 방과 후 징계를 받게 될 것이었다. 그런 다음에는 맥고나걸 교수가 내준 문제에 빠르게 해답을 쓰고, 그러블리플랭크 교수에게 제출할 보우트러클의 적절한 관리법을 대충 꿰어 맞춘 다음 비틀거리며 침대로 올라갔다. 그는 옷도 갈아입지 않고 이불 위에 쓰러져 곧바로 곯아떨어졌다.

목요일은 피곤에 절어 몽롱한 상태로 지나갔다. 론도 아주 졸린 것 같았지만, 해리는 그 이유를 알 수 없었다. 세 번째 방과 후 징계는 지난 두 번과 똑같이 진행되었다. 단, 두 시간이 지나자 '거짓말을 하지 않겠습니다'라는 글자들이 해리의 손등에서 희미해지지 않고 긁힌 그대로 남아 있었다. 핏방울마저 조금씩 새어 나왔다. 뾰족한 깃펜이 종이를 긁적이는 소리가 잠시 멈추자 엄브리지 교수가 고개를 들었다.

"아." 그녀가 부드럽게 내뱉더니 책상을 빙 돌아와 그의 손을 들여다보았다. "좋아요. 이걸 볼 때마다 기억이 나겠네요. 그렇죠? 오늘 밤은 가도 좋아요."

"내일도 와야 되나요?" 해리가 욱신거리는 오른손 대신 왼손으로 책가방을 집어 들며 물었다.

"아, 그럼요." 엄브리지 교수가 또다시 활짝 미소 지으며 말했다. "그래요, 내 생각에는 하룻밤만 노력하면 이 메시지를 좀 더 깊이 새길 수 있을 것 같네요."

해리는 이 세상에 스네이프보다 싫은 교수가 있을 수도 있다고는 한 번도 생각해 본 적이 없었지만, 그리핀도르 탑으로 돌아가면서 그 못지않은 사람이 나타났다는 사실을 인정할 수밖에 없었다. 저 여자는 사악하다. 8층으로 가는 계단을 오르면서 해리는 그렇게 생각했다. 사악하고, 배배 꼬이고, 미친 늙은……

"론?"

계단 꼭대기에 도착한 그는 오른쪽으로 돌다가 하마터면 론과 부딪칠 뻔했다. 론은 빗자루를 움켜쥐고 날씬한

라클란 조각상 뒤에 숨어 있었다. 그는 해리를 보고 화들짝 놀라더니 새로 산 클린스윕 11을 뒤로 감추려고 했다.

"뭐 해?"

"어…… 아무것도. 너는 여기서 뭐 해?"

해리가 얼굴을 찌푸렸다.

"왜 이래, 너 먼저 말해 봐! 왜 여기 숨어 있어?"

"난…… 나는 프레드랑 조지를 피해 숨어 있는 거야. 굳이 알아야겠다니까 말해 주는 거지만." 론이 말했다. "형들이 방금 1학년생을 잔뜩 데리고 지나갔거든. 분명히 걔들한테 또 뭔가 시험하고 있는 거겠지. 이제 휴게실에서는 그런 짓 못 하잖아. 헤르미온느가 거기 있으니까."

론이 열 오른 목소리로 빠르게 내뱉었다.

"근데 빗자루는 왜 가지고 있어? 비행한 거 아니야?" 해리가 물었다.

"그게…… 어…… 아, 알았어, 말해 줄게. 하지만 웃지 마. 알겠지?" 론은 매초 점점 얼굴을 붉히면서 변명하듯이 말했다. "나, 나는 이제 괜찮은 빗자루가 생겼으니까 그리핀도르 파수꾼 선발전에 나가 볼까 했어. 자, 어서 웃어."

"안 웃긴데." 해리가 말했다. 론이 눈을 깜빡거렸다. "멋진 생각이야! 네가 팀에 들어오면 정말 좋겠다! 네가 파수꾼을 하는 건 본 적이 없는데, 잘해?"

"나쁘진 않아." 론이 말했다. 그는 해리의 반응에 몹시 안심한 표정이었다. "방학 동안 연습할 때면 찰리랑 프레드랑 조지가 항상 나한테 파수꾼을 시켰거든."

"그래서 오늘 밤에도 연습하고 있었던 거야?"

"화요일 이후로 쭉……. 그냥 나 혼자 한 거야. 쿼플이 날아오도록 마법을 걸어 보려고 했는데 쉽지 않더라. 그게 얼마나 쓸모 있을지도 모르겠고." 론은 초조하고 불안해 보였다. "내가 선발전에 나가면 프레드랑 조지가 숨넘어가게 웃을 거야. 내가 반장이 된 뒤로 날 놀리는 걸 멈춘 적이 없으니까."

"나도 선발전에 갈 수 있었으면 좋겠다." 함께 휴게실로 향하면서 해리가 비통하게 말했다.

"그래, 나도 그랬으면…… 해리, 너 손등에 그거 뭐야?"

가방을 들지 않은 오른손으로 막 코를 긁은 해리는 손을 숨기려 했지만, 론이 클린스윕을 숨기려 했을 때와 마찬가지의 결과가 나왔다.

"그냥 상처야. 아무것도 아냐, 그냥……."

하지만 론은 해리의 팔을 잡아 손등을 눈높이까지 들어 올렸다. 잠시 침묵이 이어졌다. 론은 피부에 새겨진 단어들을 뚫어지게 들여다보더니 역겹다는 표정으로 해리의 팔을 놓았다.

"깜지를 시켰다고 하지 않았어?"

해리는 잠깐 망설였지만, 론도 솔직하게 말해 줬으니 그도 엄브리지의 연구실에서 보낸 시간에 대해 사실 그대로 말해 주었다.

"그 늙은 마귀할망구가!" 뚱뚱한 귀부인 앞에서 멈춰 선 론이 들고일어날 것처럼 씩씩거렸다. 뚱뚱한 귀부인은 액자에 머리를 기댄 채 한가롭게 졸고 있었다. "미친 거 아냐! 맥고나걸한테 가. 가서 일러!"

"싫어." 해리가 곧바로 말했다. "그 여자가 날 이겼다고 흐뭇해하는 꼴은 못 봐."

"널 *이겼다고?* 이런 짓을 했는데 그냥 넘어가선 안 돼!"

"맥고나걸 교수님이 그 여자한테 얼마나 힘을 쓸 수 있는지도 모르겠고." 해리가 말했다.

"그럼 덤블도어, 덤블도어한테 말해!"

"안 돼." 해리가 딱 잘랐다.

"왜 안 돼?"

"덤블도어 교수님은 안 그래도 고민할 게 많아." 해리는 그렇게 말했지만 그건 진짜 이유가 아니었다. 6월 이래 덤블도어는 단 한 번도 그에게 말을 걸지 않았다. 이런 상황에서라면 그도 덤블도어를 찾아가 도움을 청하지 않을 생각이었다.

"뭐, 그래도 나는 네가……." 론이 입을 열었지만, 뚱뚱한 귀부인이 그의 말을 끊었다. 졸린 듯 그들을 지켜보고 있던 그녀가 버럭 소리를 지른 것이다. "암호를 대겠느냐, 아니면 너희가 대화를 마칠 때까지 내가 밤새 깨어 있어야겠느냐?"

금요일은 그 주의 다른 날들과 마찬가지로 우중충하고 축축하게 밝아 왔다. 해리는 대연회장에 들어서면서 자연스럽게 교직원 식탁 쪽을 흘끔 바라봤지만 정말로 해그리드를 보게 될 거라 기대하지는 않았다. 그는 곧 산더미 같은 숙제와 아직 한 번 남아 있는 엄브리지의 방과 후 징계 같은 더욱 시급한 문제들로 관심을 돌렸다.

그날은 두 가지 사실이 해리를 버티게 해 주었다. 하나는 주말이 다가왔다는 것이었다. 다른 하나는, 엄브리지와 함께하는 마지막 방과 후 징계가 끔찍하기는 해도, 그녀의 연구실 창문 밖으로 멀찍이 퀴디치 경기장이 보인다는 사실이었다. 운이 따라 준다면 선발전에 나온 론을 조금이라도 볼 수 있을지 몰랐다. 이 정도는 너무나 약한 빛이었지만, 해리는 지금 어둠을 밝혀 주는 모든 것이 고마웠다. 호그와트에서 이보다 힘든 첫 주를 보냈던 적은 여태껏 단 한 번도 없었다.

그날 저녁 5시가 되자 해리는 이번이 마지막이기를 진정 바라는 마음으로 엄브리지 교수의 연구실 문을 두드렸다. 들어오라는 말이 들렸다. 레이스 덮개를 씌운 탁자 위에 빈 양피지가 준비되어 있고 옆에는 뾰족한 검은색 깃펜이 놓여 있었다.

"뭘 해야 하는지 알겠죠, 포터 군." 엄브리지가 간드러진 미소를 지으며 말했다.

해리는 깃펜을 들고 창문을 힐끔 바라보았다. 의자를 오른쪽으로 2센티미터 정도만 움직이면……. 해리는 의자를 탁자 쪽으로 좀 더 끄는 척하며 간신히 그렇게 할 수 있었다. 이제 멀찍이 그리핀도르 퀴디치 팀 선수들이 경기장을 이리저리 날아다니는 모습이 보였다. 높은 골대 세 개 아래 검은색 형체가 대여섯 서 있었다. 공을 막을 차례를 기다리는 사람들이 틀림없었다. 이 거리에서는 누가 론인지 알아볼 수 없었다.

'거짓말을 하지 않겠습니다.' 해리는 그렇게 썼다. 오른

손 손등의 상처가 벌어져 다시 피가 나기 시작했다.

'거짓말을 하지 않겠습니다.' 상처가 더욱 깊게 파이며 따끔따끔 욱신거렸다.

'거짓말을 하지 않겠습니다.' 피가 손목을 타고 흘러내렸다.

그는 창밖을 잠깐 내다볼 또 한 번의 기회를 잡았다. 누군지는 모르겠지만 지금 골대를 지키고 있는 사람은 엉망진창이었다. 해리가 위험을 무릅쓰고 지켜본 몇 초 동안 케이티 벨이 두 차례나 골을 넣었다. 해리는 그 파수꾼이 론이 아니기를 마음 깊이 바라면서 다시 피가 뚝뚝 떨어진 양피지로 눈길을 떨어뜨렸다.

'거짓말을 하지 않겠습니다.'

'거짓말을 하지 않겠습니다.'

엄브리지의 깃펜이 긁적이는 소리나 서랍이 열리는 소리가 들릴 때처럼, 해리는 위험을 감수할 만하다는 생각이 들 때마다 고개를 들었다. 세 번째로 나온 사람은 상당히 솜씨가 좋았고, 네 번째는 끔찍했으며, 다섯 번째는 블러저를 유독 잘 피했지만 쉬운 공을 놓치고 말았다. 하늘이 어두워져 갔다. 여섯 번째와 일곱 번째 사람들이 보일지가 의문이었다.

'거짓말을 하지 않겠습니다.'

'거짓말을 하지 않겠습니다.'

이제 양피지는 손등에서 흘러내린 핏방울로 번들거리고 있었다. 타는 듯한 통증이 느껴졌다. 다음에 눈을 들었을 때는 어둠이 내린 뒤였고 퀴디치 경기장은 더 이상 보이지 않았다.

"이제 교훈을 깊이 새겼는지 한번 볼까요?" 30분이 지나자 엄브리지가 부드러운 목소리로 말했다.

그녀가 다가오더니 반지를 낀 짧은 손가락을 그의 팔로 뻗었다. 그때였다. 그녀가 해리의 피부에 새겨진 단어들을 살피려고 그를 붙잡은 순간, 그의 손등이 아닌 이마의 흉터로 통증이 불길처럼 치밀었다. 동시에 명치 근처에서 굉장히 이상한 감각이 느껴졌다.

그는 엄브리지의 손아귀에서 억지로 팔을 빼내고 벌떡 일어나 그녀를 쏘아보았다. 그녀도 그를 마주 보았다. 넓적하고 늘어진 입에 미소가 번졌다.

"그래요, 아프죠?" 그녀가 부드럽게 물었다.

그는 대답하지 않았다. 심장이 아주 격렬하게 뛰었다. 손 얘기를 하는 걸까? 아니면 방금 그가 이마에 통증을 느꼈다는 사실을 알고 있는 걸까?

"글쎄, 나는 할 얘기를 다 한 것 같군요, 포터 군. 가도 좋아요."

그는 책가방을 들고 최대한 빠르게 연구실을 떠났다.

'침착해.' 그는 계단을 전속력으로 달려 올라가며 스스로를 타일렀다. '침착해, 네가 생각하는 그 의미가 아닐 수도 있어…….'

"밈뷸러스 밈블토니아!" 그가 헉헉대며 뚱뚱한 귀부인에게 말하자 초상화가 앞으로 홱 젖혀졌다.

우렁찬 함성이 그를 맞이했다. 론이 얼굴 가득 웃음을 띠고 그에게 달려왔다. 손에 쥔 잔에서 버터맥주가 출렁출렁 흘러넘쳐 앞자락을 적시고 있었다.

"해리, 내가 해냈어. 들어갔어. 내가 파수꾼이야!"

"뭐? 와, 멋지다!" 해리는 자연스럽게 미소 지으려고 애쓰며 말했다. 그러나 심장은 계속 쿵쾅거렸고 욱신거리는 손등에서는 피가 흘렀다.

"버터맥주 마셔." 론이 한 병 내밀었다. "믿을 수가 없어. 헤르미온느는 어디 갔지?"

"저기 있어." 마찬가지로 버터맥주를 꿀꺽꿀꺽 마시던 프레드가 말하며 벽난로 앞에 있는 안락의자를 가리켰다. 헤르미온느는 그 의자에서 졸고 있었다. 그녀의 손에 들린 음료가 위태롭게 기울어졌다.

"뭐, 내가 말하니까 기쁘다고는 했어." 론이 살짝 풀 죽은 목소리로 말했다.

"자게 놔둬." 조지가 다급히 말했다. 잠시 후 해리는 주위에 모여 있는 1학년생 몇 명의 얼굴에 분명 조금 전 코피를 흘린 흔적이 남아 있는 모습을 보았다.

"이리 와, 론. 올리버가 입었던 로브가 맞는지 보자." 케이티 벨이 소리쳤다. "올리버 이름을 지우고 대신 네 이름을 쓰면 돼."

론이 그쪽으로 가자 앤젤리나가 해리에게로 성큼성큼 다가왔다.

"전에는 내가 좀 매몰차게 굴어서 미안해, 포터." 그녀가 불쑥 입을 열었다. "팀을 관리하는 게 별것 아닌 것 같아도 스트레스가 엄청나거든. 가끔 우드한테 너무 심하게 굴었다는 생각이 들더라." 그녀는 살짝 이마를 찌푸리고 잔 테두리 너머로 론을 지켜보고 있었다.

"있잖아, 저 아이가 네 가장 친한 친구인 건 알지만 실력이 엄청나게 뛰어난 건 아냐." 그녀가 직설적으로 말했다. "그래도 훈련을 좀 하면 괜찮아질 거야. 실력 좋은 퀴디치 선수들이 나온 집안이니까. 나중에는 저 친구가 오늘 보여 준 것보다 더 많은 재능을 갖고 있다는 게 밝혀질 거라고 믿어. 오늘 저녁에 비키 프로비셔랑 제프리 후퍼가 저 친구보다 비행을 더 잘하긴 했지만, 후퍼는 정말 징징대는 스타일이야. 항상 온갖 것에 대해 불평을 늘어놓거든. 그리고 비키는 모임이란 모임에는 다 속해 있지. 일반 마법 동아리랑 훈련이 겹치면 일반 마법을 우선시하겠다고 고백했어. 어쨌든, 우리는 내일 2시에 연습 경기를 할 거야. 그러니까 이번에는 꼭 와. 부탁이니까 최선을 다해서 론을 도와줘. 알겠지?"

그는 고개를 끄덕였고, 앤젤리나는 얼리샤 스피넷 쪽으로 여유롭게 걸어갔다. 해리는 자리를 옮겨 헤르미온느 옆에 앉았다. 그가 가방을 내려놓자 그녀는 움찔하며 잠에서 깼다.

"아, 해리, 너였구나……. 론 참 잘됐어. 그치?" 그녀가 게슴츠레한 눈으로 말했다. "난 그냥 너무, 너무, 너무 피곤해서." 그녀가 하품을 했다. "모자를 더 만드느라 1시까지 깨어 있었거든. 모자가 미친 듯이 사라지고 있어!"

아니나 다를까, 이제 보니 휴게실 곳곳에 부주의한 집요정들이 실수로 집어 들지도 모를 털모자가 숨겨져 있었다.

"좋네." 해리가 딴 데 정신이 팔린 채 말했다. 곧 누군가에게 말하지 않으면 폭발할 것 같았다. "있잖아, 헤르미온느. 내가 좀 전에 엄브리지의 연구실에 있었는데 그 여자가 내 팔을 만졌어……."

헤르미온느는 그의 말을 귀 기울여 들었다. 해리가 말을 마치자 그녀가 천천히 입을 열었다. "'그 사람'이 퀴럴을 조종했을 때처럼 엄브리지를 조종하고 있을까 봐 걱정하는 거야?"

"글쎄." 해리가 목소리를 낮추고 말했다. "그럴 가능성은 있잖아?"

"그렇긴 하지." 헤르미온느는 그렇게 말했지만 목소리에는 그다지 확신이 없었다. "하지만 퀴럴을 *지배*했던 것처럼 엄브리지를 *지배*하진 않았을 거라고 봐. 왜냐면, 그자는 이제 제대로 부활했잖아. 자기 몸이 있는데 다른 사람과 몸을 나눠 쓸 필요가 없을 거야. 임페리우스 저주를 걸었을 수는 있는데……."

해리는 프레드와 조지, 리 조던이 빈 버터맥주 병으로 저글링 하는 모습을 잠시 지켜보았다. 그때 헤르미온느가 말했다. "하지만 작년에 네 흉터가 아팠을 때는 아무도 너를 건드리지 않았잖아. 그리고 덤블도어 교수님이 이마의 통증은 '그 사람'이 그 순간 느끼는 감정하고 관련돼 있다고 하시지 않았어? 그러니까, 어쩌면 그 통증은 엄브리지랑 전혀 상관이 없을지도 몰라. 우연히 네가 그 여자랑 같이 있을 때 일어난 일일 수도 있어."

"엄브리지는 사악해." 해리가 딱 잘라 말했다. "배배 꼬였어."

"맞아, 끔찍하지. 하지만…… 해리, 덤블도어 교수님한테 흉터가 아프다고 말씀드리는 게 좋을 것 같아."

이틀 동안 두 번이나 덤블도어를 찾아가 보라는 조언을 들었지만 해리는 론에게 해 준 것과 똑같은 대답을 들려주었다.

"이런 일로 귀찮게 해 드리진 않을 거야. 네가 방금 말했듯이 별로 큰일도 아니니까. 여름방학 내내 아프다 말다 했어. 그냥 오늘 밤에 약간 더 아팠을 뿐이야. 그게 다야……."

"해리, 덤블도어 교수님은 확실히 이런 일로 귀찮게 해 주기를 바랄……."

"그래." 해리는 자기도 모르게 내뱉었다. "덤블도어 교수님이 나한테 신경 쓰는 이유는 오직 그거 하나뿐이지? 내 흉터 말이야."

"무슨 소리야? 그렇지 않아!"

“시리우스한테 편지를 써야겠어. 시리우스의 생각은 어떤지…….”

“해리, 그런 얘기를 편지에 쓰면 안 돼!” 헤르미온느가 깜짝 놀란 얼굴로 말했다. “기억 안 나? 무디 교수님이 편지를 쓸 때 주의하라고 했잖아! 이젠 누가 부엉이를 가로채지 않을 거라고 장담할 수 없어!”

“알았어, 알았어. 그럼 말 안 할게!” 해리가 짜증을 냈다. 그는 자리에서 일어섰다. “난 가서 잘게. 론한테 대신 전해 줘. 알았지?”

“아, 그건 안 되겠어.” 헤르미온느가 안심한 표정으로 말했다. “네가 자러 간다면 내가 이만 일어서는 것도 실례가 안 되겠지. 완전히 지쳤어. 내일 모자도 좀 더 만들고 싶고. 있지, 괜찮다면 날 좀 도와줘도 돼. 꽤 재미있거든. 난 실력이 점점 나아져서 이제는 무늬도 넣고 털실 방울도 넣고 이것저것 할 수 있게 됐어.”

해리는 신이 나서 환하게 빛나는 그녀의 얼굴을 바라보며, 그 제안에 약간이나마 끌린다는 표정을 지으려고 애썼다.

“어…… 아냐, 안 하는 게 좋겠어. 고마워.” 그가 말했다. “어…… 내일은 말이야. 해야 할 숙제가 엄청나서…….”

그렇게 그는 조금 실망한 표정을 짓고 있는 헤르미온느를 남겨 둔 채 남학생 기숙사 계단으로 터벅터벅 걸어갔다.

14장

퍼시와 패드풋

다음 날 아침, 해리는 같은 침실을 쓰는 학생들 중에서 가장 먼저 일어났다. 그는 잠시 그대로 누운 채, 사주식 침대의 커튼 사이로 들어오는 햇빛 속에서 떠다니는 먼지들을 바라보았다. 그리고 오늘이 토요일이라는 사실을 음미했다. 학기 첫 주가 영원토록 이어질 것처럼 느꼈었던 것이다. 마치 단 한 차례의 길고 긴 마법의 역사 수업처럼.

졸음이 깃든 침묵과 상쾌한 박하향이 날 것 같은 햇살을 보니 이제 막 날이 밝은 것 같았다. 그는 침대 커튼을 열고 일어나 앉아 옷을 입기 시작했다. 멀리서 지저귀는 새 소리를 빼면 같은 방 그리핀도르 친구들의 느리고 깊은 숨소리밖에 들리지 않았다. 그는 조심스레 책가방을 열고 양피지와 깃펜을 꺼낸 뒤 침실을 나와 휴게실로 향했다.

지금은 불이 꺼져 있는 벽난로 앞에 그가 가장 좋아하는 푹신푹신한 안락의자가 있었다. 그는 곧장 그 의자로 가서 편안하게 자리를 잡고 주위를 둘러보며 양피지를 펼쳤다. 구겨진 양피지와 낡은 곱스톤 게임 세트, 빈 마법약 병과 사탕 껍질 같은, 하루가 끝날 때면 항상 휴게실을 뒤덮고 있는 쓰레기들은 싹 치워져 있었다. 헤르미온느가 뜬 집요정 모자와 함께. 해리는 얼마나 많은 집요정들이 자기 의지와 상관없이 해방되었을지 궁금해하면서 잉크병 마개를 열고 깃펜을 담갔다. 그런 다음 매끄럽고 누런 양피지 위로 손가락 한 마디 정도 떨어진 곳에 깃펜을 들고 열심히 생각했다. 하지만 1분쯤이 지나자 그는 뭐라고 써야 할지 전혀 떠올리지 못한 채 자기도 모르게 텅 빈 벽난로를 바라보고 있었다.

이제야 해리는 여름방학 동안 론과 헤르미온느가 그에게 편지를 보내기가 얼마나 어려웠을지 이해할 수 있었다. 어떻게 하면 시리우스에게 지난주에 일어났던 모든 일을 전하고 물어보고 싶어서 안달이 난 질문들을 던지면서도, 행여 있을지 모르는 편지 도둑들에게 전달되어서는 안 될 정보를 빼놓을 수 있을까?

해리는 한동안 꼼짝 않고 앉아서 벽난로를 들여다보다가, 마침내 결정을 내리고 깃펜을 다시 한 번 잉크병에 담근 뒤 결연하게 양피지로 가져갔다.

멍멍이에게.

잘 지내고 계시길 바라요. 여기 돌아와서 보낸 첫 주는 끔찍했어요. 주말이 돼서 정말 다행이에요.

새로운 어둠의 마법 방어법 선생님이 왔어요. 엄브리지 교수예요. 아저씨네 엄마만큼 멋진 분이에요. 이 편지를 쓰는 이유는, 어젯밤 제가 엄브리지 교수와 방과 후 징계를 받고 있을 때, 작년 여름에 편지로 알려 드렸던 그 일이 다시 일어났기 때문이에요.

우리 모두 덩치 큰 친구를 그리워하고 있어요. 그 친구가 곧 돌아왔으면 좋겠어요.

빨리 답장 주세요.

해리

해리는 제삼자의 시선에서 보려고 애쓰며 편지를 몇 차례 다시 읽어 보았다. 이 편지를 읽는 것만으로는 그가 무슨 말을 하고 있는지, 편지를 받는 사람이 누구인지도 알 수 없을 것 같았다. 해리는 시리우스가 해그리드에 관한 암시를 알아차리고 그가 언제 돌아올지 말해 주길 바랐다. 해그리드가 호그와트를 비우고 뭘 하는지는 몰라도 그 일에 너무 많은 이목이 쏠릴까 봐 직접적으로 묻고 싶지는 않았다.

편지 길이가 아주 짧은 것치고는 쓰는 데 꽤 오랜 시간이 걸렸다. 해리가 편지를 쓰는 동안 햇빛이 방 안의 절반 정도까지 슬금슬금 기어들어 왔다. 이제는 위층 침실에서 아이들이 움직이는 소리가 아득히 들려왔다. 해리는 양피지를 조심스럽게 봉하고 초상화 구멍을 나가 부엉이장으로 향했다.

"내가 자네라면 그쪽으로 가지 *않겠네.*" 해리가 복도를 걸어가는데, 바로 앞에서 목이 달랑달랑한 닉이 벽을 통과해 당혹스러운 듯 둥둥 떠서 이쪽으로 오며 말했다. "피브스가 파라셀수스 흉상 앞을 지나가는 사람한테 재미있는 장난을 치려 하고 있거든. 복도 중간에 있는 조각상 말일세."

"지나가는 사람 머리에 파라셀수스를 떨어뜨리려는 건가요?" 해리가 물었다.

"참으로 우습게도 *그렇다네.*" 목이 달랑달랑한 닉이 따분하다는 듯 말했다. "교묘함은 결코 피브스의 강점이 아니니. 나는 피투성이 남작을 찾으러 가는 중이네. 그라면

막을 수 있을지 모르니까……. 나중에 보세나, 해리."

"네, 안녕히 가세요." 해리는 그렇게 말하고 오른쪽 대신 왼쪽으로 돌아 부엉이장으로 올라가는, 더 멀지만 안전한 길을 택했다. 눈부시게 파란 하늘이 보이는 창문을 연달아 지나자 기분이 좋아졌다. 잠시 뒤에는 훈련이 있었다. 마침내 퀴디치 경기장으로 돌아가는 것이다.

뭔가가 발목에 스쳤다. 고개를 숙이니 건물 관리인의 비쩍 마른 회갈색 고양이 노리스 부인이 살금살금 지나가는 것이 보였다. 노리스 부인은 등잔불 같은 노란 눈을 잠깐 그에게 돌리더니 곧 아쉬워하는 윌프레드 조각상 뒤로 사라졌다.

"난 잘못한 거 아무것도 없어." 해리가 노리스 부인의 뒤에 대고 소리쳤다. 딱 봐도 주인에게 보고하러 가는 듯했다. 해리는 고양이가 그러는 이유를 알 수 없었다. 토요일 아침에 부엉이장으로 올라가지 못할 까닭은 하나도 없었으니까.

이제는 하늘 높이 해가 떠 있었다. 유리 없는 창으로 둘러싸인 부엉이장에 들어가자 눈이 부셨다. 강렬한 은빛 햇살들이 부엉이와 올빼미 수백 마리가 서까래 여기저기에 자리를 잡고 있는 원통형 방 안으로 들어와 이리저리 교차

했다. 부엉이들은 이른 아침 햇빛 속에서 부산스러웠고, 몇 마리는 방금 사냥을 마치고 돌아온 것이 틀림없었다. 해리가 헤드위그의 모습을 찾으려고 목을 쭉 뺀 채 조그만 동물 뼈들을 밟고 지나가자, 지푸라기로 뒤덮인 바닥에서 작게 바스락거리는 소리가 났다.

"거기 있었구나." 해리가 둥근 천장 꼭대기 근처에서 헤드위그를 발견하고 말했다. "이리 내려와, 너한테 줄 편지가 있어."

헤드위그는 낮게 부엉부엉 울면서 커다란 흰색 날개를 펴더니 그의 어깨로 날아내렸다.

"그래. 겉에 멍멍이라고 적혀 있는 건 나도 알아." 해리가 헤드위그의 부리에 편지를 꽉 물려 주면서 왠지 모르게 속삭이듯 말했다. "하지만 시리우스한테 보내는 거야. 알았지?"

헤드위그가 호박색 눈을 한 차례 깜빡이자, 해리는 그것을 알아들었다는 뜻으로 받아들였다.

"그럼 조심해서 다녀와." 해리는 그렇게 말하고 헤드위그를 뻥 뚫린 창으로 데려갔다. 한순간 팔을 누르는 힘이 느껴지더니 헤드위그는 눈이 멀 듯한 밝은 하늘로 날아올랐다. 그는 헤드위그가 아주 작은 검은색 점이 되어 사라질 때까지 그 모습을 지켜본 다음, 해그리드의 오두막으로 눈길을 돌렸다. 이 창밖으로는 오두막이 아주 잘 보였다. 마찬가지로 사람이 없는 것도 또렷이 보였다. 굴뚝에서는 연기가 나지 않았고, 커튼은 닫혀 있었다.

금지된 숲의 우듬지가 가벼운 바람에 흔들렸다. 이따가 퀴디치를 할 생각에 해리는 얼굴에 닿는 상쾌한 공기를 만끽하며 그 풍경을 지켜보았다……. 그때였다. 호그와트 마차를 끌던 말들과 똑같이 생긴, 파충류의 날개를 달고 있는 그 거대한 말이 보였다. 그것은 익룡의 날개처럼 생긴 검은색 가죽 날개를 쫙 펴고, 기괴한 모습의 거대한 새처럼 나무들 사이에서 솟아올라 크게 원을 그린 뒤 다시 숲으로 뛰어들었다. 그 모든 일이 너무나 빠르게 일어났기에 해리는 자신이 방금 본 광경을 믿을 수가 없었다. 심장이 미친 듯 두근거렸을 뿐이다.

그때 등 뒤에서 부엉이장 문이 열렸다. 그는 깜짝 놀라 재빨리 뒤돌아보았다. 초 챙이 양손에 편지와 소포를 들고 있었다.

"안녕." 해리가 자동적으로 입을 열었다.

"어…… 안녕." 그녀가 숨이 찬 듯 답했다. "이렇게 이른 시간에는 여기 아무도 없을 줄 알았는데……. 5분 전에야 생각이 나서. 우리 엄마 생신이거든."

그녀가 소포를 들어 올렸다.

"그렇구나." 해리가 말했다. 머릿속이 꽉 막힌 것 같았다. 뭔가 웃기고 재미있는 말을 하고 싶었지만 머릿속에는 그 끔찍한 날개 달린 말의 모습만 생생하게 떠올랐다.

"날씨 좋다." 그가 창밖을 가리키며 말했다. 부끄러움에 속이 쪼그라드는 것 같았다. 날씨라니. *날씨* 얘기나 하고 있다니…….

"그러게." 초가 적당한 부엉이를 찾아 주위를 둘러보며 말했다. "퀴디치 하기 좋은 날씨야. 나는 1주일 내내 못 나갔지만. 넌?"

"나도." 해리가 말했다.

초는 학교 외양간올빼미 한 마리를 고르더니 살살 달래서 자기 팔로 내려오게 했다. 올빼미는 그녀가 소포를 매달 수 있도록 순순히 다리를 내밀었다.

"아, 맞다. 그리핀도르는 새 파수꾼 뽑았어?" 그녀가 물었다.

"응." 해리가 대답했다. "내 친구 론 위즐리야. 걔 알아?"

"그 토네이도스 싫어하는 애?" 초가 싸늘하게 말했다. "실력은 있니?"

"응." 해리가 말했다. "그런 것 같아. 하지만 선발전은 못 봤어. 방과 후 징계를 받고 있었거든."

초는 올빼미 다리에 소포를 묶다 말고 눈을 들었다.

"그 엄브리지라는 여자, 정말 악독해." 그녀가 목소리를 낮추고 말했다. "세드릭이 어떻게…… 어떻게…… 어떻게 죽었는지에 대해서 진실을 말했다는 이유로 방과 후 징계를 주다니. 다들 그 얘기를 들었어. 학교 전체에 퍼졌으니까. 그 여자한테 그런 식으로 맞서다니, 너 정말 용감했어."

가슴이 너무 빠르게 부풀어 올라, 해리는 부엉이 똥이 흩어져 있는 바닥에서 실제로 한 뼘 정도 붕 떠오를 것 같은 기분이었다. 그까짓 날아다니는 말이 무슨 상관인가? 초가 그를 정말로 용감한 사람이라고 생각하는데. 잠시 그는 올빼미 다리에 소포 묶는 것을 도와주면서 일부러 실수인 척 그녀에게 상처 입은 손을 보여 줄까 하고 생각했다. 하지만 이 짜릿한 생각이 떠오른 그 순간 부엉이장 문이 다시 열렸다.

건물 관리인 필치가 씩씩거리며 들어왔다. 움푹 꺼지고 핏대가 불거진 양 뺨이 붉으락푸르락했고 늘어진 턱살은 부르르 떨렸으며, 숱 없는 회색 머리카락은 잔뜩 헝클어져 있었다. 여기까지 달려온 게 틀림없었다. 그의 뒤를 바짝 따르는 노리스 부인이 머리 위의 부엉이들을 바라보며 배가 고픈 듯 야옹거렸다. 머리 위에서 불안하게 날개 퍼덕이는 소리들이 들렸다. 커다란 솔부엉이가 험악하게 부리를 딱딱거렸다.

"아하!" 필치가 단걸음에 해리에게 다가오며 말했다. 늘어진 뺨이 분노로 떨렸다. "네가 똥폭탄을 대량 주문할 거라는 정보를 입수했다!"

해리는 팔짱을 끼고 건물 관리인을 바라보았다.

"누가 그래요?"

초가 해리와 필치를 번갈아 보며 마찬가지로 얼굴을 찌푸렸다. 그녀의 팔 위에 한 다리로 서 있던 외양간올빼미가 지친 나머지 경고하듯 울음소리를 냈지만 그녀는 못 들은 척했다.

"내 정보원한테 들었다." 필치가 자부심 깃든 목소리로 속삭거렸다. "이제 네가 보내려던 걸 내놔."

꾸물거리지 않고 편지를 보낸 게 천만다행이었다. "그럴 수 없어요. 벌써 보냈거든요."

"*보내?*" 필치가 분노로 얼굴을 일그러뜨리며 말했다.

"보냈어요." 해리가 침착하게 되풀이했다.

필치는 분노가 치미는지 입을 열고 잠시 벙긋거리다가

해리의 로브를 훑어보았다.

"그게 네 주머니에 없는지 어떻게 알아?"

"그야……."

"제가 보내는 걸 봤어요." 초가 언성을 높였다.

필치가 그녀를 돌아보았다.

"네가 봤다고……?"

"그래요, 제가 봤어요." 그녀가 사납게 말했다.

필치가 초를 쏘아보고 초가 마주 노려보는 잠깐 사이 침묵이 흘렀다. 이내 필치가 돌아서더니 발을 질질 끌며 문으로 향했다. 그는 문손잡이에 손을 올려놓은 채 멈춰 서서 해리를 돌아보았다.

"똥폭탄 얘기가 내 귀에 한 마디라도 들렸다간……."

그는 쿵쾅거리며 계단을 내려갔다. 노리스 부인이 부엉이들에게 마지막으로 굶주린 눈길을 한 번 던지고는 그를 뒤따랐다.

해리와 초는 서로를 바라보았다.

"고마워." 해리가 말했다.

"별거 아니야." 드디어 외양간올빼미의 다리에 소포를 묶으며, 초가 얼굴을 살짝 붉힌 채 말했다. "똥폭탄을 주문하려던 건 *아니지?*"

"아니야." 해리가 말했다.

"그럼 왜 그런 의심을 한 걸까?" 그녀가 올빼미를 뻥 뚫린 창으로 데려가며 말했다.

해리는 어깨를 으쓱했다. 영문을 모르기는 그 또한 마찬가지였다. 물론 이상하게도 이 순간에는 별로 신경 쓰이지 않았지만.

그들은 함께 부엉이장을 나섰다. 성의 서쪽 건물로 이어지는 복도 입구에 다다랐을 때 초가 말했다. "나는 이쪽으로 가. 음, 그럼…… 그럼 나중에 보자, 해리."

"그래…… 또 보자."

그녀는 미소를 지어 보이고 가 버렸다. 해리는 조용한 행복감에 젖은 채 계속 걸었다. 단 한 번도 부끄러운 모습을 보이지 않고 그녀와 온전히 대화하는 데 성공했다……. '그 여자한테 그런 식으로 맞서다니, 너 정말 용감했어…….' 초는 그가 용감하다고 말해 주었다. 살아 있다는 이유로 그를 미워하지 않았다.

물론, 그녀가 세드릭을 좋아했다는 건 알고 있었다……. 하지만 그가 세드릭보다 먼저 무도회에 같이 가자고 말했다면 상황이 다르게 흘러갔을지도 모른다. 해리가 같이 가자고 말했을 때 그녀는 거절해야 하는 상황을 진심으로 아쉬워하는 것 같았다.

"안녕." 해리가 대연회장의 그리핀도르 식탁에서 론과 헤르미온느 옆에 앉으며 밝은 목소리로 말했다.

"왜 그렇게 기분이 좋아 보여?" 론이 놀라서 해리를 뚫어지게 바라보며 물었다.

"음…… 이따가 퀴디치를 할 거잖아." 해리가 베이컨과 달걀이 담긴 커다란 접시를 끌어당기며 즐겁게 말했다.

"아…… 그래……." 론은 먹고 있던 토스트를 내려놓고 호박 주스를 한 모금 꿀꺽 들이켰다. "저기 말이야…… 나랑 같이 조금 일찍 나가지 않을래? 그냥, 어…… 훈련 전에 나 연습 좀 시켜 줘. 그러면 그 뭐냐, 감을 좀 익힐 수 있을 것 같거든."

"그래, 좋아." 해리가 말했다.

"저기, 너희 그러면 안 될 것 같은데." 헤르미온느가 진지하게 말했다. "둘 다 숙제가 정말 밀려 있……."

하지만 그녀는 중간에 말을 멈췄다. 아침 우편물이 도착하면서 늘 그랬듯이 가면올빼미가 부리에 《예언자일보》를 물고 날아왔던 것이다. 가면올빼미는 설탕 그릇 옆에 위태롭게 내려앉아 다리를 내밀었다. 헤르미온느는 가죽 주머니에 크넛 한 닢을 넣고 신문을 받아 들더니 못마땅한 눈으로 1면을 훑어보았다. 가면올빼미는 다시 날아갔다.

"뭐 재미있는 거 있어?" 론이 물었다. 해리는 론이 헤르미온느의 관심을 숙제라는 주제에서 딴 데로 돌리려고 애쓰는 모습을 보고 씩 웃었다.

"아니." 그녀가 한숨을 쉬었다. "그냥 운명의 세 여신 베이스 연주자가 결혼한다는 실없는 얘기뿐이야."

헤르미온느가 신문을 펼치고 그 뒤로 얼굴을 감췄다. 해리는 다시 달걀과 베이컨을 덜어 먹는 데 몰두했다. 론은 살짝 딴 데 정신이 팔린 표정으로 높은 창문들을 올려다보고 있었다.

"잠깐만." 헤르미온느가 불쑥 말했다. "이런 안 돼…… 시리우스!"

"무슨 일이야?" 해리가 너무 거칠게 잡아채는 바람에 신문 가운데가 찢어지고 말았다. 그와 헤르미온느는 신문을 각각 반쪽씩 들고 있었다.

"'마법 정부는 믿을 만한 소식통을 통해 악명 높은 대량 학살자인 시리우스 블랙이…… 어쩌고저쩌고…… 현재 런던에 숨어 있다는 정보를 입수했다!'" 헤르미온느가 작은 소리로 자신이 들고 있던 반쪽을 읽어 내려갔다.

"루시우스 말포이야. 틀림없어." 해리가 분노 가득한 목소리로 숨죽여 말했다. "승강장에서 시리우스를 알아본 거야……."

"뭐?" 론이 깜짝 놀란 얼굴로 말했다. "너 설마……."

"쉿!" 다른 두 사람이 그의 말을 막았다.

"……'정부는 마법사 사회에 경고하는 바이다……. 블랙은 대단히 위험한 인물로…… 열세 명을 살해…… 아즈카반에서 탈옥…….' 늘 하는 헛소리야." 헤르미온느가 들고 있던 신문 반쪽을 내려놓고 겁먹은 눈으로 해리와 론을 바라보며 결론지었다. "뭐, 다시 집 밖으로 나갈 수 없게 됐을 뿐이야. 그게 다야." 그녀가 속삭였다. "애초에 덤블도어 교수님이 그러지 말라고 경고했는데."

해리는 자기 손에 들린 《예언자일보》 반쪽을 침울하게 내려다보았다. 대부분의 지면에는 세일 중인 듯한 '어디서나 잘 어울리는 말킨 부인의 로브 전문점' 광고가 실려 있었다.

"야!" 그는 헤르미온느와 론이 볼 수 있도록 신문을 펼쳐서 내려놓았다. "이것 좀 봐!"

"로브는 있을 만큼 있어." 론이 말했다.

"그거 말고." 해리가 말했다. "여길 봐…… 여기 이 작은 기사……."

론과 헤르미온느는 그것을 읽으려고 몸을 더 바짝 기울였다. 지면 맨 아래 아주 짤막한 기사가 실려 있었다. 다음과 같은 기사였다.

정부 무단 침입 사건

8월 31일, 클래펌 러버넘 가든스 2번지에 사는 스터지스 포드모어(38)가 마법 정부 무단 침입과 강도 미수 혐의로 위즌가모트에 소환됐다. 포드모어를 체포한 마법 정부 경비 마법사 에릭 먼치는 포드모어가 새벽 1시에 일급비밀이 보관되어 있는 방에 억지로 들어가려는 것을 발견했다. 변호를 거부한 포드모어는 두 가지 혐의에 대해 모두 유죄판결을 받고 아즈카반 6개월 징역형을 선고받았다.

"스터지스 포드모어?" 론이 천천히 내뱉었다. "머리에 초가지붕 얹은 것처럼 생긴 사람 아냐? 기사단……."

"론, *쉿!*" 헤르미온느가 겁먹은 눈으로 주위를 둘러보며 말했다.

"아즈카반에서 6개월이라니!" 해리가 충격을 받고 중얼거렸다. "그냥 문을 열고 들어가려 했다는 이유로!"

"바보 같은 소리 하지 마. 그냥 문을 열고 들어가려고 해서는 아니지. 새벽 1시에 마법 정부에서 대체 뭘 하고 있었던 거지?" 헤르미온느가 숨죽여 말했다.

"기사단 일을 하고 있었을까?" 론이 중얼거렸다.

"잠깐만……." 해리가 천천히 입을 열었다. "스터지스는 우리를 배웅해 주기로 했었어. 기억나?"

두 사람이 그를 바라보았다.

"그래, 킹스크로스까지 우리를 호위해 줄 사람 중 한 명이었잖아. 기억 안 나? 근데 나타나지 않았다고 무디가 엄청 짜증을 낸 걸 보면 기사단 일을 하고 있었을 리는 없어. 안 그래?"

"그냥 포드모어가 붙잡힐 거라고는 생각 못 한 건지도 모르지." 헤르미온느가 말했다.

"함정일 수도 있어!" 론이 흥분해서 소리쳤다. "아니, 잘 들어 봐!" 그는 헤르미온느의 얼굴에 떠오른 위협적인 표정에 목소리를 확 낮추며 말을 이었다. "그 사람이 덤블도어 편이 아닐까 의심한 마법 정부가, 그러니까, 그 사람을 정부로 *유인했*을 수도 있어. 포드모어는 애초에 문을 열려고 하지도 않았을 거야! 그 사람을 잡으려고 정부에서 지어낸 얘기일지도 몰라!"

해리와 헤르미온느가 이 이야기를 되새겨 보는 동안 잠깐 침묵이 흘렀다. 해리는 너무 억지스러운 추측이라고 생각했지만 헤르미온느는 꽤 그럴듯하다고 생각하는 듯했다.

"네 말이 사실이라 해도 난 전혀 놀라지 않을 거야."

그녀는 생각에 잠긴 채 들고 있던 신문 반쪽을 접었다. 해리가 나이프와 포크를 내려놓자 그녀는 몽상에서 깨어나는 것 같았다.

"좋아, 뭐, 일단 스스로 거름을 주는 관목들에 관한 스프라우트 교수님의 작문 숙제부터 끝내는 게 좋겠어. 운이 좋으면 점심시간 전에 맥고나걸 교수님의 무생물 생성 마법을 시작할 수 있을 거야……."

해리는 위층에서 그를 기다리는 산더미 같은 숙제를 생각하자 약간 양심의 가책이 느껴졌지만, 하늘은 맑고 상쾌한 푸른색이었고 그는 1주일 동안 파이어볼트를 타 보지 못했다…….

"내 말은, 오늘 밤에 하면 된다는 거야." 론이 어깨에 빗자루를 걸치고 해리와 함께 퀴디치 경기장으로 향하는 비탈진 잔디밭을 걸어 내려가면서 말했다. O.W.L.에서 전 과목 낙제할 거라는 헤르미온느의 끔찍한 경고가 여전히 귓가에 메아리쳤다. "내일도 있고. 걔는 공부 얘기만 나오면 너무 흥분하는 게 문제야……." 잠깐 침묵이 흐른 뒤 론이 살짝 불안해진 말투로 덧붙였다. "우리한테 숙제를 안 보여 주겠다는 말, 진심이었을까?"

"응, 그럴걸." 해리가 말했다. "하지만 이것도 중요해. 퀴디치 팀에 남고 싶으면 훈련을 해야 하니까."

"그래, 맞아." 론이 용기가 생긴 듯 말했다. "시간은 그 모든 걸 할 수 있을 만큼 많으니까……."

해리는 퀴디치 경기장에 다가가면서 오른쪽을 힐끔 바라보았다. 금지된 숲의 나무들이 음산하게 흔들리고 있었다. 나무 사이에서 날아오르는 것은 아무것도 없었다. 하늘도 텅 비어 있었다. 저 멀리 부엉이장이 있는 탑 근처에서 퍼덕거리는 부엉이 몇 마리뿐이었다. 그에게 아무런 해도 끼치지 않는 날아다니는 말이 아니라도 해리에게는 걱정거리가 쌓여 있었다. 그는 머릿속에서 그 말을 밀어냈다.

두 사람은 탈의실 벽장에서 공을 챙겨서 연습을 시작했다. 론이 높은 골대 세 개를 지키고, 해리는 추격꾼 역할을 하면서 론을 제치고 쿼플을 집어넣으려고 했다. 해리가 보기에 론은 꽤 잘하는 것 같았다. 그는 해리가 넣으려고 했던 골 가운데 4분의 3을 막아 냈고, 연습을 거듭할수록 실력이 더욱 나아졌다. 두어 시간이 지나자 그들은 점심을 먹으러 성으로 돌아갔다(점심을 먹으면서 헤르미온느는 두 사람이 무책임하다고 생각한다는 자신의 의견을 아주 분명하게 밝혔다). 그런 다음 진짜 훈련을 위해 퀴디치 경기장으로 다시 갔다. 탈의실에 들어가 보니 앤젤리나를 제외한 팀 선수 전원이 이미 와 있었다.

"괜찮냐, 론?" 조지가 그에게 눈을 찡긋하며 물었다.

"응." 론이 말했다. 그는 경기장으로 오는 내내 점점 더 조용해졌다.

"우리 모두를 당황시킬 준비가 되어 있는 거야, 귀염둥이 반장?" 프레드가 퀴디치 로브의 목 부분으로 헝클어진 머리를 내밀며 말했다. 얼굴에는 살짝 짓궂은 미소가 떠올라 있었다.

"닥쳐." 론이 딱딱한 얼굴로 말하며 처음으로 팀 로브를 입었다. 론보다 어깨가 훨씬 넓은 올리버 우드가 입었던 것 치고 로브는 그럭저럭 잘 맞았다.

"좋아, 다들." 이미 옷을 갈아입은 앤젤리나가 주장 대기실에서 나오며 말했다. "시작하자. 얼리샤랑 프레드, 너희는 공 상자를 가져다줘. 아, 그리고 밖에 구경꾼 두어 명이 있긴 한데 그냥 무시했으면 좋겠어. 알았지?"

태연한 척하려는 그녀의 목소리 덕분에 해리는 왠지 초

대받지 않은 관중이 누구인지 알 것 같았다. 아니나 다를까, 탈의실을 나가서 경기장의 밝은 햇빛 속으로 들어가자, 텅 빈 관중석 중간에 무리 지어 있던 슬리데린 퀴디치 팀을 비롯한 갖은 구경꾼들이 야유와 조롱을 퍼부었다. 그들의 목소리가 경기장에 시끄럽게 울려 퍼졌다.

"저 위즐리는 뭘 타고 있는 거야?" 말포이가 질질 끄는 목소리로 비웃듯 소리쳤다. "대체 누가 왜 저런 곰팡이 슨 낡은 통나무에 비행 마법을 건 거지?"

크래브와 고일, 팬지 파킨슨이 배꼽을 잡고 요란한 웃음을 터뜨렸다. 론은 빗자루에 올라타 땅을 박차고 날아올랐다. 해리는 론의 귀가 빨개지는 것을 보면서 그 뒤를 따랐다.

"무시해." 그가 속도를 올려 론을 따라잡으며 말했다. "저 녀석들하고 시합을 한 다음에 과연 누가 웃는지 두고 보자."

"그게 바로 내가 원하는 태도야, 해리." 옆구리에 퀴플을 끼고 주위를 맴돌던 앤젤리나가 흡족한 듯 말했다. 그녀는 곧 속도를 늦춰 공중에 떠 있는 선수들 앞에 정지했다. "좋아, 다들 준비 운동 삼아 패스부터 시작하자. 자, 팀 전원……."

"야, 존슨, 머리 스타일이 왜 그래?" 팬지 파킨슨이 밑에서 날카롭게 소리 질렀다. "왜 머리에서 벌레가 기어 나오는 것처럼 만들어 놨어?"

앤젤리나가 길게 땋은 머리카락을 얼굴에서 쓸어 내고 침착하게 말을 이었다. "그럼 대형을 넓히고, 한번 해 보자……."

해리는 다른 사람들과 반대 방향으로 날아가 경기장 맨 끝으로 갔다. 론은 반대편 골대로 물러섰다. 앤젤리나는 한 손으로 쿼플을 들어 올리더니 프레드에게 힘껏 던졌고, 프레드는 조지에게, 조지는 해리에게, 해리는 다시 론에게 쿼플을 던졌다. 론은 공을 떨어뜨렸다.

말포이의 주도로 슬리데린 학생들이 왁자하게 웃음을 터뜨리며 고함을 질러 댔다. 쿼플이 땅에 닿기 전에 잡으려고 돌진했던 론은 급강하 후 자세를 바로 하지 못한 탓에 빗자루에서 옆으로 미끄러졌다. 그는 얼굴을 붉히며 저 높이 경기가 진행되고 있는 곳으로 날아올랐다. 해리는 프레드와 조지가 눈짓을 주고받는 모습을 봤지만, 둘 다 평소와 다르게 아무 말도 하지 않았다. 해리는 그것이 고마웠다.

"패스해, 론." 앤젤리나가 아무 일도 없었던 척 소리쳤다.

론이 쿼플을 얼리샤에게 던지자 그녀는 그것을 해리에게, 해리는 조지에게 패스했다.

"야, 포터. 흉터는 좀 어때?" 말포이가 소리쳤다. "누워 있지 않아도 괜찮겠어? 네가 병동에 안 간 지, 음, 1주일은 된 것 같은데, 너한테는 신기록 아니냐?"

조지가 앤젤리나에게 패스했고 그녀는 다시 해리에게 패스했다. 예상하지 못하고 있었던 해리는 손가락 끝으로 아슬아슬하게 공을 받아 재빨리 론에게 던졌다. 론은 쿼플을 향해 몸을 날렸지만 몇 센티미터 차이로 놓쳤다.

"정신 차려, 론." 론이 쿼플을 쫓아 다시 빠르게 밑으로 내려가자 앤젤리나가 부루퉁하게 말했다. "집중해."

론이 다시 올라왔을 때는 그의 얼굴과 쿼플 중 어느 쪽이 더 새빨간지 분간하기가 어려울 지경이었다. 말포이를 비롯한 슬리데린 아이들이 자지러지게 웃음을 터뜨렸다.

론은 세 번째 시도 만에 쿼플을 잡았다. 아마 안심이 되어서 그랬겠지만, 그가 너무 열정적으로 패스하는 바람에 쿼플은 곧장 케이티가 뻗은 손을 통과해 그녀의 얼굴을 세게 맞히고 말았다.

"미안!" 론이 신음하며, 자기가 그녀를 다치게 한 건 아닌지 확인하려고 앞으로 빠르게 날아갔다.

"자리로 돌아가. 케이티는 괜찮아!" 앤젤리나가 호통쳤다. "하지만 팀 동료한테 패스하는 거니까 웬만하면 빗자루에서 떨어뜨리지 않으려고 노력해 봐. 알았어? 떨어뜨리는 역할은 블러저가 하잖아!"

케이티는 코피를 흘리고 있었다. 저 밑에서 슬리데린 아이들이 발을 구르며 야유했다. 프레드와 조지가 케이티에게로 날아왔다.

"자, 이거 받아." 프레드가 주머니에서 작은 보라색 뭔가를 꺼내 그녀에게 건네며 말했다. "순식간에 해결될 거야."

"좋아!" 앤젤리나가 소리쳤다. "프레드, 조지, 가서 방망이랑 블러저 가져와. 론, 골대로 가. 해리, 내가 말하면 스니치를 풀어놔. 당연한 얘기지만 론을 제치고 골을 넣는 게 우리 목표야."

해리는 스니치를 가지러 쌍둥이를 따라 붕 날아갔다.

"론 진짜 엉성하지?" 셋이 공이 담긴 상자 곁에 내려섰을 때 조지가 중얼거렸다. 그는 상자를 열고 블러저 하나와 스니치를 꺼냈다.

"그냥 긴장해서 그래." 해리가 말했다. "오늘 아침에 나랑 연습할 땐 괜찮았어."

"그래, 뭐, 전성기가 너무 빨리 왔다 간 게 아니었으면 좋겠다." 프레드가 우울하게 말했다.

그들은 공중으로 다시 올라갔다. 앤젤리나가 호루라기를 불자 해리는 스니치를 풀어놓았고 프레드와 조지는 블러저를 날려 보냈다. 그 순간 이후로 해리는 다른 사람들이 뭘 하는지 거의 의식하지 못했다. 수색꾼의 팀에 150점을 안겨 주는 작디작은 파닥거리는 황금색 공을 다시 잡는 것이 그의 임무였으며, 그렇게 하려면 엄청난 속력과 기술이 필요했기 때문이다. 해리는 속력을 높여 공중제비를 돌고 추격꾼들 사이로 요리조리 날아다니며 방향을 틀었다. 따뜻한 가을바람이 얼굴에 부딪쳐 왔다. 멀리서 들려오는 슬리데린 학생들의 아무 의미 없는 고함 소리가 그의 귓가에 메아리쳤다……. 하지만 곧바로, 호루라기 소리가 그를 멈춰 세웠다.

"그만, *그만*, **그만!**" 앤젤리나가 소리쳤다. "론, 중앙 골대를 지켜야지!"

해리는 론을 돌아보았다. 그는 왼쪽 골대 앞에서만 맴돌며 나머지 두 골대를 완전히 무방비 상태로 놔두고 있었다.

"아…… 미안……."

"추격꾼들을 지켜보면서 계속 움직여야지!" 앤젤리나가 말했다. "골대를 지키려고 움직여야 할 때까지 가운데 머물러 있거나 골대들을 빙빙 돌아. 그렇게 애매하게 한쪽에만 있지 말고. 그러다가 지금까지 세 골이나 먹은 거잖아!"

"미안……." 론이 다시 말했다. 새빨개진 얼굴이 선명한 푸른 하늘을 배경으로 신호등처럼 빛났다.

"그리고 케이티, 그 코피 좀 어떻게 할 수 없어?"

"점점 심해지고 있어!" 케이티가 흐르는 피를 소매로 막으려고 애쓰며 코맹맹이 소리로 말했다.

해리는 프레드를 힐끔 돌아보았다. 그는 불안한 표정으로 주머니를 확인하고 있었다. 그가 보라색 물건을 꺼내 잠깐 살펴보더니 새파랗게 질려서 케이티 쪽으로 고개를 돌렸다.

"뭐, 다시 해 보자." 앤젤리나가 말했다. 그녀는 '*패배자 그리핀도르, 패배자 그리핀도르*' 하는 구호를 만들어 낸 슬리데린 학생들을 무시하려고 했지만 그럼에도 빗자루에 앉은 자세는 어딘지 뻣뻣했다.

이번에는 날기 시작한 지 3분도 안 되어 앤젤리나의 호루라기 소리가 들렸다. 막 반대편 골대를 맴도는 스니치를 발견한 해리는 무척 억울한 기분을 느끼며 멈췄다.

"또 뭐야?" 그가 조바심을 내며 가장 가까이에 있던 얼리샤에게 물었다.

"케이티 때문에." 그녀가 짤막하게 답했다.

해리는 고개를 돌렸다. 앤젤리나, 프레드와 조지가 전속력으로 케이티를 향해 날아가고 있었다. 해리와 얼리샤도 그녀를 향해 속도를 올렸다. 앤젤리나가 제때 훈련을 멈춘 게 분명했다. 케이티의 얼굴은 이제 분필처럼 하얗게 질린 채 피투성이가 되어 있었다.

"병동에 가야 해." 앤젤리나가 말했다.

"우리가 데려갈게." 프레드가 말했다. "케이티가…… 어…… 실수로 출혈 캡슐을 삼켰을지도 몰라."

"뭐, 몰이꾼이랑 추격꾼이 없는데 훈련을 계속해 봐야 의미가 없지." 프레드와 조지가 케이티를 양옆에서 부축하며 성으로 빠르게 날아가자 앤젤리나가 침울하게 말했다. "자, 가서 옷 갈아입자."

그들이 탈의실로 돌아가는 내내 슬리데린 학생들은 끊임없이 구호를 외쳐 댔다.

"훈련 어땠어?" 30분 뒤 해리와 론이 초상화 구멍으로 그리핀도르 휴게실에 들어오자 헤르미온느가 다소 싸늘한 목소리로 물었다.

"그게……." 해리가 입을 열었다.

"완전히 엉망진창이었어." 론이 헤르미온느 옆 의자에

털썩 주저앉으며 힘없이 말했다. 그녀는 론을 올려다보았다. 냉담했던 태도가 금방 눈 녹듯이 사라졌다.

"뭐, 너는 첫 훈련이잖아." 그녀가 위로하듯 말했다. "당연히 시간이 걸릴……."

"누가 나 때문에 훈련이 엉망진창이 됐다고 했냐?" 론이 쏘아붙였다.

"아무도 그런 말 안 했어." 헤르미온느가 놀란 표정으로 말했다. "나는 그냥……."

"당연히 내가 형편없었을 거다?"

"아니, 당연히 아니야! 나는 네가 훈련이 엉망진창이었다고 하길래 그냥……."

"난 가서 숙제나 하련다." 론은 화난 듯 내뱉더니, 남학생 기숙사로 향하는 계단으로 쿵쿵거리며 걸어가 시야에서 사라졌다. 헤르미온느가 해리에게 고개를 돌렸다.

"재 *진짜* 엉망진창이었어?"

"아니." 해리가 의리를 지키며 그렇게 말했다.

헤르미온느가 눈썹을 치켜올렸다.

"뭐, 엄청 잘한 건 아니었어." 해리가 중얼거렸다. "하지만 네가 말했듯이 겨우 첫 훈련이니까……."

그날 밤에는 해리도 론도 숙제를 거의 하지 못한 것 같았다. 해리는 론이 퀴디치 훈련을 망친 충격에서 헤어나지 못하고 있다는 사실을 알았다. 해리 자신도 '*패배자 그리핀도르*'라는 구호를 머릿속에서 떨치기가 어려웠다.

그들은 일요일 내내 휴게실이 가득 찼다가 다시 빌 때까지 책에 파묻힌 채 그곳에서 시간을 보냈다. 그날도 맑고 화창했다. 그리핀도르 친구들은 대부분 교정에 나가, 어쩌면 올해 마지막일지도 모르는 햇볕을 즐기며 하루를 보냈다. 저녁 즈음이 되자 해리는 누군가가 그의 뇌를 잡고 두개골 안쪽에 마구 패대기치는 것 같은 기분을 느꼈다.

"있지, 우리 평일에 숙제를 좀 더 해 놔야겠어." 해리가 마침내 무생물 생성 마법에 관한 맥고나걸 교수의 기나긴 작문 숙제를 내려놓고, 비참한 마음으로 똑같이 길고 어려운 시니스트라 교수의 목성의 수많은 위성에 관한 작문 숙제로 고개를 돌리며 론에게 중얼거렸다.

"그러게." 론이 살짝 충혈된 눈을 비비고 다섯 번째로 망친 양피지를 옆에 있는 벽난로 속으로 던지며 말했다. "저기…… 그냥 헤르미온느한테 한번 보여 주면 안 되냐고 물어볼까?"

해리는 그녀를 힐끗 건너다보았다. 그녀는 크룩생스를 무릎에 올려놓고 앉아 지니와 즐겁게 수다를 떨고 있었다.

그녀의 앞에서 뜨개바늘 한 쌍이 공중에서 번뜩이며 모양을 알아보기 어려운 집요정 양말을 뜨고 있었다.

"아니." 해리가 무거운 목소리로 말했다. "안 보여 줄 거라는 거 너도 알잖아."

그래서 그들은 창밖 하늘이 서서히 어두워지는 동안 숙제를 계속했다. 휴게실에 있던 사람들이 또다시 차츰 줄어들기 시작했다. 11시 30분이 되자 헤르미온느가 하품을 하며 다가왔다.

"거의 다 했어?"

"아니." 론이 짧게 말했다.

"목성의 가장 큰 위성은 칼리스토가 아니라 가니메데야." 그녀가 론의 어깨 너머로 그의 천문학 작문 숙제 한 곳을 가리키며 말했다. "그리고 화산이 있는 건 이오고."

"고맙다." 론이 틀린 문장들을 그어 버리며 으르렁거렸다.

"미안, 난 그냥……."

"그래, 뭐, 그냥 지적이나 하려고 온 거라면……."

"론……."

"난 설교나 듣고 있을 시간이 없어. 알았냐, 헤르미온느? 나는 지금 숙제에 파묻혀 있단……."

"그게 아니라…… 봐!"

헤르미온느는 가장 가까운 창문을 가리켰다. 해리와 론 모두 고개를 들었다. 잘생긴 가면올빼미 한 마리가 창턱에 앉아서 방 안에 있는 론을 응시하고 있었다.

"저거 헤르메스 아냐?" 헤르미온느가 놀란 목소리로 물었다.

"제기랄, 맞아!" 론이 조용히 말하며 깃펜을 던지고 일어섰다. "퍼시가 왜 나한테 편지를 보냈지?"

그는 방을 가로질러 가서 창문을 열었다. 안으로 날아든 헤르메스가 론의 작문 숙제 위에 내려앉더니 편지가 묶여 있는 다리를 내밀었다. 론이 편지를 풀자 올빼미는 곧바로 날아가 버렸다. 론의 이오 위성 그림에 잉크 묻은 발자국이 남았다.

"이거 분명 퍼시 글씨인데." 론이 의자에 다시 주저앉아 두루마리 겉에 적힌 글자들을 보며 말했다. '호그와트 그리핀도르 기숙사 로널드 위즐리 앞.' 그는 고개를 들고 다른 두 사람을 바라보았다. "무슨 내용일 것 같아?"

"열어 봐!" 헤르미온느가 재촉하듯 말했고 해리는 그저 고개를 끄덕였다.

론은 두루마리를 펼치고 읽기 시작했다. 양피지를 따라

시선이 점점 아래로 내려갈수록 노려보는 기색이 더욱 두드러졌다. 편지를 다 읽었을 때 그는 아예 토할 것 같은 표정을 짓고 있었다. 그는 편지를 해리와 헤르미온느에게 떠밀었다. 둘은 몸을 붙이고 함께 편지를 읽었다.

론에게.

네가 호그와트 반장이 되었다는 소식을 이제야 들었어(다름 아닌 마법 정부의 총리님한테서 직접 말이야. 그분께서는 너희 새로운 선생님이신 엄브리지 교수님한테 들으셨대).

소식을 듣고 굉장히 기쁘고 놀랐다. 먼저 축하를 전해야겠구나. 솔직히 네가 내 발자취를 따르기보다는 '프레드와 조지의 길'을 걸을까 봐 늘 걱정했거든. 그러니 네가 권위에 거역하기를 그만두고 진짜 책임이라 할 만한 것을 짊어지기로 했다는 소식을 들었을 때 내 기분이 어땠을지 상상할 수 있을 거야.

하지만 난 축하 그 이상을 전하고 싶다, 론. 너한테 조언을 해 주고 싶어. 그래서 평소처럼 아침 우편이 아닌 밤에 이 편지를 보내는 거야. 엿보는 눈을 피해서 읽기를 바란다. 그래야 이상한 질문들을 피할 수 있을 테니까.

네가 반장이 되었다는 말씀을 하시면서 총리님이 흘리신 말을 들으니 넌 아직도 해리 포터와 자주 어울리는 모양이더구나.

이 말은 해야겠다, 론. 그 아이와 계속 어울리다가는 배지를 잃을 수도 있어. 그래, 이런 말이 놀랍기도 하겠지. 넌 분명 포터는 항상 덤블도어가 가장 아끼는 학생이었다고 말할 거야. 하지만 이 말은 꼭 해 줘야겠다. 덤블도어가 호그와트를 맡을 날도 얼마 남지 않았을지 몰라. 또 주요 인사들은 포터의 행동에 대해 아주 다른, 아마 좀 더 정확한 시각을 가지고 있어. 여기에다가는 더 이상 쓰지 않겠지만, 내일《예언자일보》를 보면 바람이 어느 쪽으로 부는지 감을 잡을 수 있을 거야. 그리고 너도 어떻게 처신해야 하는지 알게 되겠지!

진심인데, 론, 사람들이 네가 포터와 같은 부류라고 생각하는 건 너도 바라지 않을 거야. 그건 네 미래에도 굉장히 해로울 수 있어. 학교를 졸업한 뒤의 네 인생 말이야. 아버지가 그 애를 법정으로 데려갔으니 너도 틀림없이 알고 있겠지만, 포터는 올여름 위즌가모트 전원이 참석한 징계 청문회에 불려 나갔어. 빠져나오면서 별로 좋은 인상을 남기지는 못했고. 나는 개인적으로 포터가 단순한 세부 조항 덕분에 혐의를 벗었다고 생각해. 내가 이야기 나눠 본 많은 사람들은 지금도 그 아이의 유죄를 확신하고 있어.

두려움 때문에 포터와 인연을 끊는 걸 망설이는지도 모르겠다. 나는 그 녀석이 약간 정신적으로 문제가 있다고 봐. 내가 아는 대로라면 확실히 폭력적이기도 하고. 하지만 여기에 대해서 조금이라도 걱정되거나, 포터가 조금이라도 너를 곤란하게 하면 덜로리스 엄브리지 교수님께 이야기하도록 해라. 그분은 네게 조언하는 걸 기쁘게 여기실 거야, 정말로 좋은 분이셔.

자연스럽게 아까 하려던 조언으로 이어지는구나. 앞에서 살짝 이야기했지만 호그와트에서 덤블도어 체제는 곧 끝날지도 몰라. 론, 너는 덤블도어가 아니라 학교와 정부에 충성을 바쳐야 해. 엄브리지 교수님께서 호그와트에 꼭 필요하고 정부에서도 열정적으로 추구하는 변화를 일으키려고 노력하고 계신데, 지금까지 교직원들에게서 별로 호응을 받지 못하고 있다는 얘기를 듣게 되어 매우 안타깝다(다음 주부터는 엄브리지 교수님도 일이 좀 더 수월해지시겠지만 말이야. 다시 말하지만, 내일 자 《예언자일보》를 보렴!). 이 말만은 해야겠다. 지금 엄브리지 교수님을 기꺼이 돕는 모습을 보이는 학생은 두어 해 안에 남학생 회장이 되는 포석을 놓는 건지도 몰라!

지난 여름방학 동안 너를 더 보지 못해서 아쉽다. 부모님을 비난하는 건 고통스럽지만, 유감스럽게도 그분들이 덤블도어 주변의 위험한 무리와 계속 어울리고 계시기에 더 이상 한 지붕 아래에서 살 수 없었어(언젠가 어머니에게 편지 쓸 때, 덤블도어와 아주 가까운 사이인 스터지스 포드모어라는 자가 최근 정부에 무단 침입해서 아즈카반에 갔다는 사실을 말씀드리렴. 그러면 현재 어깨를 맞대고 있는 잡범들이 어떤 인간들인지 깨닫게 되실지도 모르니까). 나는 그런 사람들과 어울린다는 오명을 벗게 되어서 정말 다행이라고 생각해. 총리님이 내게 참으로 큰 은혜를 베푸신 거지. 론, 가족이라는 끈에 얽매여서 부모님의 잘못된 생각과 행동을 보지 못하는 일은 없기를 진심으로 바란다. 나는 진정 그분들이 더 늦기 전에 자신들이 얼마나 큰 오해를 했는지 깨닫기를 바라. 물론 그날이 오면 나는 온전한 사과를 받아들일 준비가 되어 있어.

형으로서 아주 신중하게 한 이야기니 부디 곱씹길 바란다. 특히 해리 포터와 관련된 이야기를 말이야. 반장이 된 걸 다시 한 번 축하한다.

너의 형,

퍼시

해리는 론을 올려다보았다.

"뭐" 하고, 해리는 애써 이 모든 일을 농담이라고 생각한다는 듯한 목소리로 말했다. "네가 만약에, 어…… 뭐라고 했지?" 그는 퍼시의 편지를 확인했다. "아 그래, 나랑 '인연을 끊고' 싶다면, 맹세컨대 폭력적으로 굴지는 않을게."

"이리 줘." 론이 손을 내밀며 말했다. "퍼시는…… (론은 진저리를 치며 퍼시의 편지를 반으로 찢었다) 세상에서…… (또다시 반으로 찢어 4등분을 냈다) 가장…… (8등분 냈다) *재수 없는 놈이야*." 그는 그 조각들을 벽난로 안에 던졌다.

"서둘러. 새벽이 되기 전에 끝내야지." 론은 해리에게 활기차게 말하며 시니스트라 교수의 작문 숙제를 다시 끌어당겼다.

헤르미온느는 묘한 표정으로 론을 바라보았다.

"하아, 그거 이리 내." 그녀가 갑자기 말했다.

"뭐?" 론이 물었다.

"이리 달라고. 내가 한번 훑어보고 고쳐 줄게." 그녀가 말했다.

"진심이야? 아, 헤르미온느. 네가 날 살리는구나." 론이 말했다. "정말 뭐라고 말해야 할지……."

"'다시는 이렇게 늦게까지 숙제를 미루지 않겠다고 약속할게'라고 말하면 돼." 헤르미온느는 양손을 내밀어 그들의 작문 숙제를 받으면서 그렇게 말했지만, 어쨌거나 살짝 기뻐 보였다.

"무지무지 고마워, 헤르미온느." 해리가 작문 숙제를 건

네주고 안락의자 등받이에 털썩 기댄 채 눈을 비비며 힘없이 말했다.

이제 자정이 넘었고, 휴게실에는 그들 셋과 크룩섕스뿐이었다. 들려오는 소리라고는 헤르미온느의 깃펜이 둘의 작문 숙제 이곳저곳에 줄을 찍 긋는 소리와, 그녀가 탁자에 널브러진 참고 도서들에서 여러 가지 사실을 확인하느라 책장을 넘기는 소리뿐이었다. 해리는 기진맥진했다. 또한 피로와는 별개로, 속에서 이상하고 메스껍고 공허한 기분이 느껴졌다. 지금 벽난로 한복판에서 검게 타오르며 오그라들고 있는 편지 때문이었다.

그는 호그와트 사람들 중 절반이 그를 이상하게 보거나, 심지어 미쳤다고 생각한다는 사실을 알고 있었다. 《예언자일보》가 몇 달 동안 그를 은근히 헐뜯어 왔다는 것도 알았다. 하지만 퍼시가 론에게 그와 절교하고 심지어 그에 대해 엄브리지에게 고자질하라고 조언하는 걸 읽자 무엇보다도 이 상황이 실감 났다. 그는 퍼시를 4년이나 알고 지냈고, 여름방학을 그의 집에서 보내기도 했으며, 퀴디치 월드컵에서는 같은 텐트를 썼고, 작년 트라이위저드 대회 두 번째 과제에서는 그에게 만점을 받기까지 했다. 그런데도 지금 퍼시는 그를 정신이 나간 데다 폭력적일 가능성이 있는 아이라고 생각하는 것이다.

새삼 대부에 대한 연민이 솟구쳤다. 해리는 자신이 아는 사람들 가운데 아마도 이 순간 그의 기분을 진정으로 이해할 수 있는 사람은 시리우스뿐일 거라고 생각했다. 시리우스도 같은 처지였으니까. 마법사 세계의 사람들 대다수가 시리우스를 위험한 살인마이자 볼드모트의 엄청난 추종자라고 생각했고, 시리우스는 그런 상황에서 14년을 살아왔다…….

해리는 눈을 깜빡였다. 방금 벽난로 속에 있을 리 없는 뭔가가 보였던 것이다. 그것은 시야에 번뜩였다가 곧바로 사라졌다. 아니…… 그럴 리가 없는데……. 계속 시리우스 생각을 하고 있어서 헛것을 본 거야…….

"좋아, 이걸 적어." 헤르미온느가 론의 작문 숙제와 그녀 자신의 글씨로 뒤덮인 종이를 다시 그에게 밀어 놓으며 말했다. "그런 다음 내가 대신 써 준 결론을 붙여."

"헤르미온느, 넌 진정 내가 여태 만났던 사람 중에서 가장 훌륭한 사람이야." 론이 작은 소리로 말했다. "내가 또 한 번 너한테 무례하게 굴면……."

"네가 평소대로 돌아왔다는 걸 알게 되겠지." 헤르미온느가 말했다. "해리, 네 건 마지막 이 부분만 빼면 괜찮아.

내 생각엔 네가 시니스트라 교수님 말씀을 잘못 들은 것 같아. 에우로파는 어른이 아니라 얼음으로 뒤덮여 있…… 해리?"

해리는 의자에서 미끄러져 내려가 무릎을 꿇고 앉아서, 그슬리고 올이 다 드러난 벽난로 앞 깔개 위에 바짝 웅크린 채 불길을 들여다보고 있었다.

"어…… 해리?" 론이 머뭇거리며 물었다. "왜 거기 앉아 있어?"

"방금 불 속에서 시리우스의 얼굴이 보였어." 해리가 말했다.

그의 목소리는 상당히 침착했다. 그도 그럴 것이, 그는 작년에 바로 이 벽난로 안에 나타난 시리우스와 대화를 나눴던 것이다. 물론 이번에는 너무 순식간에 사라져서 진짜로 본 것인지 확신할 수 없었다.

"시리우스의 얼굴?" 헤르미온느가 되풀이했다. "트라이위저드 대회 중에 시리우스가 너랑 이야기하고 싶어 했을 때처럼 말이야? 하지만 지금은 그럴 수 없을 거야. 그건 너무…… *시리우스!*"

그녀가 벽난로 속을 바라보며 숨을 헉 들이켰다. 론은 깃펜을 떨어뜨렸다. 그곳, 춤추는 불꽃 한가운데 시리우스의 얼굴이 나타나 있었다. 씩 웃고 있는 그의 얼굴 주위로 검은색 머리카락이 길게 늘어져 있었다.

"다른 아이들이 다 떠나기 전에 너희가 자러 가는 건 아닐까 싶던 참이다." 그가 말했다. "매시간 한 번씩 확인하고 있었어."

"매시간 불 속에 나타났단 말이에요?" 해리가 반쯤 웃으며 물었다.

"다른 사람이 없는지 확인하려고 딱 몇 초씩만."

"하지만 누가 보면 어쩌려고요?" 헤르미온느가 불안한 듯 말했다.

"뭐, 어떤 여학생이…… 1학년처럼 보이긴 했는데, 그 아이가 아까 나를 흘낏 봤을지도 모르겠구나. 아무튼 걱정 마라." 헤르미온느가 손으로 자기 입을 틀어막자 시리우스가 서둘러 말을 이었다. "그 애가 다시 돌아본 순간에 나는 이미 사라지고 없었어. 그냥 내가 이상한 모양의 장작이거나, 뭐 그런 거라고 생각했을 거다."

"하지만 시리우스, 이러다가 끔찍한 위험을 초래할 수……." 헤르미온느가 입을 열었다.

"몰리처럼 말하는구나." 시리우스가 말했다. "암호에 의존하지 않고 해리의 편지에 답할 수 있는 방법을 생각해 봤는데 이것밖에 없더구나. 암호는 해독될 수 있으니까."

해리의 편지가 언급되자 헤르미온느와 론 둘 다 고개를 돌려 그를 뚫어지게 바라보았다.

"시리우스한테 편지 썼다는 얘기 안 했잖아!" 헤르미온느가 비난하듯 말했다.

"깜빡했어." 해리가 말했다. 그것은 완벽한 사실이었다. 부엉이장에서 초와 만나는 바람에 그전에 있었던 일은 모두 머릿속에서 밀려나 버렸던 것이다. "그렇게 보지 마, 헤르미온느. 누구든 그 편지에서 비밀 정보를 빼낼 순 없었을 거야. 안 그래요, 시리우스?"

"그래, 아주 잘했다." 시리우스가 미소 지으며 말했다. "어쨌든, 서두르는 게 좋겠다. 다른 아이들이 올 수도 있으니……. 네 흉터 말이다."

"그게 무슨……?" 론이 입을 열었지만 헤르미온느가 말을 끊었다.

"나중에 말해 줄게. 계속해요, 시리우스."

"물론 흉터가 아픈 게 즐거울 리는 없겠지. 하지만 우린 그게 정말로 걱정할 만한 일은 아니라고 본다. 작년에도 내내 아팠지?"

"네, 그리고 덤블도어 교수님은 볼드모트가 강렬한 감정을 느낄 때마다 그런 일이 일어났을 거라고 했어요." 해리는 론과 헤르미온느가 평소처럼 움찔하는 것을 못 본 척했다. "그러니까 잘은 모르겠지만, 어쩌면 그자가 그냥 제가 방과 후 징계를 받던 그날 밤에 정말로 화가 났거나 뭐 그랬던 것뿐일지도 몰라요."

"뭐, 이제 그자가 돌아왔으니 흉터가 더 자주 아픈 건 당연해." 시리우스가 말했다.

"그럼 아저씨는 제가 방과 후 징계를 받을 때 엄브리지가 절 만진 거랑은 아무 상관이 없다고 생각하시는 거예요?" 해리가 물었다.

"아마 그럴 거야." 시리우스가 말했다. "소문을 들어서 아는데, 그 여자는 결코 죽음을 먹는 자가 아닐 거다."

"죽음을 먹는 자만큼 악독해요." 해리가 험악하게 말했다. 론과 헤르미온느도 동의한다는 뜻으로 힘차게 고개를 끄덕였다.

"그래, 하지만 세상은 좋은 사람들과 죽음을 먹는 자들로만 나뉘는 게 아니란다." 시리우스가 씁쓸한 미소를 띠며 말했다. "엄브리지가 고약한 인간이라는 건 나도 알아. 리머스가 그 여자에 대해 한 말을 너희도 들었어야 하는데."

"루핀 교수님이 엄브리지를 안다고요?" 해리는 엄브리지가 첫 수업 시간에 위험한 잡종 운운했던 것을 떠올리고 재빨리 물었다.

"개인적으로 아는 건 아니다." 시리우스가 말했다. "하지만 엄브리지는 2년 전 반늑대인간법 일부를 초안했어. 덕분에 리머스는 일자리를 얻는 게 거의 불가능해졌지."

해리는 요즘 들어 루핀이 얼마나 더 초라해 보이는지를 떠올렸다. 엄브리지에 대한 혐오감이 더욱 깊어졌다.

"대체 늑대인간한테 뭐가 불만이래요?" 헤르미온느가 화를 내며 말했다.

"아마 두려운 거겠지." 그녀의 분노에 시리우스가 미소를 머금으며 말했다. "엄브리지는 분명 반 인간들을 증오해. 작년에는 인어들을 모아서 하나하나 꼬리표를 붙여야 한다는 캠페인을 벌이기도 했어. 크리처같이 하나 쓸모없는 놈들도 멋대로 돌아다니는 마당에 인어들을 박해하는 데 시간과 에너지를 낭비한다니, 한번 상상해 봐라."

론은 웃었지만 헤르미온느는 기분이 상한 표정이었다.

"시리우스!" 그녀가 꾸짖듯 말했다. "솔직히, 아저씨가 조금만 노력했다면 크리처도 분명 반응을 보였을 거예요. 다 떠나서, 아저씨는 크리처한테 남은 유일한 가족이잖아요. 그리고 덤블도어 교수님이 말씀하시길……."

"그래서, 엄브리지의 수업은 어떠냐?" 시리우스가 헤르미온느의 말을 끊었다. "너희 모두에게 잡종 죽이는 법이라도 훈련시키던?"

"아뇨." 헤르미온느는 크리처를 변호하던 도중 말이 잘리자 모욕당한 표정을 지었지만 해리는 그런 그녀를 무시했다. "아예 마법을 쓰지 못하게 해요!"

"우리가 하는 일이라곤 그 멍청한 교과서를 읽는 것밖에 없어요." 론이 말했다.

"아, 뭐, 말이 되는구나." 시리우스가 말했다. "우리가 파악한 정부 쪽 정보에 따르면 퍼지는 너희가 전투 훈련을 받지 않기를 바란다."

"*전투 훈련이라고요!*" 해리가 믿을 수 없다는 듯 되풀이했다. "우리가 여기서 뭘 하고 있다고 생각하는 거예요? 마법사 군대 같은 거라도 만드는 줄 아나?"

"퍼지 생각은 그래." 시리우스가 말했다. "아니, 그보다는 덤블도어 교수님이 그렇게 할까 봐 두려워하고 있단다. 마법 정부를 차지하기 위해 개인 군대를 만들고 있을까 봐."

이 말에 잠깐 침묵이 흘렀다. 잠시 후 론이 말했다. "제가 들어 본 것 중에서 가장 멍청한 얘기네요. 루나 러브굿이 하는 모든 이야기를 포함해서요."

“그러니까, 퍼지는 우리가 정부에 대항해서 마법을 사용할까 봐 겁이 나서 어둠의 마법 방어법을 배우지 못하게 하고 있는 거예요?” 헤르미온느가 격분한 듯 말했다.

“그래.” 시리우스가 말했다. “퍼지는 덤블도어 교수님이 권력을 쥐기 위해서라면 무슨 짓도 마다하지 않을 거라고 생각한다. 날이 갈수록 덤블도어 교수님에 대한 피해망상이 심해지고 있어. 혐의를 날조해서 덤블도어 교수님을 체포하는 것도 시간문제다.”

해리는 퍼시의 편지를 떠올렸다.

“내일 자 《예언자일보》에 덤블도어 교수님에 관한 기사가 실린다던데, 아세요? 론네 형 퍼시 생각으로는 거기에…….”

“모르겠다.” 시리우스가 말했다. “나는 주말 내내 기사단 사람을 한 명도 보지 못했어. 다들 바쁘거든. 여기엔 크리처와 나뿐이야.”

시리우스의 목소리에는 분명 비통한 기색이 어려 있었다.

“그럼 해그리드 소식도 전혀 없어요?”

“아…….” 시리우스가 말했다. “글쎄, 지금쯤 돌아왔어야 하는데, 해그리드에게 무슨 일이 일어났는지 확실히 아는 사람은 아무도 없다." 다음 순간, 시리우스가 그들의 충격 받은 표정을 보고 얼른 덧붙였다. "하지만 덤블도어 교수님은 걱정하지 않으셔. 그러니까 너희 셋도 불안해하지 마라. 해그리드는 분명 괜찮을 거다."

"하지만 지금쯤 돌아왔어야 한다면……." 헤르미온느가 불안한 목소리로 숨죽여 말했다.

"막심 교장이 해그리드와 함께 갔기 때문에 그쪽에도 연락해 봤는데 돌아오는 길에 헤어졌다더구나. 하지만 그렇다고 해그리드가 다쳤다거나 무슨 일을 당했다고 생각할 만한 징후는 전혀 없어."

해리, 론, 헤르미온느는 납득하지 못하고 걱정스러운 눈길을 주고받았다.

"잘 들어. 해그리드에 대해서 너무 많이 묻고 다니지 마라." 시리우스가 서둘러 말했다. "그러면 해그리드가 없다는 사실에 더 많은 이목이 쏠릴 뿐이야. 덤블도어 교수님도 그렇게 되는 건 원치 않아. 해그리드는 강하니까 괜찮을 거다." 이 말에도 셋의 기분이 나아지지 않은 듯하자 시리우스가 덧붙였다. "그건 그렇고, 너희 다음 호그스미드 방문은 언제냐? 생각해 봤는데, 지난번 역에서 개로 변장해서 잘 빠져나갔잖아? 이번에도……."

"안 돼요!" 해리와 헤르미온느가 동시에 큰 소리로 내뱉었다.

"시리우스, 《예언자일보》 못 보셨어요?" 헤르미온느가 불안 가득한 목소리로 물었다.

"아, 그거." 시리우스가 씩 웃으며 말했다. "놈들은 언제나 내가 어디 있을지 추측하지. 하지만 실제로 아무런 단서도 없……."

"네, 하지만 이번에는 단서를 잡은 것 같아요." 해리가 말했다. "말포이가 기차에서 한 말이 있거든요. 그 자식이 아저씨를 알아본 것 같아요. 거기다 그 녀석 아버지도 승강장에 있었어요, 시리우스. 아시잖아요, 루시우스 말포이요. 그러니까 여기 와선 안 돼요. 무슨 일이 있어도요. 말포이가 다시 아저씨를 알아보면……."

"알았다, 알았어. 알아들었다." 시리우스가 말했다. 그는 상당히 불만스러운 표정이었다. "그냥 생각만 해 봤어. 내가 함께 간다면 너도 좋아할 것 같았다."

"좋죠. 다만 전 아저씨가 다시 아즈카반에 끌려가는 게 싫을 뿐이에요!" 해리가 말했다.

시리우스가 벽난로 앞의 해리를 바라보았다. 잠깐 침묵이 흘렀다. 그의 움푹 들어간 두 눈 사이에 주름이 잡혔다.

"넌 내가 생각했던 것만큼은 아버지를 안 닮았구나." 그가 마침내 목소리에 확실히 냉담한 기색을 띠고 말했다. "제임스한테 그런 위험은 오히려 재밋거리였을 텐데."

"그건……."

"뭐, 가 봐야겠다. 크리처가 계단 내려오는 소리가 들리는구나." 시리우스가 말했지만 해리는 그가 거짓말을 하는 게 틀림없다고 생각했다. "그럼, 내가 다시 벽난로에 나타날 수 있는 시간을 편지로 알려 주마. 그럼 되겠지? 그 정도 위험은 무릅쓸 수 있다면 말이다."

희미한 '펑' 소리가 나더니 시리우스의 머리가 있었던 자리에 다시 깜빡깜빡 불이 피어올랐다.

15장

호그와트 장학관

다음 날 아침, 그들은 헤르미온느가 구독하는 《예언자일보》를 꼼꼼히 훑어보기로 했다. 퍼시가 편지에서 언급했던 기사를 찾기 위해서였다. 신문을 배달하고 다시 날아오른 배달 부엉이가 우유병 꼭대기를 겨우 지나쳤을 때 헤르미온느가 크게 숨을 들이켜며 신문을 쫙 펼쳤다. 덜로리스 엄브리지의 큼직한 사진이 보였다. 미소를 머금은 그녀의 넙데데한 얼굴이 헤드라인 밑에서 그들을 향해 눈을 천천히 깜빡이고 있었다.

정부, 교육 개혁 단행

사상 최초 장학관에 덜로리스 엄브리지 임명

"엄브리지가…… '장학관'이라고?" 해리가 험악한 목소리로 말했다. 반쯤 베어 먹은 토스트가 손가락에서 미끄러졌다. "그게 무슨 뜻이야?"

헤르미온느가 기사를 소리 내어 읽었다.

"어젯밤, 마법 정부는 놀랍게도 호그와트 마법학교에 전례 없는 통제력을 행사하겠다는 내용의 새로운 법안을 통과시켰다.

'총리께서 호그와트에서 벌어지는 일들을 차츰 불안하게 여기신 지도 꽤 됐습니다.' 총리실 부보좌관 퍼시 위즐리가 말했다. '이제는 학교가 용납할 수 없는 방향으로 흘러가고 있다며 불안해하는 학부모들의 걱정 어린 목소리에 응답하실 생각입니다.'

최근 몇 주 사이 코닐리어스 퍼지 총리는 마법학교 개선을 위해 새로운 법안을 통과시켰는데, 이는 처음 있는 일이 아니다. 가장 최근인 8월 30일에는 교육 법령 22조가 통과되어, 현직 교장이 교수 후보자를 제공하지 못하는 경우 정부가 반드시 적절한 사람을 선택하도록 했다.

'그래서 덜로리스 엄브리지가 호그와트의 교직원으로 임명된 겁니다.' 어젯밤 위즐리가 밝혔다. '덤블도어 교수가 적임자를 한 명도 찾지 못했으므로 총리께서 엄브리지 교수를 앉히신 거죠. 물론, 엄브리지 교수는 즉시 성공적으로……'."

"그 여자가 **뭘** 어쨌다고?" 해리가 큰 소리로 물었다.

"잠깐, 좀 있어 봐." 헤르미온느가 불길하게 말했다.

"'……즉시 성공적으로 어둠의 마법 방어법 교육을 혁신하고, 총리께는 호그와트에서 실제로 일어나는 일들에 대한 현장감 넘치는 정보를 제공했습니다.'

정부는 교육 법령 23조를 통과시킴으로써 이 역할을 공식화했다. 이 법령에 따라 호그와트에는 장학관이라는 새로운 직책이 만들어진다.

'이 법령은 일각에서 말하는 호그와트의 교육 수준 저하에 대처하기 위해 총리님이 세우신 계획의 흥미진진한 새 단계입니다.' 위즐리가 말했다. '장학관은 동료 교육자들을 감사하고 그들이 만족할 만한 수준을 갖췄는지 확인할 권한을 갖습니다. 엄브리지 교수는 교직에 겸하여 장학관 직책을 제안 받았습니다. 엄브리지 교수가 이 제안을 받아들였다는 사실을 기쁜 마음으로 알려 드립니다.'

정부의 새로운 조치는 호그와트 학부모들의 열렬한 지지를 얻었다.

'덤블도어가 공정하고 객관적인 평가에 응해야 한다니 이제는 마음이 한결 편해졌습니다.' 어젯밤 윌트셔의 대저택에서 루시우스 말포이 씨(41)가 말했다. '무엇이 아이들에게 최선인지 늘 명심하고 있는 많은 사람이 지난 몇 년간 덤블도어가 내린 이상한 결정에 우려를 표시해 왔습니다. 정부가 상황을 주시하고 있다는 사실을 알게 되어 기쁘군요.'

말포이 씨가 말한 이상한 결정에는 물론 본지에서 보도한 바 있는, 논란의 여지가 있는 교직원 임용이 포함된다. 늑대인간인 리머스 루핀과 거인 혼혈인 루비우스 해그리드, 망상에 시달리는 전직 오러 '매드아이' 무디를 채용한 것이 그 예다.

한때 국제 마법사 연맹의 마법사장이자 위즌가모트 최고위원장이었던 알버스 덤블도어가 더 이상 호그와트라는 명문 학교를 맡을 수 없을지 모른다는 소문이 파다하다.

'제 생각에, 장학관 임명은 호그와트에 모두가 신뢰할 수 있는 교장을 두도록 보장하는 첫걸음입니다.' 어젯밤 정부 관계자가 말했다.

위즌가모트 원로인 그리젤다 마치뱅스와 타이베리우스

오그던은 호그와트 장학관 직책 도입에 반대해 사임했다.

'호그와트는 학교입니다. 코닐리어스 퍼지의 총리실 전초 기지가 아니고요.' 마치뱅스 씨가 말했다. '이건 알버스 덤블도어에 대한 신뢰를 떨어뜨리려는 한층 더 역겨운 시도입니다.'

(마치뱅스 씨가 불온한 고블린 집단과 관련돼 있을지 모른다는 추측에 관한 자세한 보도는 17면 참조.)"

헤르미온느는 기사를 다 읽고 나서 식탁 맞은편의 두 사람을 바라보았다.

"엄브리지가 왜 여기 오게 됐는지 이제야 알겠네! 퍼지가 이 '교육 법령'을 통과시켜서 우리한테 엄브리지를 억지로 들이민 거야! 근데 이제 그 여자한테 다른 교수님들을 감사할 권한까지 줬다니!" 헤르미온느는 거칠게 숨을 내뱉었다. 그녀의 두 눈이 활활 타올랐다. "믿을 수가 없어. 말도 *안 돼!*"

"내 말이." 해리가 말했다. 그는 식탁 위에 꽉 쥐어져 있는 오른손을 내려다보았다. 엄브리지가 억지로 피부에 새겨 넣은 단어들의 윤곽이 하얘진 채 희미하게 남아 있었다.

하지만 론의 얼굴에는 씩 미소가 번지고 있었다.

"왜 그래?" 해리와 헤르미온느가 동시에 그를 쏘아보며 물었다.

"아, 맥고나걸이 감사 받는 걸 빨리 보고 싶다." 론이 즐겁게 말했다. "아무리 엄브리지라도 맥고나걸한테 타격을 줄 방법은 생각 안 날걸."

"아무튼, 서둘러." 헤르미온느가 펄쩍 뛰며 말했다. "빨리 가는 게 좋겠어. 엄브리지가 빈스 교수님의 수업을 감사하러 온다면 늦지 않는 게 좋을 거야……."

하지만 엄브리지 교수는 마법의 역사 수업에 들어오지 않았고, 강의는 지난 월요일만큼이나 지루했다. 마법약 연강 수업에 도착했을 때에도 스네이프의 지하 감옥 교실에 엄브리지의 모습은 없었다. 해리는 한 귀퉁이에 검은색으로 크고 뾰족한 'D'가 휘갈겨진 월장석 작문 숙제를 돌려받았다.

"이번 숙제는 O.W.L.에 제출했을 경우에 준해 점수를 매겼다." 스네이프가 그들 사이를 빠르게 움직이면서 숙제를 나눠 주며 차갑게 웃었다. "시험에 대한 기대를 현실적으로 조정할 수 있도록 말이지."

교실 앞에 다다른 스네이프가 몸을 돌려 그들을 마주 보았다.

"숙제의 평균 수준은 최악이었다. 이게 시험이었다면 너희 대부분 낙제했을 거다. 다양한 해독제에 관한 이번 주 작문 숙제에는 훨씬 많은 노력을 기울이길 바란다. 그렇지 않으면 'D'를 받은 지진아들에게 방과 후 징계를 줘야 할 테니까."

말포이가 낄낄거리며 다 들리는 귓속말로 "'D' 받은 사람이 있어? 하!" 하고 말하자 스네이프가 피식 웃었다.

해리는 헤르미온느가 그의 점수를 보려고 곁눈질하는 것을 알아차리고, 되도록 빠르게 월장석 작문 숙제를 가방에 쑥 집어넣었다. 그 점수는 비밀로 하는 게 낫겠다는 기분이 들었다.

해리는 이번 수업에서만큼은 스네이프에게 그를 낙제시킬 구실을 주지 않겠다 작정하고, 실습을 하기 전에 칠판에 쓰인 조제법을 한 줄 한 줄, 적어도 세 번씩 읽고 또 읽었다. 그의 강화 용액은 헤르미온느의 것처럼 확실하게 선명한 청록색은 아니었지만, 적어도 네빌의 분홍색 약보다는 푸른색에 가까웠다. 수업이 끝났을 때, 그는 반항심과 안도감이 섞인 기분으로 마법약을 병에 담아 스네이프의 책상으로 가져갔다.

"뭐, 저번 주만큼 나쁘진 않았어. 그치?" 지하 감옥 교실에서 계단을 올라와 점심을 먹으러 현관홀을 가로질러 가면서 헤르미온느가 말했다. "과제에 받은 점수도 그렇게 나쁘지 않았고. 안 그래?"

론도 해리도 대답하지 않자 그녀는 더욱 밀어붙였다. "내 말은, 그래, 나도 최고 점수를 기대하지는 않았어. O.W.L. 기준에 따라서 채점을 한다니까. 하지만 지금 단계에서는 통과하는 것만으로도 상당히 고무적인 일이야. 그렇지 않니?"

해리는 목구멍으로 어정쩡한 소리를 냈다.

"물론, 지금부터 시험 때까지는 많은 일이 벌어질 수 있지. 나아질 시간은 충분하다는 얘기야. 하지만 지금 받는 점수가 일종의 기준치잖아? 이것을 기반으로 뭔가를 쌓아 나갈 수 있어……."

그들은 그리핀도르 식탁에 함께 앉았다.

"당연히 'O' 등급을 받았다면 기분이 *짜릿*했겠지만……."

"헤르미온느." 론이 날카롭게 말했다. "우리 성적이 알고 싶으면 그냥 물어봐."

"아니, 그런 뜻이 아니라…… 뭐, 너희가 말해 주고 싶다면……."

“나는 ‘P’를 받았어.” 론이 자신의 그릇에 수프를 덜며 말했다. “만족하냐?”

“뭐, 부끄러워할 일은 아니야.” 조지, 리 조던과 함께 지금 막 식탁에 도착한 프레드가 해리의 오른쪽에 앉으며 말했다. “착한 점수인 ‘P’에 잘못된 건 없지.”

“하지만” 하고, 헤르미온느가 말을 이었다. “내가 알기로 ‘P’는…….”

“‘형편없음(Poor)’. 맞아.” 리 조던이 말했다. “그렇지만 ‘D’보다는 낫잖아. 안 그래? ‘끔찍함(Dreadful).’”

해리는 얼굴이 달아오르는 것을 느끼고, 먹던 빵 위에 몸을 숙인 채 작게 기침하는 척했다. 그러다 고개를 들었는데 유감스럽게도 헤르미온느는 여전히 O.W.L. 성적에 관해 한창 떠들고 있었다.

“그러니까, 최고 성적은 ‘우수함(Outstanding)’의 ‘O’라는 거지?” 그녀가 말했다. “그다음에 ‘A’가 있…….”

“아니, ‘E’야.” 조지가 고쳐 주었다. “‘기대 이상(Exceeds Expectations)’의 ‘E.’ 나는 항상 프레드랑 내가 모든 과목에서 ‘E’를 받아야 한다고 생각했어. 우리가 시험을 보러 나타나는 것만으로도 기대 이상이었으니까.”

헤르미온느를 제외한 모두가 웃음을 터뜨렸다. 헤르미온

느는 계속 말을 이어 나갔다. "그럼 'E' 다음이 '그럭저럭 괜찮음(Acceptable)'의 'A'. 그게 마지막 통과 점수잖아. 아냐?"

"맞아." 프레드가 빵을 수프에 담그더니 입으로 가져가서 한입에 삼키며 말했다.

"난 그다음인 '형편없음'의 'P'를 받은 거네." 론이 자축하는 시늉을 하며 두 팔을 들어 올렸다. "그리고 '끔찍함'의 'D'가 있고."

"'D' 다음은 'T'야." 조지가 그에게 일깨워 주었다.

"'T'?" 헤르미온느가 기겁해서 물었다. "'D'보다도 낮은 점수가 있단 말이야? 대체 'T'는 뭔데?"

"'트롤(Troll).'" 조지가 잽싸게 말했다.

조지가 농담을 하는 건지 아닌지 확신이 서지는 않았지만 해리는 다시 웃었다. 그는 모든 O.W.L.에서 'T'를 받은 사실을 헤르미온느에게 숨기려 애쓰는 자신의 모습을 상상하고, 그 즉시 이제부터 더 열심히 공부하기로 결심했다.

"너희 아직 참관수업 받아 본 적 없지?" 프레드가 물었다.

"응." 헤르미온느가 곧바로 말했다. "받아 봤어?"

"방금, 점심식사 전에." 조지가 말했다. "일반 마법 수업에서."

"어땠어?" 해리와 헤르미온느가 입을 모아 물었다.

프레드는 어깨를 으쓱했다.

"그렇게 나쁘진 않았어. 엄브리지는 그냥 구석에 도사리고 앉아서 뭔가 적기만 하더라. 플리트윅이 어떤지 알잖아. 전혀 신경 쓰이지 않는 것처럼 그 여자를 손님 대하듯 하던데. 엄브리지는 별말을 하지 않았어. 얼리샤한테 보통 때 수업이 어떠냐면서 질문 두어 개를 던졌고, 얼리샤는 정말 좋다고 대답했어. 그게 다였어."

"우리의 플리트윅이 감점을 당하는 건 두고 볼 수가 없지." 조지가 말했다. "플리트윅은 보통 학생들이 모두 시험을 무사히 통과하게 해 주잖아."

"오늘 오후는 누구 수업이야?" 프레드가 해리에게 물었다.

"트릴로니……."

"내가 아는 사람 중에 'T'급에 해당하는 사람이 있다면 그게 바로 트릴로니야."

"……엄브리지 본인 수업도 있고."

"뭐, 오늘은 착하게 굴고 엄브리지한테 성질 죽여." 조지가 말했다. "네가 퀴디치 훈련에 더 빠지면 앤젤리나가 미친 듯이 화를 낼 거야."

하지만 엄브리지 교수를 만나기 위해 어둠의 마법 방어법 시간을 기다릴 필요는 없었다. 어둠침침한 점술 교실 맨 뒷자리에서 꿈 일기를 꺼내고 있는데 론이 옆구리를 쿡 찌르기에 돌아보니 엄브리지 교수가 뚜껑문을 통해 들어오는 모습이 보였다. 즐겁게 이야기를 나누던 학생들은 즉시 입을 다물었다. 소란스러움이 갑자기 사라지자, 돌아다니면서 《꿈의 신탁》을 나눠 주던 트릴로니 교수가 돌아보았다.

"안녕하세요, 트릴로니 교수님?" 엄브리지 교수가 특유의 넓적한 얼굴에 미소를 띠며 말했다. "제 전갈 받으셨을 것 같은데요? 감사 날짜와 시간을 알려 드리는 전갈요."

트릴로니 교수는 간단하게 고개를 끄덕이더니 무척 기분 상한 표정으로 엄브리지 교수를 등지고 책을 계속 나눠 주었다. 엄브리지 교수는 여전히 미소 지은 채 가장 가까이에 있는 안락의자의 등받이를 잡고 교실 앞 트릴로니 교수의 자리에서 뒤로 얼마 떨어지지 않은 곳으로 끌고 갔다. 그러고는 의자에 앉아 꽃무늬 가방에서 필기판을 꺼내더니 기대감에 찬 표정으로 고개를 들고 수업이 시작하기를 기다렸다.

트릴로니 교수는 살짝 떨리는 손으로 숄을 바짝 당기고는, 눈이 엄청나게 확대되어 보이는 렌즈 너머로 학생들을 훑어보았다.

"오늘은 예지몽에 관한 수업을 이어 나갈 거야." 평소처럼 꿈꾸듯 말하려고 용감한 시도를 해 봤지만 목소리가 약간 떨렸다. "둘씩 짝을 지으렴. 그리고 《꿈의 신탁》의 도움을 받아 서로의 가장 최근 꿈을 해석해 보자."

그녀는 자기 자리로 미끄러지듯 돌아가려다가 엄브리지 교수가 바로 근처에 앉아 있는 것을 보고 곧바로 파르바티와 라벤더가 있는 왼쪽으로 방향을 틀었다. 둘은 이미 파르바티가 가장 최근에 꾼 꿈과 관련해서 깊은 토론에 빠져 있었다.

해리는 《꿈의 신탁》을 펼치고 엄브리지를 몰래 지켜보았다. 그녀는 벌써 필기판에 메모를 하고 있었다. 몇 분이 지나자 엄브리지는 자리에서 일어나 트릴로니를 따라 교실을 어슬렁거리며, 그녀가 학생들과 나누는 대화를 귀 기울여 듣고 여기저기서 질문을 던졌다. 해리는 재빨리 책 위로 고개를 숙였다.

"꿈 생각해 내, 빨리." 그가 론에게 말했다. "저 늙은 두꺼비가 여기로 올 수도 있으니까."

"저번엔 내가 했잖아." 론이 항의했다. "이번엔 네 차례야. 네가 나한테 말해 줘."

"아, 모르겠다……." 해리가 절망적으로 입을 열었다. 그는 지난 며칠간 무슨 꿈을 꿨는지 전혀 기억이 나지 않았다. "좋아, 내가 무슨 꿈을 꿨냐면…… 스네이프를 내 솥단지에 빠뜨려 죽이는 꿈을 꿨어. 그래, 그거면 되겠다……."

론은 《꿈의 신탁》을 펼치면서 낄낄댔다.

"좋아, 네가 꿈을 꾼 날짜에 네 나이랑 꿈 주제의 글자 수를 더해야 돼……. 주제가 '빠뜨려 죽이다'일까 '솥단지'일까 아니면 '스네이프'일까?"

"상관없어, 아무거나 골라." 해리가 등 뒤를 힐끔 돌아보며 말했다. 트릴로니 교수가 네빌에게 꿈 일기와 관련해서 질문을 던지는 가운데, 엄브리지 교수는 그녀의 옆에 서서 뭔가를 적고 있었다.

"이 꿈을 꾼 날이 언제라고?" 론이 계산에 몰두하며 물었다.

"몰라, 어젯밤으로 하든가. 네 마음대로 해." 해리는 그렇게 말하며 엄브리지가 트릴로니 교수에게 무슨 말을 하는지 들으려고 애썼다. 그들은 이제 그와 론에게서 겨우 탁자 하나 떨어진 곳에 있었다. 엄브리지 교수는 또다시 필기판에 뭔가를 끼적이고 있었고 트릴로니 교수는 굉장히 불쾌해하는 표정이었다.

"자." 엄브리지가 트릴로니를 올려다보며 말했다. "이 과목을 맡으신 지 정확히 얼마나 되셨죠?"

트릴로니 교수가 그녀를 노려보았다. 이 모욕적인 감사에서 되도록 스스로를 지키고 싶은 듯 팔짱을 낀 채 어깨를 움츠리고 있었다. 짧은 침묵이 흐르는 사이 트릴로니는 그 질문이 무시해도 정당할 만큼 무례한 건 아니라고 판단한 듯했다. 그녀는 무척 분개한 어조로 말했다. "16년 가까이 됐지요."

"꽤 기네요." 엄브리지 교수가 필기판에 끼적이며 말했다. "그러면 교수님을 임명한 건 덤블도어 교수인가요?"

"그래요." 트릴로니 교수가 짧게 답했다.

엄브리지 교수가 또다시 끼적였다.

"그리고 그 유명한 예언자 카산드라가 교수님의 고조할머니고요?"

"네." 트릴로니 교수가 고개를 살짝 더 높이 쳐들며 말했다.

또다시 메모.

"하지만 제 생각엔, 제가 잘못 안 거라면 말씀해 주세요, 교수님 집안에서 예지 능력을 가진 사람을 배출한 것은 카산드라 이후로 교수님이 처음이지요?"

"이런 일은 보통 세대를 건너뛰어서…… 음…… 3세대까지 터울을 두고 나타나요." 트릴로니 교수가 말했다.

엄브리지 교수의 두꺼비 같은 얼굴에 미소가 활짝 번졌다.

"물론 그러시겠죠." 그녀가 부드럽게 말하며 또 한 번 끼적였다. "음, 그럼 저한테 예언을 하나 해 주시겠어요?" 그녀가 여전히 미소를 띤 채 캐묻듯 눈을 들었다.

자신의 귀를 믿을 수 없다는 듯 트릴로니 교수의 표정이 딱딱하게 굳었다. "무슨 말씀이신지 이해가 안 가는데요." 그녀가 뼈만 앙상한 목을 둘러싼 숄을 경련하듯 움켜잡으며 말했다.

"저한테 예언을 해 주셨으면 좋겠다고 했어요." 엄브리지 교수가 아주 명쾌하게 말했다.

이제 책 너머로 몰래 지켜보며 귀 기울이는 사람은 해리와 론뿐만이 아니었다. 학생 대부분이, 구슬과 팔찌 들을 짤랑거리며 있는 대로 몸을 꼿꼿이 편 트릴로니 교수에게 시선을 고정하고 있었다.

"내면의 눈은 명령에 따라 보는 게 아니에요!" 그녀가 분개한 목소리로 말했다.

"그렇군요." 엄브리지 교수가 중얼거리며 필기판에 또

한 번 뭔가를 썼다.

"저는, 하지만, 하지만…… *잠깐만요!*" 갑자기 트릴로니 교수가 평소와 같은 지극히 가볍고 여린 목소리를 내려고 애썼다. 하지만 분노로 떨리고 있었기에 목소리의 신비로운 효과는 엉망이 되고 말았다. "저는…… 저는 뭔가가 *정말* 보이는 것 같아요……. *당신*하고 관련된 일인데…… 아, 뭔가가 느껴져요……. 뭔가 *어두운* 것이…… 어떤 심각한 위험이……."

트릴로니 교수가 떨리는 손가락으로 엄브리지 교수를 가리켰다. 엄브리지는 계속 눈썹을 치켜든 채 붙임성 있는 미소를 짓고 있었다.

"유감스럽게도…… 유감스럽게도 당신은 심각한 위험에 처해 있어요!" 트릴로니 교수가 극적으로 말을 마쳤다.

짧은 침묵이 흘렀다. 엄브리지 교수는 아직도 눈썹을 치켜올리고 있었다.

"그렇군요." 그녀가 조용히 말하며 다시 한 번 필기판에 뭔가를 휘갈겨 썼다. "뭐, 정말로 이게 교수님이 할 수 있는 최선이라면……."

그녀가 돌아섰다. 트릴로니 교수는 그 자리에 붙박여 서서 가슴을 들썩였다. 해리는 론과 눈을 마주치고 그도 자신과 정확히 똑같은 생각을 하고 있음을 알았다. 그들은 둘 다 트릴로니 교수가 한심한 사기꾼이라는 사실을 알고 있었지만, 한편으로는 엄브리지가 너무 증오스러워서 트릴로니를 편들어 주고 싶은 마음이 들 지경이었다. 잠시 후 그녀가 그들을 덮치기 전까지는.

"어디 한번 볼까?" 그녀가 해리의 코앞에서 긴 손가락을 튕기며 평소답지 않게 활기찬 목소리로 말했다. "꿈 일기에 처음 적은 내용을 보여 주렴."

그녀가 목청껏 해리의 꿈을 해석하기 시작하자 해리는 그녀를 향한 동정심이 팍 줄어드는 것을 느꼈다(심지어 포리지를 먹는 꿈까지, 해리의 꿈은 전부 섬뜩하고 때 이른 죽음을 예언하는 듯했다). 그러는 동안 엄브리지 교수는 두어 걸음 떨어진 곳에 서서 필기판에 뭔가를 적었고, 종이 울리자 가장 먼저 은 사다리를 내려갔다. 10분 뒤 학생들이 어둠의 마법 방어법 수업을 들으러 가자 엄브리지가 모두를 기다리고 있었다.

교실에 들어가니 그녀는 콧노래를 부르며 저 혼자 빙긋 웃고 있었다. 해리와 론은 학생들이 《방어 마법 이론》을 꺼낼 때를 틈타, 숫자점 수업을 들으러 갔던 헤르미온느에게 점술 수업에서 무슨 일이 일어났는지 자세히 말해 주었다.

그러나 헤르미온느가 뭔가 질문을 던질 겨를도 없이 엄브리지 교수가 모두 조용히 하라고 소리쳤고 교실 안에는 침묵이 내려앉았다.

"마법 지팡이는 치우세요." 그녀가 미소 지은 채 모두에게 지시했다. 아직도 마법 지팡이를 꺼내 놓을 만큼 낙관적인 생각을 하고 있던 학생들은 실망한 듯 그것들을 가방에 도로 넣었다. "지난 수업에 1장을 끝냈으니, 오늘은 여러분 모두 19페이지를 펴고 '2장, 일반 방어 이론과 그 유래'를 시작해 주었으면 좋겠어요. 말은 할 필요가 없을 거예요."

여전히 특유의 넙적하고 혼자 만족스러워하는 미소를 띤 채 그녀는 자기 책상 앞에 앉았다. 학생들은 하나같이 19페이지를 펼치며 들릴 만큼 크게 한숨을 쉬었다. 해리는 이 책이 과연 이번 학년 수업 내내 읽을 수 있을 만큼 많은 내용을 담고 있는지 따분하게 생각해 보았다. 헤르미온느가 다시 공중에 손을 들고 있다는 사실을 눈치챘을 때는 차례를 막 확인하려던 참이었다.

엄브리지 교수도 그것을 눈치챘다. 아니, 눈치채기만 한 것이 아니었다. 그녀는 이런 만일의 사태에 대비할 전략을 강구해 낸 것처럼 보였다. 그녀는 애써 헤르미온느를 못 본 척하는 대신 자리에서 일어나 첫 번째 줄 책상들을 돌아서

다가와 헤르미온느를 마주 보고 섰다. 그러더니 허리를 구부리고 다른 학생들이 듣지 못하도록 속삭였다. "이번에는 무슨 일인가요, 그레인저 양?"

"2장은 이미 읽었는데요." 헤르미온느가 말했다.

"자 그럼, 3장으로 진도를 나가세요."

"그것도 읽었어요. 책 전체를 읽었습니다."

엄브리지 교수는 눈을 깜빡였지만 곧바로 냉정을 되찾았다.

"자 그럼, 슬링크하드가 15장에서 반격 마법에 대해 뭐라고 말했는지 말해 줄 수 있겠군요."

"반격 마법이라는 이름은 부적절하다고 했습니다." 헤르미온느가 지체 없이 대답했다. "'반격 마법'이란, 사람들이 저주를 좀 더 받아들일 만한 것처럼 들리게 하려고 저주에 붙이는 이름일 뿐이라고 했어요."

엄브리지 교수는 눈썹을 치켜올렸고, 해리는 그녀가 의도했던 것과는 달리 감명받았다는 사실을 알아차렸다.

"하지만 제 생각은 다릅니다." 헤르미온느가 말을 이었다.

엄브리지 교수의 눈썹이 약간 더 높이 올라갔고 시선은 눈에 띄게 차가워졌다.

"생각이 다르다고요?"

"네, 다릅니다." 헤르미온느가 말했다. 그녀는 엄브리지와 달리 속삭이는 말투가 아니라 또랑또랑하게 잘 들리는 목소리로 말하고 있었다. 이제는 이미 다른 학생들도 그 목소리에 관심을 기울이고 있었다. "슬링크하드는 저주를 싫어하잖아요? 하지만 저는 방어 목적으로 쓸 때는 저주도 아주 유용할 수 있다고 생각합니다."

"아, 그래요. 그렇게 생각하나요?" 엄브리지 교수가 속삭이는 것을 잊고 몸을 펴면서 말했다. "글쎄, 유감스럽게도 이 교실에서 중요한 건 그레인저 양의 의견이 아니라 슬링크하드의 의견이랍니다."

"하지만……." 헤르미온느가 입을 열었다.

"그만." 엄브리지 교수가 말했다. 그녀는 교실 앞으로 돌아가 학생들 앞에 섰다. 수업을 시작할 때 보여 주었던 쾌활함은 모두 사라지고 없었다. "그레인저 양, 그리핀도르 기숙사에 5점 감점하겠어요."

이에 웅성거리는 소리가 터져 나왔다.

"뭐 때문에요?" 해리가 화를 내며 항의했다.

"끼어들지 마!" 헤르미온느가 재빨리 그에게 속삭였다.

"아무 의미 없이 교수님의 수업을 방해했기 때문이에요." 엄브리지 교수가 번드르르한 말투로 말했다. "나는 정부에서 승인한 교수법대로 여러분을 가르치려고 이 자리에 있는 거예요. 학생 자신이 잘 알지도 못하는 문제에 대해 의견을 내도록 부추기는 일은 거기에 포함되어 있지 않습니다. 이 과목을 맡았던 이전 교수들은 여러분에게 더 많은 자유를 허용했을지 모르지만, 그중 누구도 정부의 감사를 통과하진 못했을 거예요. 적어도 나이에 맞는 주제에 한해서만 가르쳤던 퀴럴 교수님은 예외라 할 수 있겠지만……."

"네, 퀴럴이 아주 훌륭한 교수님이긴 했죠." 해리가 큰 소리로 말했다. "볼드모트 경이 머리 뒤에 붙어 있었다는 아주 사소한 문제가 있긴 했지만."

이 말에 해리가 지금까지 들었던 것 중에서 가장 생생한 침묵이 이어졌고……

"한 주 더 방과 후 징계를 받으면 도움이 될 것 같네요, 포터 군." 엄브리지 교수가 번지르르한 목소리로 말했다.

해리의 손등 상처는 아물 틈이 없었고 이튿날 아침에는 다시 피가 흐르곤 했다. 그는 저녁 시간 방과 후 징계를 받는 동안 불평 한 마디 하지 않았다. 엄브리지에게 그런 만족감을 느끼게 하진 않을 작정이었다. 그는 '거짓말을 하지 않겠습니다'라고 끊임없이 반복했다. 한 자 한 자 쓸 때마다 상처가 깊어졌지만 그의 입술에서는 그 어떤 소리도 나오지 않았다.

두 번째로 받은 방과 후 징계의 가장 큰 문제는, 조지가 예상했듯이, 앤젤리나의 반응이었다. 그녀는 화요일 아침 식사 시간에 해리가 그리핀도르 식탁에 도착하자마자 그를 구석으로 몰아넣더니 큰 소리를 질렀다. 교직원 식탁에 있던 맥고나걸 교수가 부리나케 다가올 정도였다.

"존슨 양, *감히* 대연회장에서 이런 소란을 벌이다니! 그리핀도르는 5점 감점이다!"

"하지만 교수님, 얘가 또 방과 후 징계를 받게 돼서……."

"그게 무슨 말이냐, 포터?" 맥고나걸 교수가 해리를 돌아보며 날카롭게 물었다. "방과 후 징계라니? 누구한테서?"

"엄브리지 교수님요." 해리는 네모난 안경테로 둘러싸인 맥고나걸 교수의 번뜩이는 눈을 똑바로 보지 못한 채 중얼거렸다.

"그러니까 네 말은" 하고, 그녀는 등 뒤 호기심 어린 표정의 래번클로 학생들이 엿듣지 못하도록 목소리를 낮추며 말을 이었다. "지난주 월요일에 내가 경고를 했는데도 엄브리지 교수의 수업에서 다시 성질을 부렸단 말이냐?"

"네." 해리가 바닥에 대고 웅얼거렸다.

"포터, 정신 차려라! 이러다간 아주 곤란해질 거야! 그리핀도르는 다시 5점 감점이다!"

"하지만…… 네? 교수님, 안 돼요!" 부당한 처분에 해리가 격분해서 말했다. "저는 이미 그 *인간*한테 벌을 받고 있는데, 왜 교수님까지 점수를 깎으세요?"

"방과 후 징계가 아무런 효과가 없는 것으로 보여서 그렇다!" 맥고나걸 교수가 매섭게 소리쳤다. "아니, 더 이상 불평하지 말아라, 포터! 그리고 너도, 존슨 양. 앞으로 고함 지르기 대회 같은 건 퀴디치 경기장에서만 하거라. 안 그랬다간 주장 자리를 잃게 될 거야!"

맥고나걸 교수는 교직원 식탁으로 성큼성큼 돌아갔다. 앤젤리나는 아주 원망스러운 눈길로 해리를 쳐다보더니 고개를 빳빳이 들고 멀어져 갔다. 해리는 씩씩대며 론 옆에 털썩 주저앉았다.

"매일 밤 손등이 저며지고 있다는 이유로 그리핀도르 점수를 깎다니! 어떻게 그럴 수 있지? *어떻게?*"

"내 말이 그 말이다, 친구." 론이 공감한다는 듯 말하며 해리의 접시에 베이컨을 덜어 주었다. "정말 불공평해."

그러나 헤르미온느는 그저 《예언자일보》를 부스럭거리며 넘길 뿐 아무 말도 하지 않았다.

"너는 맥고나걸 교수님이 옳다고 생각하지?" 해리가 헤르미온느의 얼굴을 가로막고 있는 코닐리어스 퍼지의 사진에 대고 화난 목소리로 물었다.

"점수는 안 깎으셨으면 좋았겠지만, 엄브리지한테 성질부리지 말라고 경고하신 건 맞는 말씀이라고 생각해." 헤르미온느의 목소리가 말했다. 신문 1면에서 퍼지가 연설 같은 것을 하는 듯 힘주어 손짓하고 있었다.

해리는 일반 마법 시간 내내 헤르미온느에게 말을 걸지 않았지만, 변환 마법 교실에 들어가서는 그녀에게 화가 난 사실을 잊어버렸다. 필기판을 든 엄브리지 교수가 구석에 앉아 있었던 것이다. 그 모습을 보자 아침 식사 시간의 기억이 머릿속에서 싹 사라졌다.

"잘됐다." 평소 앉는 자리에 앉자 론이 속삭였다. "엄브리지가 뿌린 씨를 거둘 시간이야. 어디 구경이나 해 보자."

맥고나걸 교수는 엄브리지 교수가 와 있다는 사실을 알아챈 티를 전혀 내지 않은 채 교실로 당당히 들어왔다.

"이제 그만." 그녀가 말하자 곧바로 조용해졌다. "피니건 군, 이리 와서 숙제들을 돌려줬으면 좋겠구나. 브라운 양은 여기 쥐들이 들어 있는 상자를 받아 가고. ……바보같이 굴지 말거라, 애야. 해치지 않아. 학생 한 사람당 한 마리씩 나눠 주거라."

"흠, 흠." 엄브리지 교수가 학기 첫날 밤 덤블도어의 말을 끊을 때처럼 우스꽝스러운 작은 기침 소리를 냈다. 맥고나걸 교수는 그런 그녀를 무시했다. 셰이머스가 해리의 작문 숙제를 돌려주었다. 해리는 그의 얼굴을 보지 않은 채 숙제를 받아 들었다. 숙제를 보니 다행스럽게도 간신히 'A'를 받았다.

"좋아, 그럼 다들 잘 들으…… 딘 토머스, 쥐한테 또 그런 짓을 했다간 방과 후 징계를 줄 거다. 이제 여러분 대부분은 달팽이를 사라지게 만드는 데 성공했고, 껍데기가 어느 정도 남아 있는 사람들도 주문의 요점은 파악했을 겁니다. 오늘은……."

"흠, 흠." 엄브리지 교수가 다시 소리를 냈다.

"*네?*" 맥고나걸 교수가 돌아서며 물었다. 미간이 잔뜩 찡그려져서 서로 가까이 붙은 양쪽 눈썹이 하나의 길고 엄격한 선을 그리고 있는 듯했다.

"교수님, 저는 그저 감사 날짜와 시간을 통지하는 제 전갈을 받으셨는지 궁금해서……."

"당연히 받았습니다. 아니었다면 제 수업에서 뭘 하고 계신 건지 물어봤겠지요." 맥고나걸 교수가 엄브리지 교수에게서 단호하게 등을 돌리며 말했다. 많은 학생들이 고소하다는 눈길을 주고받았다. "방금 말했다시피, 오늘은 더 어려운, 쥐를 사라지게 하는 마법을 연습할 겁니다. 자, 소멸 마법은……."

"흠, 흠."

"궁금한 게 있습니다만" 하고, 맥고나걸 교수가 엄브리지 교수를 돌아보며 차가운 분노를 담은 목소리로 말했다. "계속 제 말을 끊으면서 어떻게 제 평소 교육 방법을 파악하시겠다는 거죠? 저는 보통 제가 말하는 동안 다른 사람들이 말하는 걸 용납하지 않습니다."

엄브리지 교수는 막 따귀라도 맞은 듯한 표정이었다. 그녀는 아무 말도 하지 않고 필기판 양피지를 펼치더니 분노어린 손놀림으로 뭔가 휘갈겨 쓰기 시작했다.

맥고나걸 교수는 아무 관심 없다는 듯 다시 한 번 학생들을 향해 입을 열었다.

"방금 말했다시피 소멸 마법은 사라지게 만들어야 할 동물이 복잡할수록 더 어렵습니다. 달팽이는 무척추동물이라 그다지 어려운 점이 없었지만 쥐는 포유류라 훨씬 많은 문제가 생기지요. 그러니까 저녁 식사 메뉴에 정신이 팔린 채로는 해낼 수 없는 마법이란 말입니다. 자, 주문은 이미 알고 있으니 여러분의 실력을 한번 봅시다."

"엄브리지한테 성질 부리지 말라며? 저러면서 나한테 그런 훈계를 하다니!" 해리는 론에게 숨죽여 중얼거리면서도 씩 웃고 있었다. 맥고나걸 교수에 대한 분노는 씻은 듯이 사라진 뒤였다.

엄브리지 교수는 트릴로니 교수를 따라다녔던 것처럼 맥고나걸 교수를 따라 교실을 돌아다니지 않았다. 아마도 맥고나걸 교수가 그런 짓을 허용하지 않으리라는 것을 깨달은 듯했다. 하지만 구석에 앉아서 뭔가 더 끼적거리기는 했다. 마침내 맥고나걸 교수가 수업을 끝내자 그녀는 무시무시한 표정을 지은 채 자리에서 일어났다.

"뭐, 시작은 나쁘지 않네." 론이 꿈틀거리는 쥐의 긴 꼬리를 잡아 올려, 라벤더가 들고 돌아다니는 상자에 다시 집어넣으며 말했다.

줄지어 교실을 나서면서 해리는 엄브리지 교수가 교탁으로 다가가는 모습을 보았다. 그가 론의 옆구리를 쿡 찌르자 론은 헤르미온느를 쿡 찔렀고, 셋은 엿듣기 위해 일부러 꾸물거렸다.

"호그와트에서 가르치신 지는 얼마나 되셨죠?" 엄브리지 교수가 물었다.

"올 12월이면 39년이 됩니다." 맥고나걸 교수가 가방을 탁 닫으며 무뚝뚝하게 말했다.

엄브리지 교수가 끼적였다.

"잘 알겠습니다." 그녀가 말했다. "열흘 안에 감사 결과를 받으시게 될 거예요."

"굉장히 기대가 되네요." 맥고나걸 교수가 차갑고 무관심한 목소리로 말하더니 문을 향해 성큼성큼 걸어갔다. "빨리 가거라, 너희 셋." 그녀가 앞에 있던 해리, 론, 헤르미온느를 획 지나치며 덧붙였다.

해리는 자기도 모르게 그녀에게 옅은 미소를 지어 보였고, 그 보답으로 분명 똑같은 미소를 돌려받았다는 생각이 들었다.

해리는 다음에 엄브리지를 보게 되는 건 그날 저녁 방과 후 징계 때일 거라고 생각했지만 아니었다. 마법 생명체 돌보기 수업을 들으러 금지된 숲을 향해 잔디밭을 가로질러 가니, 필기판을 든 엄브리지가 그러블리플랭크 교수 옆에서 학생들을 기다리고 있었다.

"평소엔 이 수업을 맡지 않으신다는데, 맞나요?" 사로잡혀 온 보우트러클들이 살아 있는 나뭇가지처럼 쥐며느리를 찾아 주위를 휘젓고 있는 탁자에 다다르자 엄브리지의 목소리가 들렸다.

"그렇다고 할 수 있죠." 그러블리플랭크 교수가 뒷짐을 진 채 발뒤꿈치를 들었다 내렸다 하며 말했다. "저는 해그리드 교수님을 대신하는 대리 교수예요."

해리는 론, 헤르미온느와 불안한 눈길을 주고받았다. 말포이가 크래브, 고일에게 속삭거리고 있었다. 정부 공무원에게 해그리드에 대해 고자질할 기회가 생겨 아주 기쁜 게 틀림없었다.

"흠." 엄브리지 교수는 목소리를 낮췄지만 해리의 귀에는 여전히 그녀의 말이 꽤 분명하게 들렸다. "제가 궁금한 건……. 교장 선생님께서는 이상할 정도로 이 일에 대해 얘기하길 꺼리시는 것 같더군요. 해그리드 교수가 굉장히 오랫동안 휴직하고 있는 이유를 *교수님이* 말씀해 주실 수 있을까요?"

해리는 말포이가 기대에 찬 얼굴로 고개를 드는 모습을 보았다.

"유감스럽지만 말씀드릴 수 없군요." 그러블리플랭크 교수가 기운차게 말했다. "저도 교수님이 아시는 것 이상으로는 모르거든요. 저는 부엉이를 통해 덤블도어 교수님께 두어 주 정도 수업을 맡아 줄 수 있느냐는 내용의 전갈을 받고 그러기로 했습니다. 제가 아는 건 그 정도입니다. 뭐…… 그럼 시작해도 될까요?"

"네, 부탁드려요." 엄브리지 교수가 필기판에 뭔가를 휘갈겨 쓰며 말했다.

이번 수업에서 엄브리지는 다른 작전을 썼다. 학생들 사이를 돌아다니면서 마법 생명체에 관해 이것저것 물어본 것이다. 학생들은 대부분 제대로 대답을 해냈고 그래서 해리의 기분도 어느 정도 나아졌다. 학생들은 적어도 해그리드를 실망시키지 않았다.

오랜 시간 딘 토머스를 취조한 뒤 그러블리플랭크 교수 옆으로 돌아온 엄브리지 교수가 말했다. "임시 교직원이자 객관적인 외부자의 입장에서 교수님은 호그와트의 전반적인 방식에 대해 어떻게 생각하시나요? 학교 운영진으로부터 충분한 지원을 받고 있다고 느끼시나요?"

"아, 그럼요. 덤블도어 교수님은 훌륭한 분입니다." 그러블리플랭크 교수가 진심 어린 목소리로 말했다. "네, 학교가 운영되는 방식에 매우 만족합니다. 진심으로 만족해요."

엄브리지는 예의 바르면서도 믿을 수 없다는 표정을 지으며 필기판에 아주 짤막한 메모를 하더니 말을 이었다. "그럼 올해 이 수업에서는 어떤 주제를 다룰 계획이신가요? 물론, 해그리드 교수가 돌아오지 않는다는 가정하에 말입니다."

"아, 저는 O.W.L.에 가장 많이 나오는 생물들에 대해 알려 줄 생각입니다." 그러블리플랭크 교수가 말했다. "가르칠 생물이 많이 남지는 않았지만요. 학생들은 유니콘과 니플러를 배웠고, 앞으로 수업에서 폴락과 크니즐도 다룰 생각입니다. 물론, 크럽과 크날을 구분할 수 있게도 해 줘야겠지요."

"뭐, 좌우지간 교수님은 할 일을 제대로 알고 계시는 것 같군요." 엄브리지 교수가 아주 분명하게 필기판에 체크 표시를 하며 말했다. 해리는 그녀가 '교수님은'이라고 강조한 것이 마음에 들지 않았고, 그녀가 고일에게 다음 질문을 던진 것은 더더욱 마음에 들지 않았다. "자, 이 수업에서 부상 입은 학생이 있었다고 들었는데?"

고일이 멍청하게 씩 웃었다. 말포이가 얼른 그 질문에 답했다.

"저예요." 그가 말했다. "히포그리프의 발톱에 베였어요."

"히포그리프?" 엄브리지 교수가 미친 듯 휘갈겨 쓰기 시작했다.

"저 자식이 너무 멍청해서 해그리드의 말을 듣지 않았기 때문에 생긴 일이에요." 해리가 화나서 말했다.

론과 헤르미온느 모두 신음 소리를 냈다. 엄브리지 교수가 해리 쪽으로 천천히 고개를 돌렸다.

"방과 후 징계를 하룻밤 더 받아야겠구나." 그녀가 부드럽게 말했다. "음, 정말 고맙습니다, 그러블리플랭크 교수님. 이 정도면 된 것 같군요. 열흘 안에 감사 결과를 받아보실 수 있을 거예요."

"알겠습니다." 그러블리플랭크 교수가 말했다. 엄브리지 교수는 다시 성을 향해 잔디밭을 가로질러 가기 시작했다.

해리가 그날 밤 엄브리지의 연구실을 나선 건 자정이 다 되어서였다. 이제는 손등에 피가 너무 많이 나서, 손을 싸맨 스카프가 피로 얼룩져 있었다. 해리는 휴게실이 비어 있을 거라 예상하고 돌아왔지만 론과 헤르미온느는 자러 올라가지 않고 그를 기다리고 있었다. 해리는 반가운 마음이 들었다. 특히 헤르미온느가 그를 비난하기보다 딱하게 여겨서 더욱 그랬다.

"자." 그녀가 걱정스럽게 말하며 노란색 액체가 담긴 작은 그릇을 밀어 놓았다. "여기 손을 담그고 있어. 물기를 빼서 절인 머틀랩 촉수 진액이야. 도움이 될 거야."

해리는 피가 흐르는 아린 손을 그릇에 담갔다. 놀랄 만큼 순식간에 아픔이 사라졌다. 크룩생스가 큰 소리로 가르랑거리며 그의 다리를 휘감더니 무릎으로 뛰어올라 자리를 잡았다.

"고마워." 그가 왼손으로 크룩생스의 귀 뒤를 긁어 주며 말했다.

"난 아직도 네가 이 일에 대해 항의해야 한다고 생각해." 론이 나직이 말했다.

"안 돼." 해리가 딱 잘랐다.

"맥고나걸이 알면 난리날……."

"그래, 아마 그렇겠지." 해리가 말했다. "하지만 엄브리지가 장학관에게 불만을 제기하는 사람을 즉시 해고하는 또 다른 법령을 통과시킬 때까지 얼마나 걸릴 것 같아?"

론은 반박하려고 입을 열었지만 아무 말도 하지 않았다. 잠시 후 그는 할 말이 없다는 듯 입을 다물었다.

"끔찍한 사람이야." 헤르미온느가 작은 목소리로 말했다. "*끔찍해*. 있잖아, 네가 들어왔을 때 막 론하고 얘기하던 중이었어. 그 여자에 대한 대책을 세워야겠다고 말이야."

"나는 독살을 제안했어." 론이 음침한 목소리로 말했다.

"아니…… 난 엄브리지가 얼마나 형편없는 교수인지 말

한 거야. 그 여자한테서 어둠의 마법 방어법을 전혀 배우지 못하고 있는 걸 얘기한 거라고." 헤르미온느가 말했다.

"뭐, 그걸 우리가 어쩌겠어?" 론이 하품하며 말했다. "너무 늦었잖아? 엄브리지는 교수 자리를 꿰찼고, 절대 물러나지 않을 거야. 퍼지가 분명 못 그러게 할걸."

"저기." 헤르미온느가 머뭇거리며 입을 열었다. "있잖아, 내가 오늘 생각해 봤는데……." 그녀는 살짝 긴장한 눈초리로 해리를 한번 바라보더니 불쑥 말을 이었다. "내가 생각해 봤는데, 우리가 그냥…… 그냥 스스로 해야 할 때가 된 건지도 몰라."

"뭘 스스로 해?" 여전히 머틀랩 촉수 진액에 손을 담근 채 해리가 의심스러운 목소리로 물었다.

"그러니까…… 우리 스스로 어둠의 마법 방어법을 배우자는 거야." 헤르미온느가 말했다.

"집어치워." 론이 신음했다. "공부를 더 하자는 거야? 겨우 2주가 지났는데 해리랑 내 숙제가 얼마나 밀려 있는지 알아?"

"하지만 숙제보다 훨씬 중요한 일이야!" 헤르미온느가 말했다.

해리와 론이 눈을 휘둥그렇게 뜨고 그녀를 바라보았다.

"나는 이 세상에서 숙제보다 더 중요한 건 없는 줄 알았는데!" 론이 말했다.

"바보 같은 소리 마. 당연히 있지." 헤르미온느가 말했다. 해리는 불길한 느낌이 들었다. 갑자기 그녀의 얼굴이 주로 S.P.E.W. 얘기를 할 때 그랬던 것처럼 열정으로 불타올랐던 것이다. "해리가 엄브리지의 첫 수업에서 말했던 것처럼, 저 바깥에서 우리를 기다리고 있는 것들에 대비하자는 거야. 우리가 정말로 우리 스스로를 지킬 수 있도록 하자는 거지. 1년 내내 아무것도 배우지 못하면……."

"우리끼리 할 수 있는 건 별로 없어." 론이 패배감에 젖은 목소리로 말했다. "내 말은, 그래 뭐, 도서관에 가서 저주 마법을 찾아보고 연습해 볼 수는 있겠지만……."

"맞아, 내 생각도 그래. 우린 책으로만 배울 수 있는 단계는 지났어." 헤르미온느가 말했다. "선생님이 필요해, 적당한 선생님. 우리한테 마법 쓰는 법을 보여 주고 우리가 잘못된 걸 고쳐 줄 선생님 말이야."

"루핀 교수님 얘기를 하는 거라면……." 해리가 입을 열었다.

"아니, 아니, 루핀 교수님 얘기가 아냐." 헤르미온느가 말했다. "루핀 교수님은 기사단 일로 너무 바쁘고, 어쨌거나 우리가 그분을 만난다고 해 봐야 호그스미드에 가는 주말 뿐인데 그렇게 드문드문 배워서는 턱도 없어."

"그럼 누구?" 해리가 그녀를 향해 얼굴을 찌푸렸다.

헤르미온느는 아주 깊은 한숨을 내쉬었다.

"뻔하지 않아?" 그녀가 말했다. "난 *너*를 말하는 거야, 해리."

잠시 침묵이 흘렀다. 가벼운 밤바람이 론 뒤에 있는 유리창을 흔들었다. 벽난로에서 불이 펄럭거리며 타올랐다.

"내가 뭘?" 해리가 말했다.

"*네가* 우리한테 어둠의 마법 방어법을 가르치는 걸 말하는 거라고."

해리는 그녀를 뚫어지게 바라봤다가 론에게로 고개를 돌렸다. 헤르미온느가 S.P.E.W. 같은 거창한 계획을 장황하게 떠들어 댈 때마다 가끔씩 주고받던 짜증스러운 표정을 주고받을 생각이었다. 그러나 실망스럽게도 론은 짜증 난 표정이 아니었다.

론은 생각에 잠긴 표정으로 살짝 얼굴을 찌푸리더니 말했다. "그것도 괜찮은 생각인데."

"뭐가 괜찮은 생각이야?" 해리가 물었다.

론이 말했다. "네가 우리를 가르치는 거."

"하지만……."

해리는 이제 피식 웃고 말았다. 두 사람은 그를 놀리고 있는 게 틀림없었다.

"하지만 난 교수님이 아니야. 나는 못……."

"해리, 어둠의 마법 방어법은 네가 우리 학년 최고야." 헤르미온느가 말했다.

"내가?" 해리가 이제는 어느 때보다도 더 크게 웃음을 터뜨리며 말했다. "아니. 아닌데. 네가 모든 시험에서 나를 앞섰……."

"실은, 그렇지 않아." 헤르미온느가 차갑게 말했다. "3학년 때 네가 날 이겼잖아. 그 과목을 잘 아는 교수님 밑에서 같이 시험을 치른 유일한 해였어. 그리고 난 시험 성적을 얘기하는 게 아냐, 해리. 네가 뭘 *해냈는지* 생각해 봐!"

"무슨 뜻이야?"

"에이, 이렇게 멍청한 녀석한테 배워도 될까?" 론이 실실거리며 헤르미온느에게 말했다. 그가 해리에게 시선을 돌렸다.

"어디 보자." 그가 집중하는 고일의 표정을 흉내 내며 말했다. "어…… 1학년 때 너는 '그 사람'에게서 마법사의 돌을 지켜 냈어."

"하지만 그건 운이 좋아서였어." 해리가 말했다. "실력이 아니라……."

"2학년 때는" 하고, 론이 말을 잘랐다. "바실리스크를 죽이고 리들을 없앴지."

"그래, 하지만 폭스가 나타나지 않았다면 난……."

"3학년 때!" 론이 더 큰 소리로 말했다. "너는 100명쯤 되는 디멘터들을 한 번에 물리쳤어."

"그게 요행이었던 건 너도 알잖아. 만약 타임 터너가……."

"작년엔!" 론은 이제 거의 고함을 지르고 있었다. "'그 사람'을 *또다시* 물리쳤고……."

"내 말 좀 들어!" 해리가 화를 내다시피 하며 말했다. 이제 론과 헤르미온느 둘 다 히죽히죽 웃고 있었기 때문이다. "그냥 내 말 좀 들어 보라고. 알았어? 그렇게 말하면 대단하게 들리지만 그건 다 운이 좋아서였어. 당시 나는 내가 뭘 하고 있는지도 잘 몰랐고, 계획해서 한 일은 하나도 없었어. 그냥 그때그때 생각난 걸 했을 뿐이야. 대부분 도움을 받았고……."

론과 헤르미온느가 여전히 실실거리자 해리는 성질이 솟구쳤다. 왜 이렇게까지 화가 나는지는 알 수 없었다.

"나보다 많이 안다는 것처럼 그렇게 히죽거리지 마. 그 자리에 있었던 건 나란 말이야!" 그가 열을 내며 말했다. "무슨 일이 있었는지는 내가 더 잘 알아. 알았어? 나는 어둠의 마법 방어법 실력이 뛰어나서 그런 일을 해낸 게 아니야. 내가 그 모든 일을 겪고도 살아남은 이유는…… 적절한 때에 도움을 받거나 아니면 운 좋게 내가 뭘 맞혔기 때문이야. 그나마도 전부 간신히 해냈어. 내가 뭘 하고 있는지 감도 잡지 못했단…… **웃지 말라고!**"

머틀랩 진액이 담긴 그릇이 바닥에 떨어져 박살 났다. 언제 그랬는지 기억도 나지 않지만 그는 자기도 모르게 자리에서 일어나 있었다. 크룩생스가 쏜살같이 소파 밑으로 달아났다. 론과 헤르미온느의 얼굴에서 웃음이 사라졌다.

"*너희는 그게 어떤 건지 몰라!* 너희는…… 너희 중 누구도…… 그자와 맞서 본 적 없잖아. 안 그래? 너희는 주문을 잔뜩 외워서 그자한테 쏘면 되는 줄 알지? 수업을 듣거나 뭐 그런 것처럼? 정말로 그런 일이 벌어질 때는 죽음을 막아 줄 게 아무것도 없다는 걸 계속 생각하게 돼. 머리든, 깡이든, 뭐가 됐든…… 뭐가 있다고 해 봤자 그런 것뿐이야. 살해당하기 일보 직전인데, 고문당하거나 친구들이 죽는 걸 보기 일보 직전인데 제대로 생각할 수 있는 줄 알아? 그런 일에 대처하는 게 어떤 건지 교실에서는 절대 가르쳐 주지 않아. 그런데 너희는 내가 똑똑한 녀석이라 살아남아서 여기 있는 것처럼 굴고 있잖아. 디고리는 멍청했고 뭘 잘못해서 그렇게 됐다는 것처럼. 너흰 이해 못 해. 종이 한 장 차이로 죽는 사람이 나였을 수도 있었어. 볼드모트한테 내가 필요하지 않았다면……."

"야, 우린 그런 얘기 안 했어." 론이 경악한 얼굴로 말했다. "우리는 디고리를 깎아내리려던 게 아냐. 아니라고. 네가 오해……."

그는 절박한 눈으로 헤르미온느를 바라보았다. 헤르미온느는 괴로워하는 얼굴이었다.

"해리." 그녀가 조심스럽게 입을 열었다. "모르겠어? 이게…… 이게 바로 우리한테 네가 필요한 이유야. 우리는 그게 저, 정말 어떤 일인지…… 그자와 마주한다는 게 어떤 일인지 알아야 해……. 보, 볼드모트와 마주한다는 것 말이야."

그녀가 처음으로 볼드모트의 이름을 입에 올린 순간이었다. 다른 무엇보다 이 사실이 해리를 진정시켰다. 그는 여전히 거칠게 숨을 쉬면서 다시 의자에 털썩 주저앉았다. 손등이 또다시 끔찍하게 욱신거렸다. 머틀랩 진액 그릇을 박살 내 버린 게 후회됐다.

"저기…… 한번 생각해 봐." 헤르미온느가 조용히 말했다. "부탁이야."

해리는 뭐라고 대꾸해야 할지 전혀 생각이 나지 않았다. 성급하게 성질을 부린 게 부끄러웠다. 그는 무엇에 동의하는지도 거의 인식 못 한 채 고개를 끄덕였다.

헤르미온느가 일어섰다.

"음, 나는 자러 가야겠다." 그녀가 말했다. 최대한 태연한 척 꾸며 낸 목소리였다. "음…… 잘 자."

론도 자리에서 일어났다.

"갈래?" 그가 어색하게 해리에게 물었다.

"그래." 해리가 말했다. "잠…… 잠깐만. 이것 좀 치우고."

그는 바닥의 깨진 그릇을 가리켰다. 론이 고개를 끄덕이고 자리를 떠났다.

"*레파로.*" 해리가 마법 지팡이로 깨진 도자기 조각을 겨누며 중얼거렸다. 조각들이 하나하나 날아오더니 한데 합쳐졌다. 그릇은 새것처럼 멀쩡해졌지만 머틀랩 진액을 거기에 도로 담을 방법은 없었다.

갑자기 피곤이 몰려왔다. 그는 다시 안락의자에 주저앉

아 잠들고만 싶었다. 하지만 자리에서 억지로 몸을 일으켜 론에 이어 위층으로 올라갔다. 제대로 잠들지 못하는 밤이 또 한 번 긴 복도와 잠긴 문들이 나오는 꿈으로 드문드문 이어졌다. 다음 날 그는 또다시 흉터가 욱신거리는 것을 느끼며 잠에서 깨어났다.

16장

호그스헤드에서

헤르미온느는 처음 제안하고 나서 2주 동안은 해리에게 그가 어둠의 마법 방어법을 가르치는 것과 관련된 얘기를 꺼내지 않았다. 엄브리지의 방과 후 징계도 마침내 끝이 났다(해리는 이제 손등에 새겨진 단어들이 영원히 사라지지 않는 건 아닌지 의심스러울 지경이었다). 론은 퀴디치 훈련을 네 차례 더 했는데, 최근 두 번의 훈련에서는 야단을 맞지 않았다. 그리고 셋 다 변환 마법 시간에 쥐들을 사라지게 만드는 데 성공했다(헤르미온느는 사실 새끼 고양이를 사라지게 만드는 데까지 나아갔다). 그러다가 9월 말 거칠고 세찬 바람이 몰아치는 저녁, 셋이서 도서관에 앉아 스네이프가 내준 숙제를 하느라 마법약 성분을 찾아보고 있을 때 그 얘기가 다시 나왔다.

"궁금해서 그러는데" 하고, 헤르미온느가 불쑥 입을 열었다. "어둠의 마법 방어법에 대해서 더 생각해 봤어, 해리?"

"당연하지." 해리가 짜증을 내며 말했다. "어떻게 잊을 수가 있겠어? 그 마귀할멈이 우리를 가르치고 있는데."

"내 말은, 론이랑 내가 제안했던……." 론이 겁먹은 동시에 위협하는 듯한 눈으로 그녀를 바라보았다. 그녀는 론을 보며 얼굴을 찌푸렸다. "아, 알았어. 내가 제안한 거라고 할게, 그럼. 네가 우리를 가르치는 것 말이야."

해리는 바로 대답하지 않았다. 그는 머릿속에 들어 있는 생각을 말하고 싶지 않아서 《아시아의 해독제》 한 페이지를 읽는 척했다.

그는 지난 보름 동안 이 제안에 대해 곰곰이 생각해 보았다. 어떨 때는 그 제안이 헤르미온느가 처음 꺼냈던 그날 밤에 그랬던 것처럼 정신 나간 소리로 여겨지기도 했지만, 또 어떨 때는 자기도 모르게 어둠의 생명체들이나 죽음을 먹는 자들과 마주쳤던 다양한 경우에 어떤 마법이 가장 쓸모 있었는지 생각하곤 했다. 사실 그는 어느새 무의식적으로 수업 계획을 짜고 있었다…….

"뭐……." 더 이상 《아시아의 해독제》가 흥미로운 척할 수 없어지자 그가 천천히 입을 열었다. "그래, 뭐…… 조금 생각해 봤어."

"그래서?" 헤르미온느가 기대감에 차서 재촉했다.

"모르겠어." 해리는 시간을 벌려고 그렇게 말했다. 그러고는 눈을 들어 론을 바라보았다.

"나는 처음부터 좋은 생각이라고 생각했어." 론은 해리가 또다시 소리를 지르지 않을 거라는 확신이 들자 이 대화에 끼어들고 싶은 마음이 생긴 것 같았다.

해리는 앉은 자리에서 불편하게 자세를 바꾸었다.

"엄청난 행운이 따랐다는 얘기를 듣긴 한 거지?"

"응, 해리." 헤르미온느가 부드러운 말투로 말했다. "그래도 마찬가지야. 어둠의 마법 방어법을 잘 못하는 척해 봐야 소용없어. 넌 잘하니까. 작년에는 유일하게 임페리우스 저주를 완전히 떨쳐 냈고, 패트로누스를 만들어 낼 줄 아는 데다, 어른 마법사들도 하지 못하는 온갖 마법을 할 수 있잖아. 빅토르가 항상 말했는데……."

론이 그녀를 홱 돌아보았다. 그 동작이 어찌나 빠른지 목에 경련이 일어날 것 같았다. 그가 목을 문지르면서 말했다. "아, 그래? 비키가 뭐라디?"

"허허." 헤르미온느가 지겹다는 듯 말했다. "빅토르는 해리가 자기도 못하는 것들을 할 줄 안다고 했어. 근데 빅토르는 덤스트랭 최고 학년이었잖아."

론이 의심스러운 눈으로 헤르미온느를 바라보았다.

"아직까지 그 자식이랑 연락하고 지내는 건 아니지?"

"그러면 어쩔 건데?" 헤르미온느가 싸늘하게 되물었지만 얼굴은 조금 붉어져 있었다. "난 얼마든지 펜팔 친구를 사귈 수……."

"걔는 너랑 단순히 펜팔 친구만 하고 싶어 했던 게 아니잖아." 론이 비난하듯 말했다.

헤르미온느는 짜증스럽게 고개를 젓더니, 여전히 자신을 쳐다보고 있는 론을 무시하고 해리에게 말했다. "그래서, 어떻게 생각해? 우리한테 가르쳐 줄래?"

"너랑 론만이지?"

"음." 헤르미온느가 또다시 조금 불안한 표정으로 말했다. "음…… 저기, 또 흥분하지 마, 해리. 부탁이야. 근데 나는 진심으로 배우고 싶어 하는 애들한테는 모두 가르쳐 줘야 한다고 생각해. 그러니까 이건 보, 볼드모트에 대항해서…… 아, 한심하게 굴지 좀 마, 론. 아무튼 이건 볼드모트에 대항해서 우리 자신을 지키는 문제잖아. 다른 애들한테 기회를 제공하지 않는 건 불공평한 것 같아."

해리는 잠시 생각해 본 뒤 말했다. "그래, 하지만 너희 둘을 제외하고 누가 나한테 마법을 배우고 싶어 할지 의문이다. 난 미친놈이라고. 알지?"

"음, 얼마나 많은 애들이 네 말을 듣고 싶어 하는지 알면 너도 놀랄걸." 헤르미온느가 진지하게 말했다. "봐 봐." 그녀가 그에게로 몸을 기울였다. 여전히 얼굴을 찡그리고 그녀를 지켜보던 론도 몸을 숙이고 귀를 기울였다. "10월 첫 주말이 호그스미드 방문일인 건 알지? 마을에서 우리에게 관심을 보이는 애들이 있으면 얘기해 주고 그때 함께 대화를 나눠 보면 어떨까?"

"왜 학교 밖에서 해야 하는데?" 론이 물었다.

"그야" 하고, 헤르미온느가 베껴 그리고 있던 '중국산 와작와작 양배추' 그림으로 다시 눈길을 돌리며 말했다. "우리가 하려는 일을 알면 엄브리지가 마냥 기뻐할 것 같지는 않으니까."

해리는 호그스미드로 떠나는 주말을 손꼽아 기다렸지만 한 가지 걱정되는 일이 있었다. 시리우스가 9월 초 벽난로에 나타난 이래로 매몰차게 침묵을 지키고 있었던 것이다. 여기에 오지 않는 게 좋겠다는 그들의 말이 시리우스를 화나게 만들었다는 사실을 해리는 잘 알고 있었다. 하지만 여전히 가끔씩 시리우스가 될 대로 되라는 식으로 무모하게 나타나진 않을까 불안하기도 했다. 호그스미드에서 커다란 검은 개가 그들을 향해 거리를 달려온다면, 혹시라도 드레이코 말포이의 코앞에서 그런 일이 벌어진다면 어떻게 해야 할까?

"뭐, 밖에 나가고 싶어 하는 걸 탓할 수는 없어." 해리가 론과 헤르미온느에게 걱정을 털어놓자 론이 말했다. "그러니까 내 말은, 시리우스는 2년 넘게 도망 다녔잖아. 유쾌한 경험은 아니었겠지만 적어도 자유로웠을 거라고. 근데 지금은 그 지독한 집요정이랑 하루 종일 갇혀 있는 신세니까."

헤르미온느는 론에게 눈을 부라리면서도 크리처에 대한 비난을 못 들은 척 넘어갔다.

"문제는" 하고, 그녀가 해리에게 말했다. "보, 볼드모트가…… 아, 론, 제발 좀! 그자가 공공연하게 모습을 드러낼 때까지는 시리우스가 숨어 있어야 한다는 거야. 그렇지 않아? 그러니까 내 말은, 멍청한 정부는 시리우스가 결백하다는 사실을 깨닫지 못할 거라는 얘기야. 그러려면 덤블도어 교수님이 여태까지 시리우스에 관해 진실을 말하고 있었다는 사실을 받아들여야 하니까. 그 바보들이 진짜 죽음을 먹는 자들을 다시 잡아들이기 시작한 다음에야 시리우스가 그중 하나가 아니라는 게 명백해질 거야……. 일단 시리우스한테는 그 징표도 없잖아."

"시리우스도 모습을 드러낼 만큼 멍청하지는 않을 거야." 론이 활기차게 말했다. "그러면 덤블도어가 엄청 화를 낼 테니까. 시리우스가 덤블도어 말은 마음에 안 들어도 듣잖아."

해리가 계속 걱정스러운 표정을 짓고 있자 헤르미온느가 말했다. "있잖아, 론이랑 내가 제대로 된 어둠의 마법 방어법을 배우고 싶어 할 만한 애들한테 의향을 물어봤어. 관심을 보이는 애들이 두어 명 있더라고. 그 애들한테 호그스미드에서 만나자고 했어."

"알았어." 해리가 여전히 시리우스 생각에 정신이 팔린 채 멍하니 말했다.

"걱정하지 마, 해리." 헤르미온느가 조용히 말했다. "시리우스 일이 아니어도 넌 이미 벅찬 상태야."

물론 그녀의 말이 맞았다. 더는 매일 저녁 엄브리지의 방과 후 징계를 받을 필요가 없었기 때문에 훨씬 나아지기는 했지만 숙제 진도를 따라가기가 버거웠다. 론은 해리보다도 숙제가 밀려 있었다. 둘 다 퀴디치 훈련은 2주에 한 번씩 했지만 론한테는 반장 임무도 있었기 때문이다. 그러나 그들보다 더 많은 과목을 듣는 헤르미온느는 숙제를 전부 마친 건 물론이고 집요정 옷을 뜨는 데 더 많은 시간을 내고 있었다. 해리는 그녀의 솜씨가 점점 나아지고 있다는 사실을 인정해야만 했다. 이제는 대부분의 경우 모자와 양말을 구분할 수 있었다.

호그스미드 방문일 아침이 밝아 왔다. 날씨는 화창했지만 바람이 조금 불었다. 학생들은 아침 식사를 마치고 필치 앞에 줄지어 섰다. 필치는 부모나 보호자에게서 마을을 방문해도 된다는 허락을 받은 학생들의 긴 명단과 줄서 있는 학생들의 이름을 대조했다. 시리우스가 없었더라면 아예 호그스미드에 가지 못했을 거라는 사실을 떠올리자 해리는 마음이 살짝 아릿했다.

해리가 앞에 서자 필치는 그에게서 무슨 낌새를 탐지하려는 듯 한참 킁킁거렸다. 그러더니 늘어진 턱살을 다시 한 번 부르르 떨면서 짧게 고개를 끄덕였다. 해리는 돌계단을 걸어 내려가 춥고 햇살 가득한 바깥으로 나갔다.

"어…… 필치가 왜 네 냄새를 맡았던 거야?" 해리, 헤르미온느와 함께 교문으로 향하는 넓은 진입로를 활기차게 걸어가면서 론이 물었다.

"똥폭탄 냄새가 나는지 확인한 것 같아." 해리가 피식 웃으며 말했다. "까먹고 말 안 했는데……."

그는 시리우스에게 편지를 보내고 얼마 안 있어 필치가 뛰어들어 와 편지를 보여 달라고 요구했던 이야기를 들려주었다. 조금 놀랍게도 헤르미온느는 이 이야기에 당사자인 해리보다도 더 흥미를 느꼈다.

"네가 똥폭탄을 주문한다는 정보를 입수했다 이거지? 근데 누가 그런 귀띔을 해 줬을까?"

"나도 몰라." 해리가 어깨를 으쓱하며 말했다. "말포이일지도 모르지. 그 자식은 그런 게 재미있다고 생각했을 거야."

그들은 날개 달린 멧돼지가 얹힌 높은 돌기둥 사이를 지나 왼쪽으로 돌아서 마을로 들어가는 길에 접어들었다. 바람에 머리카락이 날려 눈을 찔렀다.

"말포이가?" 헤르미온느가 회의적인 말투로 말했다. "글쎄…… 뭐…… 그럴 수도 있긴 한데……."

그녀는 호그스미드 외곽까지 가는 내내 깊은 생각에 잠겨 있었다.

"그런데 어디로 가는 거야?" 해리가 물었다. "스리 브룸스틱스?"

"아, 아냐." 헤르미온느가 몽상에서 깨어나며 말했다. "아니야. 거긴 항상 사람이 많고 정말 시끄럽잖아. 호그스 헤드라는 다른 선술집에서 만나자고 했어. 너도 아는 데야. 큰길가에 있진 않지만. 약간…… 뭐랄까…… *수상하긴* 한데…… 학생들은 잘 안 가니까 누가 우리 얘기를 엿들을 일도 없을 거야."

그들은 큰길을 따라 종코의 장난감 가게를 지났다. 놀랄 것도 없이 프레드와 조지, 리 조던이 보였다. 이어서 그들은 부엉이들이 규칙적인 간격으로 부엉부엉 울어 대는 우체국을 지나 맨 끝에 작은 여관이 서 있는 옆 골목으로 들어갔다. 문 위 녹슨 받침대에 매달려 있는 낡아빠진 나무 팻말에는 하얀 천 위에 피를 뚝뚝 흘리며 놓여 있는 잘린 멧돼지 머리가 그려져 있었다. 그들이 다가가자 팻말이 바람에 삐걱거렸다. 셋 모두 문 앞에서 망설였다.

"자, 가자." 헤르미온느가 조금 긴장한 채 말했다. 해리가 앞장서서 안으로 들어갔다.

그곳은 스리 브룸스틱스와는 전혀 달랐다. 스리 브룸스틱스의 커다란 바는 반짝반짝하니 따뜻하고 깨끗한 인상을 주었다. 반면 작고 우중충하고 매우 더러운 하나의 공간으로 이루어진 호그스 헤드 바에서는 염소들한테서나 날

법한 냄새가 심하게 풍겼다. 밖으로 돌출된 창문들에는 때가 덕지덕지 끼어 있어서 햇빛은 아주 조금만 스며들었고, 그 대신 대충 만든 나무 탁자 위에 놓인 몽땅한 촛불이 실내를 밝히고 있었다. 언뜻 흙을 다져서 만든 것처럼 보이던 바닥은 발을 디디면서 보니 돌로 만들어진 것이었고 수백 년 동안 쌓여 온 듯한 오물로 뒤덮여 있었다.

해리는 해그리드가 1학년 때 이 술집 얘기를 했던 것을 떠올렸다. "별의별 웃긴 친구들이 많이 오거든, 호그스 헤드에는." 해그리드는 후드를 뒤집어쓴 낯선 사람한테 용의 알을 얻게 된 과정을 설명하면서 그렇게 말했다. 당시에는 해그리드가 그 낯선 사람이 만나는 내내 얼굴을 가리고 있는 것을 왜 수상하게 여기지 않았는지 의아했다. 하지만 이제 보니 호그스 헤드에서는 얼굴을 감추는 것이 일종의 유행이라는 사실을 알 수 있었다. 바에는 더러운 회색 붕대로 머리 전체를 둘둘 감은 남자가 앉아 있었는데, 그는 연기가 모락모락 피어오르는 불타는 듯한 물질을 입 부분의 갈라진 틈새로 끝없이 들이붓고 있었다. 창가 탁자 한 곳에는 후드로 얼굴을 가린 두 형체가 앉아 있었다. 강한 요크셔 억양을 쓰지만 않았더라면 해리는 그들을 디멘터라고 생각했을 것이다. 벽난로 옆 그늘진 구석에는 두꺼운 검은색 베일을 발끝까지 늘어뜨린 여자 마법사가 앉아 있었다. 베일이 살짝 튀어나와 있었기에 코끝만 겨우 알아볼 수 있었다.

"잘 모르겠다, 헤르미온느." 바를 향해 걸어가면서 해리가 중얼거렸다. 그는 베일에 모습을 꽁꽁 감춘 여자 마법사를 유심히 바라보았다. "저 속에 엄브리지가 있을지도 모른다는 생각 안 해 봤어?"

헤르미온느가 베일을 뒤집어쓴 형체를 찬찬히 살펴보았다.

"엄브리지는 저 사람보다 키가 작아." 그녀가 조용히 말했다. "그리고 어쨌든 엄브리지가 여기에 온다고 해도 우리를 막을 방법은 없어, 해리. 내가 교칙을 두 번, 세 번씩 확인해 봤거든. 우리는 교칙을 어기는 게 아니야. 특별히 플리트윅 교수님한테 학생들이 호그스 헤드에 들어가도 되는지 여쭤봤는데 된다고 하셨어. 개인 컵을 가져가라고 강력하게 권하시긴 했지만. 또 스터디 그룹이나 숙제 모임 같은 것에 대해서도 생각나는 대로 전부 찾아봤고. 그런 건 분명히 허용되는 활동이야. 난 그냥 우리가 하는 일을 *떠벌리는* 게 별로 좋지 않을 거라고 생각했을 뿐이야."

"그렇긴 하지." 해리가 무덤덤하게 말했다. "특히 네가 계획하고 있는 게 엄밀히 말해서 숙제 모임은 아니니까. 안 그래?"

바텐더가 창고에서 슬금슬금 옆걸음질 치며 나왔다. 긴 잿빛 머리카락과 턱수염이 무성한 그는 나이가 지긋했고 퉁명스러워 보였다. 해리는 키 크고 깡마른 남자의 모습이 어렴풋이 눈에 익었다.

"뭐?" 그가 툴툴거렸다.

"버터맥주 세 개 주세요." 헤르미온느가 말했다.

남자는 카운터 아래로 손을 뻗어 먼지로 잔뜩 뒤덮인 아주 더러운 병 세 개를 꺼내더니 바 위에 쾅 올려놓았다.

"6시클." 그가 말했다.

"내가 살게." 해리가 재빨리 말하며 은화를 건넸다. 바텐더의 눈이 해리에게로 향하더니 짧은 순간 흉터에 머물렀다. 이윽고 그는 몸을 돌려 해리가 낸 돈을 아주 오래된 나무 계산대에 넣었다. 계산대 서랍장이 자동으로 열리더니 돈을 받았다. 해리, 론, 헤르미온느는 바에서 가장 먼 탁자로 물러나 앉아 주위를 둘러보았다. 더러운 잿빛 붕대를 두른 남자가 손가락으로 카운터를 톡톡 두드리더니 바텐더에게서 연기 나는 음료를 또 한 잔 받았다.

"그거 알아?" 론이 열정적으로 바를 건너다보며 중얼거렸다. "여기서는 마시고 싶은 건 뭐든 주문할 수 있어. 저 아저씨라면 다 팔 것 같아. 신경도 안 쓸걸. 예전부터 파이어위스키를 마셔 보고 싶었는데……."

"넌 *반*, 장이야." 헤르미온느가 을러댔다.

"아." 론의 얼굴에서 미소가 희미해졌다. "그렇지……."

"그래서, 누가 온다고?" 해리가 버터맥주의 녹슨 마개를 비틀어 열고 한 모금 마시며 물었다.

"그냥 두어 명." 헤르미온느가 손목시계를 확인하며 조금 전에 했던 말을 되풀이했다. 그녀는 불안한 듯 문 쪽을 바라보았다. "올 때가 됐는데. 여기가 어디인지는 분명 다 알 테고…… 아, 저기 오는 것 같아."

술집 문이 열렸다. 먼지가 둥둥 뜬 굵직한 햇빛 한 줄기가 순간 실내를 둘로 갈랐다가 몰려들어 오는 사람들에게 가려져 사라졌다.

네빌이 딘, 라벤더와 함께 가장 먼저 들어왔다. 뒤이어 파르바티, 파드마 파틸 자매와 함께 초가(해리의 가슴이 두근거렸다) 평소 같이 다니며 키득거리는 여자 친구들 중 한 명과 들어왔다. 그다음에 들어온 사람은 (혼자인 데다 너무나 꿈꾸는 듯한 표정이어서 우연히 들어온 건가 싶은) 루나 러브굿이었다. 그 밖에도 케이티 벨, 얼리샤 스피넛, 앤젤리나 존슨, 콜린과 데니스 크리비 형제, 어니 맥밀런, 저스틴 핀치플레츨리, 해너 애벗, 그리고 등 뒤로 머리를 길게 땋아 내린, 해리가 이름을 모르는 후플푸프 여학생이 있었고, 이름을 확실히 아는 앤서니 골드스틴, 마이클 코너, 테리 부트 등 세 명의 래번클로 남학생에 이어 지니가 들어오더니 후플푸프 퀴디치 팀 선수로 추정되는, 들창코에 키 크고 깡마른 금발 소년이 뒤를 이었다. 마지막으로 친구 리 조던과 함께 프레드, 조지 위즐리가 들어왔다. 셋 모두 종코의 장난감 가게에서 산 물건들이 잔뜩 들어 있는 커다란 종이 가방을 들고 있었다.

"두어 명?" 해리가 쉰 목소리로 헤르미온느에게 말했다. "두어 명?"

"그래, 음, 이 생각이 꽤 인기가 있었나 보네." 헤르미온느가 기분 좋은 듯 말했다. "론, 의자 몇 개 더 가져다줄래?"

바텐더는 단 한 번도 빤 적이 없는 것처럼 보이는 더러운 걸레로 유리잔을 닦다 말고 얼어붙었다. 자신의 가게가 이렇게 꽉 찬 광경을 본 적이 없었던 것이다.

"안녕하세요." 가장 먼저 바텐더에게 다가간 프레드가 같이 온 사람 수를 빠르게 헤아리며 말했다. "우리, 어……

버터맥주 스물다섯 병 주세요."

바텐더는 잠깐 동안 그를 노려보더니, 아주 중요한 일을 하다가 방해를 받은 것처럼 짜증스럽게 걸레를 던지고 바 아래에서 먼지로 뒤덮인 버터맥주 병들을 꺼내기 시작했다.

"건배." 프레드가 버터맥주 병을 나눠 주며 말했다. "다들 돈 뱉어 내라. 나한텐 이걸 전부 살 돈이 없으니까."

해리는 수많은 아이들이 재잘거리며 프레드에게서 맥주를 받아 들고, 동전을 찾기 위해 로브를 뒤적거리는 모습을 멍하니 지켜보았다. 그는 이 모든 사람이 뭐 하자고 여기까지 왔는지 상상도 할 수 없었다. 그러다가 다들 연설 비슷한 것을 기대하고 있을지 모른다는 끔찍한 생각이 떠올랐다. 그는 헤르미온느를 돌아보았다.

"사람들한테 뭐라고 말했어?" 그가 나직한 목소리로 물었다. "다들 뭘 기대하는 거야?"

"말했잖아. 걔네들은 그냥 네가 하려는 말을 듣고 싶어 하는 거야." 헤르미온느는 해리를 진정시키려는 듯 말하다가 그가 계속 사나운 눈초리로 바라보자 재빨리 덧붙였다. "아직은 아무것도 안 해도 돼. 내가 먼저 말할 테니까."

"안녕, 해리." 네빌이 활짝 웃으며 맞은편 자리에 앉았다.

해리도 웃으며 대꾸하려고 했지만 아무 대답도 할 수가

없었다. 입안이 바싹 말랐다. 초가 방금 그에게 미소 짓고 론의 오른쪽에 앉은 것이다. 붉은 기가 도는 곱슬곱슬한 금발 머리카락을 가진 그녀의 친구는 미소를 짓는 대신 완전히 불신에 찬 눈길을 던지고 있었다. 자신은 결코 여기 오고 싶어서 온 것이 아니라는 뜻을 확실히 전해 줄 생각인 것 같았다.

새로 도착한 아이들은 둘씩 셋씩 해리, 론, 헤르미온느 주위에 자리를 잡았다. 몇몇은 신이 나고 몇몇은 호기심에 찬 표정이었으며, 루나 러브굿은 꿈을 꾸듯 허공을 바라보고 있었다. 모두가 의자를 당겨 앉자 떠드는 소리가 잦아들었다. 모두의 눈이 해리에게 향했다.

"어." 헤르미온느가 긴장해서 평소보다 약간 높아진 목소리로 말했다. "그게, 어, 안녕."

눈길은 계속 해리에게 휙휙 돌아갔지만 사람들은 대신 그녀에게 주목했다.

"저…… 음…… 그게, 다들 왜 여기 왔는지는 알지? 음…… 그게, 여기 해리가 뭔가 제안할 게…… 아니, 그러니까 내 말은…… (해리가 날카로운 눈으로 그녀를 쏘아보았다) 내가 제안할 게 있어. 어둠의 마법 방어법을 공부하고 싶은 사람들, 그러니까 진짜로 공부하고 싶은 사람들 말이야. 엄브리지가 우리한테 가르치는 그 헛소리 말고……. (갑자기 헤르미온느의 목소리가 훨씬 강해지고 자신만만해졌다.) 왜냐하면 그걸 어둠의 마법 방어법이라고 부르는 사람은 아무도 없을 테니까. ("옳소, 옳소!" 앤서니 골드스틴이 말하자 헤르미온느는 용기를 얻은 듯 보였다.) ……뭐, 나는 우리가 이 일을 직접 해내면 좋을 거라고 생각했어."

그녀는 잠시 말을 멈췄다가 해리를 곁눈질하고는 다시 이었다. "우리 자신을 지키는 법을 제대로 배워야 한다는 뜻이야. 이론으로만 말고 진짜 주문을 걸면서……."

"하지만 어둠의 마법 방어법 O.W.L.도 통과하고 싶은 거지?" 마이클 코너가 물었다.

"당연하지." 헤르미온느가 곧바로 말했다. "하지만 그것 이상으로, 방어 훈련을 제대로 받고 싶어. 왜냐면…… 왜냐면……." 그녀는 크게 숨을 들이쉬고 마지막 말을 내뱉었다. "왜냐면 볼드모트 경이 돌아왔으니까."

반응은 즉각적이었고 예상한 그대로였다. 초의 친구가 날카로운 비명을 지르며 자신의 몸에다 버터맥주를 엎질렀다. 테리 부트는 자기도 모르게 움찔거렸다. 파드마 파틸은 몸을 떨었고, 네빌은 이상한 꺅 소리를 냈다가 간신히 기침으로 바꿨다. 하지만 모두 뚫어지게, 심지어 기대에 찬 눈으로 해리를 바라보았다.

"음…… 어쨌든, 계획은 그래." 헤르미온느가 말했다. "우리랑 함께하고 싶으면 어떤 방식으로 할지 결정해야……."

"'그 사람'이 돌아왔다는 증거가 어디 있어?" 금발의 후플푸프 퀴디치 선수가 제법 공격적인 목소리로 말했다.

헤르미온느가 입을 열었다. "글쎄, 덤블도어 교수님은 그렇게 믿으……."

"그게 아니라, 덤블도어 교수님이 *쟤* 말을 믿는 거겠지." 금발 소년이 고갯짓으로 해리를 가리키며 말했다.

"넌 누구야?" 론이 상당히 무례한 투로 물었다.

"재커라이어스 스미스." 소년이 말했다. "그리고 나는 저 애가 무슨 근거로 '그 사람'이 돌아왔다고 말하는지 정확히 알 권리가 있다고 생각해."

"저기" 하고, 헤르미온느가 재빨리 끼어들었다. "그건 사실 이번 모임에서 하기로 한 얘기가 아니……."

"괜찮아, 헤르미온느." 해리가 말했다.

그는 문득 이 많은 사람이 여기 온 이유를 깨달았다. 헤르미온느는 이런 일이 벌어질 걸 예상했어야 했다. 저들 중 몇몇은, 어쩌면 대부분은 아마 해리의 이야기를 직접 듣고 싶은 기대감 때문에 여기 나타났을 것이다.

"내가 무슨 근거로 '그 사람'이 돌아왔다고 말하느냐고?" 그가 재커라이어스의 얼굴을 똑바로 쳐다보며 물었다. "그 자를 봤으니까. 근데 지난번에 이미 덤블도어 교수님이 무슨 일이 벌어졌는지 전교생한테 말했잖아. 네가 그분 말을 믿지 못한다면 내 말도 믿지 않겠지. 나는 누굴 설득하려고 애쓰느라 오늘 오후를 낭비할 생각이 없어."

해리가 말하는 동안 모두가 숨을 죽이는 것처럼 보였다. 바텐더마저 귀를 기울이는 듯했다. 그는 더러운 걸레로 좀 전의 그 유리잔을 닦으면서 점점 더 더럽게 만들고 있었다.

재커라이어스가 거만한 태도로 말했다. "지난번에 덤블도어 교수님이 우리한테 해 준 말은 세드릭 디고리가 '그 사람'한테 살해당했고, 네가 디고리의 시신을 호그와트로 다시 가져왔다는 것뿐이었어. 자세한 얘기는 해 주지 않았단 말이야. 디고리가 정확히 어떻게 죽었는지도 말해 주지 않았지. 나는 우리 모두가 알고 싶어 할 거라고 생각……."

"볼드모트가 사람을 어떻게 죽이는지 자세히 들으려고 온 거라면 도와줄 수 없어." 해리가 말했다. 요즘 툭하면 터지는 성질이 다시 솟구치고 있었다. 그는 재커라이어스 스미스의 공격적인 얼굴에서 시선을 떼지 않았다. 초의 얼굴은 절대로 쳐다보지 않을 작정이었다. “세드릭 디고리 얘기는 하고 싶지 않아. 알았어? 그것 때문에 여기 온 거라면, 넌 돌아가는 게 좋겠다.”

해리는 화난 눈길을 헤르미온느 쪽으로 돌렸다. 이 모든 게 그녀의 잘못인 것 같았다. 그녀가 그를 괴물 비슷한 것처럼 전시하기로 작정한 것이다. 당연히 모두 그가 얼마나 정신 나간 소리를 하는지 보려고 여기 나타난 것뿐이었다. 하지만 누구도 그곳을 떠나지 않았다. 재커라이어스 스미스조차. 다만 그는 계속해서 뚫어지게 해리를 바라보았다.

“그래서” 하고, 헤르미온느가 다시 높아진 목소리로 입을 열었다. “그래서…… 아까도 말했지만…… 방어법을 배우고 싶다면, 어떻게 배울 건지를 생각해야 돼. 얼마나 자주 모이고, 어디에서…….”

“그게 사실이야?” 등 뒤로 머리를 길게 땋아 내린 소녀가 헤르미온느의 말을 끊고 해리를 보며 물었다. “너 패트로누스를 만들 수 있다며?”

이 말에 아이들이 흥미를 느낀 듯 웅성거렸다.

“응, 그런데?” 해리가 약간 방어적으로 대꾸했다.

“실체를 갖춘 패트로누스를 만들 줄 안다는 거야?”

그 표현이 해리의 기억 속에 있는 뭔가를 자극했다.

"어…… 너 혹시 본즈 장관이랑 아는 사이야?" 그가 물었다.

소녀가 미소 지었다.

"우리 고모야." 그녀가 말했다. "나는 수전 본즈야. 고모가 나한테 네 청문회 얘기를 해 주셨어. 그럼, 그게 사실이야? 네가 수사슴 형태의 패트로누스를 만든다는 게?"

"그래." 해리가 말했다.

"제기랄, 해리!" 리가 깊이 감명받은 얼굴로 말했다. "그건 전혀 몰랐네!"

"엄마가 론한테 소문내고 다니지 말라고 하셨거든." 프레드가 해리에게 씩 웃으며 말했다. "그게 아니라도 사람들 관심은 충분히 받고 있다면서."

"틀린 말씀은 아니네." 해리가 중얼거리자 두어 명이 웃었다.

혼자 앉아 있던 베일 쓴 여자 마법사가 앉은 자리에서 아주 살짝 움직였다.

"그리고 덤블도어 교수님 연구실에 있는 그 칼로 바실리스크를 죽였다며?" 테리 부트가 물었다. "작년에 덤블도어 교수님 연구실에 갔더니 벽에 걸린 초상화 하나가 말해 주던데……."

"어…… 그래, 맞아. 그랬어." 해리가 말했다.

저스틴 핀치플레츨리가 휘파람을 불었다. 크리비 형제는 존경심 가득한 눈빛을 주고받았고, 라벤더 브라운은 나직이 "우아" 하고 말했다. 해리는 이제 목덜미가 약간 뜨거워지는 것을 느꼈다. 그는 마음을 굳게 먹고 결단코 초만은 바라보지 않았다.

"그리고 해리는 1학년 때……." 네빌이 아이들 전체를 향해 말했다. "그 마법쟁이 돌을 지켜 내기도 했……."

"마법사의 돌이야." 헤르미온느가 핀잔을 주듯 말했다.

"그래, 그거. '그 사람'한테서 말이야." 네빌이 말을 마쳤다.

해너 애벗의 눈이 갈레온만큼이나 동그래졌다.

"게다가" 하고 초가 뒤를 이었다(해리의 눈이 그녀에게 홱 돌아갔다. 그녀는 싱긋 웃으며 그를 바라보고 있었다. 해리의 가슴이 또 한 번 요동쳤다). "지난번 트라이위저드 대회에서 해리가 그 모든 과제를 통과했다는 건 말할 것도 없지. 용에, 인어에, 애크로맨툴라 같은 것들을 통과했잖아……."

탁자 주위에서 감탄한 듯 동조의 웅성거림이 일었다. 해리는 당혹감에 속이 꿈틀거리는 것을 느꼈다. 그는 너무 자만하는 것처럼 보이지 않으려고 애써 표정을 바로잡았다. 초가 방금 그를 칭찬했다는 사실 때문에, 말해야겠다고 혼자 다짐했던 이야기를 내뱉는 것이 훨씬 더 어려워졌다.

"저기……." 그가 입을 열자 단번에 침묵이 내려앉았다. "난…… 나는 겸손한 척하려거나 뭐 그러고 싶은 건 아닌데…… 그런 일들을 할 때마다 엄청난 도움을 받았어……."

"용을 통과할 때는 아니었잖아." 마이클 코너가 곧바로 말했다. "진짜 끝내주는 비행이었어."

"그래, 뭐……." 동의하지 않으면 무례한 일일 것 같은 생각에 해리는 그렇게 대꾸했다.

"그리고 올여름 네가 그 디멘터들을 쫓아낼 때도 아무도 도와주지 않았고." 수전 본즈가 말했다.

"응." 해리가 말했다. "맞아. 그래, 도움받지 않고 해낸 일도 조금 있다는 건 나도 알아. 하지만 내가 말하려는 건……."

"우리한테 하나도 안 보여 주고 족제비처럼 은근슬쩍 넘어가겠다는 거야?" 재커라이어스 스미스가 말했다.

"좋은 생각이 있어." 해리가 입을 열기도 전에 론이 큰 소리로 말했다. "넌 좀 입을 닥치는 게 어떨까?"

아마 위즐리를 연상시키는 '족제비(weasel)'라는 단어가 유독 론의 신경을 거스른 듯했다. 그는 이제 재커라이어스를 한 대 치면 더 바랄 게 없다는 표정으로 그를 바라보고 있었다. 재커라이어스가 얼굴을 붉혔다.

"뭐, 우리 모두 쟤한테서 뭘 배우려고 온 거잖아. 근데 쟤는 그중 어떤 것도 실제로는 할 수 없다고 말하고." 그가 말했다.

"그렇게 말하지 않았어." 프레드가 으르렁거리듯 말했다.

"우리가 대신 귀 청소 좀 해 줄까?" 조지가 종코의 장난감 가게 쇼핑백에서 길고 위협적으로 생긴 금속 기구를 꺼내며 물었다.

"실은 꼭 귀가 아니어도 돼. 우린 이걸 찔러 넣는 부위를 그렇게 까다롭게 고르진 않거든." 프레드가 말했다.

"그래, 자." 헤르미온느가 얼른 말을 이었다. "넘어갈 게……. 중요한 건, 해리에게 가르침을 받는 일에 모두 동의하느냐는 거야."

아이들이 대체로 동의한다는 뜻으로 웅성거렸다. 재커라이어스는 팔짱을 끼고 아무 말도 하지 않았지만 그건 프레드의 손에 들린 기구를 보느라 정신이 없었기 때문인지도 몰랐다.

"좋아." 마침내 뭔가 결정되었다는 사실에 마음이 놓이는지 헤르미온느가 말했다. "자, 그럼, 다음은 얼마나 자주 모일지에 대해서 이야기해 보자. 난 사실 적어도 1주일에 한 번 모이지 않으면 아무 의미 없다고 생각하는데……."

"잠깐." 앤젤리나가 말했다. "퀴디치 훈련이랑은 확실히 겹치지 않았으면 해."

"맞아." 초가 말했다. "우리 훈련하고도 겹치면 안 돼."

"우리도 마찬가지야." 재커라이어스 스미스가 덧붙였다.

"반드시 모두가 괜찮은 저녁 시간을 찾을 수 있을 거야." 헤르미온느가 약간 짜증스러운 듯 말했다. "근데, 이건 상당히 중요한 일이야. 우리는 보, 볼드모트의 죽음을 먹는 자들에 대항해서 우리 자신을 지키는 방법을 배우는……."

"말 잘했어!" 어니 맥밀런이 소리쳤다. 해리가 생각하기에는 이미 한참 전에 입을 열었어야 할 녀석이었다. "개인적으로 나는 이 일이 정말 중요하다고 생각해. 우리가 올해 하게 될 어떤 일보다도 중요할지 몰라. 심지어 O.W.L.이 다가온다 하더라도 말이야!"

그는 젠체하며 주위를 둘러보았다. 사람들이 "그건 아니지!"라고 소리치기를 기다리기라도 하는 듯했다. 아무도 입을 열지 않자 그가 말을 이었다. "개인적으로 나는 이런 중차대한 시기에 왜 정부가 우리한테 그토록 쓸모없는 선생을 디밀었는지 이해할 수가 없어. 정부에서는 분명 '그 사람'이 돌아왔다는 사실을 부정하고 있지만 그렇더라도 우리가 방어 마법을 사용하는 걸 적극적으로 막으려는 교수를 붙여 준다는 건……."

"우린 엄브리지가 우리에게 어둠의 마법 방어법 훈련을 시켜 주지 않으려는 이유가……." 헤르미온느가 끼어들었다. "그 여자가 어떤…… 어떤 미친 생각을 갖고 있기 때문이라고 봐. 덤블도어 교수님이 호그와트 학생들을 사병 같은 것으로 이용하려 한다는 생각 말이야. 엄브리지는 덤블도어 교수님이 우리를 동원해서 정부에 맞서려 한다고 생각해."

대부분의 아이들이 이 말에 충격을 받은 듯했다. 루나 러브굿을 제외한 모두가. 루나가 마구 떠들어 대기 시작했다. "뭐, 그거 말 되네. 어쨌거나 코닐리어스 퍼지는 사병을 가지고 있으니까."

"뭐?" 이 예상치 못한 정보에 해리가 깜짝 놀라 말했다.

"그래, 퍼지한테는 헬리오패스들의 군대가 있어." 루나가 진지하게 말했다.

"아냐, 없어." 헤르미온느가 쏘아붙였다.

"아니, 있어." 루나가 말했다.

"헬리오패스가 뭐야?" 네빌이 멍한 얼굴로 물었다.

"불의 정령이야." 루나가 말했다. 툭 튀어나온 눈을 휘둥그렇게 뜨고 있어 어느 때보다도 미친 사람처럼 보였다. "화염에 휩싸인 채 땅을 질주하며 앞을 가로막는 모든 것을 불태우는 어마어마한 크기의 생명체……."

"그런 건 존재하지 않아, 네빌." 헤르미온느가 딱 잘라 말했다.

"아니, 그렇지 않아! 존재해!" 루나가 화를 냈다.

"미안한데, 증거 있니?" 헤르미온느가 다시 쏘아붙였다.

"수많은 목격자들의 증언이 있어. 네가 편협한 시각을 가지고 있다고 해서 모든 걸 네 코앞에 떠밀어야 하는 건 아니……."

"흠, 흠." 지니가 헛기침을 했다. 엄브리지 교수를 너무나 똑같이 흉내 내는 바람에 몇 명은 놀라서 주위를 둘러봤다가 웃음을 터뜨렸다. "우리 얼마나 자주 모여서 방어 수업을 받을지 결정하려고 한 거 아니었어?"

"그래." 헤르미온느가 곧바로 말했다. "그래, 그랬지. 네 말이 맞아, 지니."

"뭐, 1주일에 한 번이면 괜찮을 것 같은데." 리 조던이 말했다.

"웬만하면……." 앤젤리나가 입을 열었다.

"그래, 그래. 퀴디치 훈련이 있다는 건 알고 있어." 헤르미온느가 신경질적으로 말했다. "또 결정해야 할 문제는 어디에서 모일지인데……."

이건 더 어려운 일이었다. 모두가 조용해졌다.

"도서관?" 잠시 후 케이티 벨이 제안했다.

"우리가 도서관에서 저주 마법을 쓰는 걸 보면 핀스 선생님이 참 좋아하겠다." 해리가 말했다.

"사용 안 하는 교실이라든지." 딘이 제안했다.

"그래." 론이 말했다. "맥고나걸이 교실을 빌려줄지도 몰라. 해리가 트라이위저드 과제에 대비해서 연습할 때는 빌려줬거든."

하지만 해리는 분명 맥고나걸 교수가 이번에는 그렇게 선뜻 협조하지 않을 것 같다는 생각이 들었다. 헤르미온느는 스터디 그룹이나 숙제 모임이 허용된다고 말했지만, 이 모임은 훨씬 반항적인 것으로 여겨질 게 뻔했다.

"좋아, 그럼. 한번 찾아보자." 헤르미온느가 말했다. "처음 모일 시간과 장소가 정해지면 모두에게 전해 줄게."

그녀는 가방을 뒤져 양피지와 깃펜을 꺼내더니 무슨 말을 꺼낼 용기를 내는 듯 잠시 머뭇거렸다.

"난…… 난 모두 이름을 적었으면 좋겠어. 그냥 누가 왔는지 알 수 있게 말이야. 하지만 동시에" 하고 말한 다음 그녀는 심호흡을 했다. "모두 우리가 무슨 일을 하려고 하는지 발설하지 않겠다는 데 동의해야 한다고 생각해. 그러니까 여기에 서명하면, 엄브리지든 다른 누구에게든 우리가 하려는 일에 대해 말하지 않겠다고 약속하는 거야."

프레드가 양피지로 손을 뻗어 기꺼이 서명을 했다. 하지만 해리는 몇몇 아이들이 명단에 이름을 적는 일을 그다지 탐탁지 않아 한다는 사실을 단번에 알아차렸다.

"어……." 재커라이어스는 조지가 건네려던 양피지를 받지 않고 천천히 말했다. "음…… 모임 날짜는 어니한테 들으면 될 것 같은데."

하지만 어니도 서명하기가 조금 망설여지는 눈치였다. 헤르미온느가 눈썹을 치켜올렸다.

"난…… 그게, 우리는 *반장*이잖아." 어니가 불쑥 소리쳤다. "만약 이 명단이 발각되면…… 그게, 내 말은…… 네가 얘기했듯이, 만약 엄브리지가 알게 되면……."

"너 방금 이 모임이 올해 네가 하게 될 어떤 것보다 중요한 일이라고 했잖아." 해리가 상기시켰다.

"난…… 그래." 어니가 말했다. "그래, 난 그렇게 생각해. 그건 그냥……."

"어니, 정말로 내가 이 목록을 아무 데나 둘 거라고 생각해?" 헤르미온느가 쌀쌀맞게 물었다.

"아니. 아냐, 당연히 아니지." 어니가 조금은 덜 불안해진 표정으로 말했다. "난…… 그래, 당연히 서명할 거야."

어니 다음으로는 아무도 이의를 제기하지 않았다. 초의 친구만이 이름을 써넣기 전에 약간 탓하는 듯한 눈으로 초를 바라봤을 뿐이다. 마지막으로 재커라이어스까지 서명을 마치고 나자, 헤르미온느는 양피지를 돌려받아 조심스럽게 가방에 집어넣었다. 이제 자리에는 이상한 분위기가 감돌았다. 방금 서명한 게 어떤 계약이라도 되는 것처럼.

"이야, 시간 빨리 간다." 프레드가 활기차게 말하며 일어섰다. "조지랑 리랑 나는 좀 민감한 물건들을 사야 해서. 다들 나중에 보자."

모임의 나머지 사람들도 삼삼오오 자리를 떠났다. 초는 떠나기 전 가방 자물쇠를 채우며 조금 꾸물거렸다. 앞으로 흘러내린 길고 검은 머리카락이 커튼처럼 그녀의 얼굴을 가렸다. 하지만 친구가 팔짱을 끼고 쯧쯧거리면서 곁에 서 있었기에, 초는 결국 친구와 함께 그곳을 떠날 수밖에 없었다. 친구가 문으로 떠밀 때 초는 뒤를 돌아보고 해리에게 손을 흔들었다.

"뭐, 그럭저럭 잘된 것 같아." 잠시 후 해리, 론과 함께 호그스 헤드에서 나와 밝은 햇빛 속으로 걸어 들어가면서 헤르미온느가 기쁜 듯 말했다. 해리와 론은 버터맥주 병을 움켜쥐고 있었다.

"그 재커라이어스라는 자식이 골치네." 론이 말했다. 그는 멀리서 겨우 알아볼 수 있는 재커라이어스 스미스의 뒷모습을 노려보았다.

"나도 별로 마음에 안 들어." 헤르미온느가 인정했다. "근데 내가 후플푸프 식탁에서 어니랑 해너한테 이야기하는 걸 엿듣더니 정말 오고 싶어 하는 것 같더라고. 내가 뭐라고 하겠어? 근데 실은, 사람이 많을수록 좋아. 그러니까 내 말은, 마이클 코너랑 걔 친구들은 마이클이 지니랑 사귀는 게 아니었으면 오지 않았을 거라고."

마지막 남은 버터맥주를 들이켜던 론이 사레에 들려 입안의 맥주를 내뿜었다.

"그놈이랑 **뭘** 어쩐다고?" 론이 흥분해서 지껄였다. 귀가 날고기를 말아놓은 것처럼 새빨개졌다. "지니가…… 내 여

동생이…… 무슨 소리야, 마이클 코너랑 사귄다고?"

"그래, 걔랑 걔 친구들이 온 건 그것 때문이야. 뭐, 방어법을 배우는 것에도 분명 관심이 있겠지만 지니가 마이클한테 무슨 일이 벌어지고 있는지 말해 주지 않았더라면……."

"언제…… 지니가 언제……?"

"크리스마스 무도회 때 만나서 작년 말부터 사귀기 시작했어." 헤르미온느가 태연하게 말했다. 그들은 어느새 큰길에 접어들어 있었다. 헤르미온느는 창문 안쪽에 꿩 깃털로 만든 깃펜이 보기 좋게 진열되어 있는 '스크리븐샤프트의 깃펜 가게' 앞에서 발걸음을 멈췄다. "음…… 새 깃펜을 하나 사야겠는데."

그녀는 가게로 들어갔다. 해리와 론은 그녀를 따라갔다.

"어떤 자식이 마이클 코너였어?" 론이 화를 내며 물었다.

"머리 까만 애." 헤르미온느가 대답했다.

"어쩐지 마음에 안 들더라니." 론이 곧바로 내뱉었다.

"그것 참 놀랍네." 헤르미온느가 숨죽여 이죽거렸다.

"하지만……." 론이 헤르미온느를 뒤쫓아 일렬로 늘어선 구리 통 안의 깃펜들을 지나치며 입을 열었다. "난 지니가 해리를 좋아한다고 생각했는데!"

헤르미온느는 좀 측은하다는 듯 그를 쳐다보더니 고개를 저었다.

"해리를 좋아한 적이 *있었지*. 하지만 몇 달 전에 포기했어. 물론 그렇다고 널 *싫어한다*는 건 아니야." 그녀는 검은색과 금색으로 이루어진 기다란 깃펜을 살펴보면서 해리에게 친절하게 덧붙였다.

해리는 초가 가게를 나서며 손을 흔들던 모습이 여전히 머릿속에 가득했기에, 분노로 부들부들 떨고 있는 론만큼 이 주제가 흥미롭지는 않았다. 하지만 지금까지 사실상 실감하지 못하고 있던 무언가가 확 와닿았다.

"그래서 지니가 이제 말을 하는 건가?" 그가 헤르미온느에게 물었다. "전에는 내 앞에서 절대 말 안 하려고 하더니."

"정답." 헤르미온느가 말했다. "그래, 이걸로 해야겠다……."

그녀는 계산대로 가서 15시클 2크넛을 냈다. 론은 아직도 그녀에게 바짝 붙어서 툴툴대고 있었다.

"론." 그녀는 돌아서다가 그의 발을 밟고는 엄격한 말투로 말했다. "네가 이러니까 지니가 너한테 마이클이랑 사귄다는 말을 하지 않은 거야. 네가 나쁘게 생각할 걸 안 거지. 이런 일로 *구시렁대지* 좀 마."

"무슨 뜻이야? 누가 나쁘게 생각한데? 내가 뭐 얼마나 구시렁거렸다고……." 론은 거리를 걸어가는 내내 소리 죽여 투덜거렸다.

론이 여전히 마이클 코너에게 웅얼웅얼 욕설을 퍼붓는 동안 헤르미온느는 해리에게 눈을 굴려 보이더니 목소리를 죽이고 말했다. "그리고 마이클이랑 지니 얘기가 나와서 말인데…… 초랑 너는 어때?"

"무슨 말이야?" 해리가 재빨리 물었다.

속에서 더운 기운이 빠르게 치솟는 것 같았다. 이 추위 속에서 얼굴이 불타는 느낌에 화끈거렸다. ……그렇게 티가 났나?

헤르미온느가 슬쩍 미소 지으며 말했다. "뭐, 걔가 너한테서 눈을 못 떼던데?"

해리는 호그스미드 마을의 아름다움을 처음으로 깊이 실감했다.

(제5권 《해리 포터와 불사조 기사단 3》에서 계속됩니다.)

RAVENCLAW

강동혁은 서울대학교 영문학과와 사회학과를 졸업하고 같은 학교 대학원에서 영문학 석사학위를 받았다. 옮긴 책으로는 《신비한 동물사전 원작 시나리오》, 《일곱 건의 살인에 대한 간략한 역사》, 《레스》, 《이 소년의 삶》 등이 있다.

해리 포터와 불사조 기사단 2(래번클로 기숙사 에디션)

초판 1쇄 인쇄 2022년 8월 17일
초판 1쇄 발행 2022년 9월 20일

지은이 | J.K. 롤링
옮긴이 | 강동혁
발행인 | 강봉자, 김은경

펴낸곳 | (주)문학수첩
주소 | 경기도 파주시 회동길 503-1(문발동 633-4) 출판문화단지
전화 | 031-955-9088(마케팅부), 9532(편집부)
팩스 | 031-955-9066
등록 | 1991년 11월 27일 제16-482호

홈페이지 | www.moonhak.co.kr
블로그 | blog.naver.com/moonhak91
이메일 | moonhak@moonhak.co.kr

ISBN 978-89-8392-953-2 04840
978-89-8392-901-3 (세트)